FUSIÓN

fusión combinación de dos o más cosas
que libera energía

Este libro interactivo pertenece a:

Maestro/Salón

HOUGHTON MIFFLIN HARCOURT

HOUGHTON MIFFLIN HARCOURT

Front Cover: *anole* ©Jeremy Woodhouse/Photodisc/Getty Images; *prism* ©Larry Lilac/Alamy; *clownfish* ©Georgette Douwma/Photographer's Choice/Getty Images; *galaxy* ©Stocktrek/Corbis; *fern* ©Mauro Fermariello/Photo Researchers Inc.

Back Cover: *moth* ©Millard H. Sharp/Photo Researchers Inc.; *astronaut* ©NASA; *thermometer* ©Stockimages/Alamy; *gear* ©Garry Gay/The Image Bank/Getty Images.

Consultores del programa

Michael A. DiSpezio
Global Educator
North Falmouth, Massachusetts

Marjorie Frank
*Science Writer and Content-Area Reading
 Specialist*
Brooklyn, New York

Michael R. Heithaus
*Director, School of Environment and Society
Associate Professor, Department of Biological
 Sciences*
Florida International University
North Miami, Florida

Donna M. Ogle
Professor of Reading and Language
National-Louis University
Chicago, Illinois

Revisores del programa

Paul D. Asimow
*Professor of Geology and
 Geochemistry*
California Institute of Technology
Pasadena, California

Bobby Jeanpierre
*Associate Professor of Science
 Education*
University of Central Florida
Orlando, Florida

Gerald H. Krockover
*Professor of Earth and Atmospheric
 Science Education*
Purdue University
West Lafayette, Indiana

Rose Pringle
Associate Professor
School of Teaching and Learning
College of Education
University of Florida
Gainesville, Florida

Carolyn Staudt
Curriculum Designer for Technology
KidSolve, Inc.
The Concord Consortium
Concord, Massachusetts

Larry Stookey
Science Department
Antigo High School
Antigo, Wisconsin

Carol J. Valenta
*Associate Director of the Museum and
 Senior Vice President*
Saint Louis Science Center
St. Louis, Missouri

Barry A. Van Deman
President and CEO
Museum of Life and Science
Durham, North Carolina

¡Energízate con Fusión!

Este programa fusiona . . .

Aprendizaje en línea y Actividades de laboratorio virtuales

Actividades de laboratorio y exploraciones

Libro del estudiante para escribir

. . . y genera nueva energía para el científico de hoy: ¡TÚ!

Libro del estudiante para escribir

¡Haz de este libro tu amigo, como todo buen lector!

¿Anfi... o reptil?

¿En qué difieren los anfibios y los reptiles? Sigue leyendo para aprender sobre estos dos grupos.

...tura con propósito Mientras lees estas dos páginas, dibuja ...os alrededor de las palabras clave que señalan... ...do cosas...

En estas páginas, podrás escribir ideas, contestar preguntas, hacer gráficas, tomar notas y anotar los resultados de las actividades.

...pen sus huevos en el agua. Cuando los huevos revientan, los renacuajos parecen peces. La mayoría de los anfibios tienen piel húmeda ...lisa. Los anfibios jóvenes tienen ...allas. Muchos anfibios adultos tienen ...pones.

...s reptiles son animales que tienen el cuerpo cubierto de esca... Son **similares** a los ... mayoría ... reptiles r... vida. Algu... pasan mu... que subir p...

...ste anfibio vive... a del agua.

...rtuga

...ste reptil pone huevos.

Aprende destrezas y conceptos científicos interactuando con los contenidos de las páginas.

la...
En l...
anfi...
bord...
anara...

Tri...

El tritón po... en el agua.

Lagart... de coll...

El lagarto de collar pone sus huevos en la tie...

Laboratorios y actividades

Las ciencias se estudian con actividades prácticas.

¿Cómo podemos usar un modelo?

¿Te has preguntado alguna vez por qué vuela un avión? Como un avión es muy grande para investigarlo, un modelo es la mejor opción. En esta actividad, harás y probarás un modelo de avión.

Materiales
hojas de papel
cinta adhesiva
regla de un metro
gafas protectoras

1. Haz tu modelo de avión siguiendo las indicaciones de tu maestro.

2. **ADVERTENCIA:** ¡Usa las gafas protectoras cuando pruebes tu modelo de avión! Haz volar tu avión en un lugar seguro. Pídele a un compañero que mida con la regla la distancia que alcanza tu avión cada vez que lo lanzas.

3. Pregúntate: ¿cómo puedo lograr que mi avión llegue más lejos?

4. Escribe una hipótesis sobre los tipos de cambios que funcionarían. Por ejemplo, podrías usar un tipo de papel diferente.

5. Prueba tu hipótesis haciéndole cambios al avión y midiendo la distancia que alcanza.

Una palabra de sabiduría
Cuando pruebas una hipótesis, sólo cambias una cosa a la vez. Aquello que cambias se llama **variable**.

El Rotafolio de investigación está lleno de actividades interesantísimas.

Haz preguntas y pon a prueba tus ideas.

Saca conclusiones y comunica lo que aprendas.

Aprendizaje en línea y Laboratorios virtuales

Las lecciones digitales y los laboratorios virtuales ofrecen opciones de aprendizaje en línea para todas las lecciones de *Fusión*.

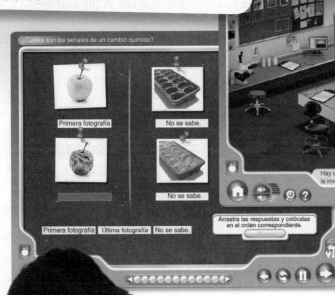

Explora, por tu cuenta o en grupo, los conceptos científicos del mundo digital.

360° de investigación

Contenido

CIENCIAS DE LA VIDA

Unidad 3: Plantas y animales ....

CIENCIAS FÍSICAS

Investigar para responder preguntas

© Houghton Mifflin Harcourt Publishing Company (bg) ©Peter Arnold, Inc./Alamy; (inset) ©Arco Images GmbH/Alamy; (border) ©NDisc/Age Fotostock

La gran idea

Los científicos plantean preguntas sobre la Tierra y el universo y buscan respuestas a algunas de ellas mediante cuidadosas investigaciones.

Naples, Florida

Me pregunto por qué

Los científicos trabajan en la playa y en muchos otros lugares. ¿Cómo ayudan los científicos a que los animales sobrevivan? *Da vuelta a la página para descubrirlo.*

Por esta razón ¡Los científicos trabajan de muchas formas! Usan herramientas como etiquetas, cámaras, notas y mapas para ayudar a los animales a sobrevivir.

En esta unidad vas a aprender más sobre La gran idea, y a desarrollar las preguntas esenciales y las actividades del Rotafolio de investigación.

Niveles de investigación ■ Dirigida ■ Guiada ■ Independiente

Comprueba tu progreso

La gran idea Los científicos plantean preguntas sobre la Tierra y el universo y buscan respuestas a algunas de ellas mediante cuidadosas investigaciones.

Preguntas esenciales

¡Ya entiendo La gran idea!

Cuaderno de ciencias

No olvides escribir lo que piensas sobre la Pregunta esencial antes de estudiar cada lección.

Pregunta esencial

¿Cómo investigan los científicos para responder preguntas?

Ponte a pensar

Halla la respuesta a la siguiente pregunta en esta lección y escríbela aquí.

¿Por qué está este estudiante actuando como un científico?

_____

_____

_____

Vocabulario de la lección

Haz una lista de los términos. A medida que aprendes cada uno, toma notas en el Glosario interactivo.

_____   _____

_____   _____

_____   _____

_____

Usa los títulos

Los buenos lectores dan un vistazo a los títulos. Los títulos le dan al lector una idea de lo que trata la lectura. Leer con un propósito ayuda a los lectores a entender lo que leen.

¿Qué son las ciencias?

Las ciencias tratan sobre la Tierra y lo que la rodea. ¿Cómo es un científico?

Para averiguarlo, ¡mírate al espejo!

Lectura con propósito Mientras lees estas dos páginas, subraya la idea principal.

¿Por qué entran en erupción los volcanes?

Haz preguntas

¿Cómo usa sus seis patas una mariposa? ¿Qué nos dice la forma de una nube acerca del tiempo? ¡Nunca es demasiado pronto para empezar a hacer preguntas! Escribe tu propia pregunta a continuación.

_____

_____

Las ciencias son una forma de ver el mundo y de pensar en lo que es. Cuando piensas como un científico, haces preguntas sobre el mundo que te rodea y haces investigaciones para responderlas.

Algunas investigaciones son sencillas, como observar cómo juegan los animales. Otras investigaciones tienen que planearse. Necesitas conseguir y preparar materiales. Luego anotas lo que pasa.

Puedes pensar como un científico por tu cuenta o en grupo. Comunicar lo que aprendes es parte de la diversión. ¡Así que, manos a la obra!

¿Por qué señala el Norte una brújula?

¿Cómo se ven las estrellas a través de un telescopio?

¿Qué ves?

¿Así que quieres pensar como un científico? Vamos a empezar. ¡Trata de hacer algunas observaciones e inferencias!

Lectura con propósito Mientras lees estas dos páginas, busca y subraya la definición de *observar*.

Mira las ilustraciones. ¿Qué ves? Cuando usas tus sentidos para ver detalles, **observas**.

Las cosas que observas te pueden hacer pensar. Mira la ilustración del velero pequeño. Puedes ver que tiene más de una vela. Ahora mírala más de cerca. Las velas son de diferentes formas y tamaños.

Podrías inferir que la forma o el tamaño de las velas afecta a cómo se mueve el barco. Al **inferir**, explicas lo que observas. Podrías inferir que cada vela hace que el barco se mueva de una manera diferente.

Haz una observación sobre este barco.

_____

_____

_____

Haz una observación sobre este barco.

_____

_____

BARCO DE CARGA

Haz una observación sobre este barco.

_____

_____

_____

Escribe una inferencia basada en esta observación: "Puedo ver cómo el viento sopla esta vela".

_____

_____

623   U. S. COAST GUARD

¡Obtener respuestas!

La gente hace preguntas todo el tiempo. Pero no todas las preguntas son científicas. Las preguntas científicas se pueden responder de muchas maneras.

Lectura con propósito Mientras lees estas dos páginas, encierra en un círculo una palabra común que tenga un significado diferente en las ciencias.

Explorar

Algunas preguntas científicas se pueden responder explorando. Digamos que ves una hoja flotando en el agua. Te preguntas qué más puede flotar en el agua. Encuentras una goma de borrar en tu bolsillo. **Predices**, o usas lo que sabes para decir si se hundirá o flotará. Cuando sabes qué objetos flotan y cuáles no, puedes **clasificarlos**, es decir, agruparlos.

Predecir

Mira cada objeto. Luego encierra en un círculo los que predices que flotarán. Marca con una X los que predices que se hundirán.

Investigar

Podrías pensar en una investigación como la búsqueda de pistas. En ciencias, una **investigación** es una forma planificada de obtener respuestas a las preguntas. Cuando haces una investigación, es posible que hagas una pregunta de causa y efecto, como: "¿Afecta el peso de un barco a si flota o se hunde?" Como no puedes usar un barco real, puedes **hacer modelos y usarlos.** Una balsa hecha con palitos no es exactamente un barco, pero se puede usar para aprender sobre ellos.

Investigar respuestas

Hay muchos pasos que un científico puede seguir durante una investigación. Algunos científicos siguen los cinco pasos descritos aquí.

Lectura con propósito Mientras lees estas dos páginas, numera las oraciones que describen el experimento de Onisha tal y como aparecen en los pasos de estos círculos.

1 Haz una pregunta
¿Qué causa que las cosas cambien? Este es el tipo de pregunta que puedes contestar con una investigación.

2 Formula una hipótesis
Una **hipótesis** es un una posible respuesta a tu pregunta. Debe ser una hipótesis que puedas poner a prueba.

Predice y planea una investigación
Predice lo que observarás si tu hipótesis es correcta. **Identifica la variable** que estás probando y mantén las otras variables iguales.

3

Lo que hizo Onisha

Onisha pensó en una balsa flotando en un río e hizo una pregunta: "¿afecta el tamaño de una balsa la cantidad de peso que puede cargar?"

Onisha formuló la **hipótesis** de que una balsa más grande puede cargar más peso. Luego predijo: "podría poner más peso en una balsa grande que en otra balsa de menor tamaño". Onisha planeó una investigación llamada experimento. En términos no científicos, experimentar significa intentar algo nuevo, como una nueva receta. En términos científicos, un **experimento** es una prueba que se hace para reunir evidencias. La evidencia puede o no respaldar la hipótesis. En su experimento, Onisha construyó tres modelos de balsa que solo se diferenciaban en el número de tablas de cada una.

Cuidadosamente puso una moneda de 1 centavo a la vez en cada balsa hasta que se hundió. Anotó los resultados y sacó una conclusión.

Variable

El factor que se cambia en un experimento se llama **variable**. Es importante cambiar solo una variable cada vez.

Saca conclusiones

Analiza tus resultados y **saca una conclusión**. Pregúntate: "¿respaldan los resultados mi hipótesis?". Comunica tu conclusión a los demás.

4 Experimenta

Ahora haz el experimento para probar tu hipótesis.

5

▶ ¿Cuál fue la variable en el experimento de Onisha?

_____

_____

Resúmelo

Escribe palabras de la lección que coincidan con las ilustraciones.

1 _____

2 _____

3 _____

El avión pequeño volará más lejos.

4 _____

Usa lo que aprendiste en la lección para completar la secuencia de abajo.

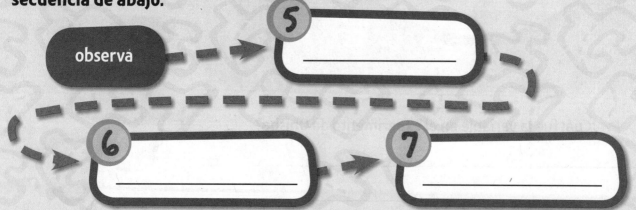

observa

5 _____

6 _____

7 _____

Clave de respuestas: 1. modelo 2. variable 3. investigación 4. predecir 5. infiere 6. formula una hipótesis 7. experimenta

Nombre _____

Juego de palabras

1 Completa el crucigrama con las palabras de la casilla.

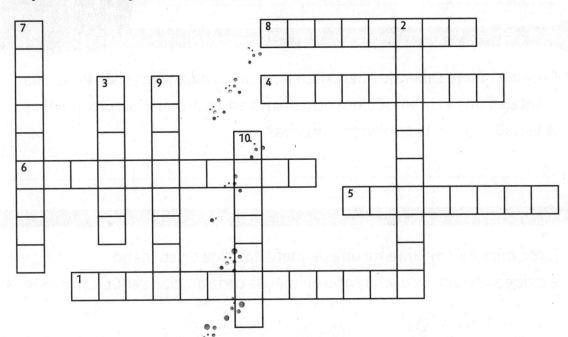

Horizontales

1. Lo que los científicos planean y hacen para responder a sus preguntas.
4. Los científicos hacen estas sobre el mundo que los rodea.
5. Haces esto cuando usas tus cinco sentidos.
6. Una investigación en la que se utilizan variables.
8. Intentar adivinar basándote en lo que conoces o piensas.

Verticales

2. A lo que llegas al final de una investigación.
3. Algo que se parece mucho al original.
7. Un enunciado que responde a la pregunta sobre la que quieres investigar.
9. El único factor que cambia en un experimento.
10. Haces esto cuando sacas una conclusión después de observar algo.

| predecir* | experimento* | hipótesis* | investigación* | conclusión |
| inferir* | modelo | observar* | variable* | preguntas |

*Vocabulario clave de la lección

Aplica los conceptos

2 Este puente está sobre el río Mississippi. Haz una lista de los materiales que usarías para hacer un modelo.

_____

_____

3 Greyson quiere saber qué necesitan las plantas para sobrevivir. Pone una planta en una ventana. Coloca otra planta en un armario oscuro. ¿Cuál es la variable que está poniendo a prueba?

_____

4 Jared mira detenidamente una pequeña tortuga en su mano. Escribe *observación* o *inferencia* al final de cada oración según corresponda.

Sus patas delanteras son más largas que sus patas traseras. _____

Tiene las uñas afiladas. _____

Usa sus uñas para cavar. _____

Puede verme. _____

Su caparazón está fresco y seco.
_____

Para la casa

Comparte lo que aprendiste sobre las observaciones e inferencias. Con un familiar, observa y haz inferencias sobre objetos de tu casa o de cerca de tu casa.

Rotafolio
de investigación,
pág. 3

Nombre _____

Pregunta esencial

¿Cómo podemos usar un modelo?

Establece un propósito

¿Qué pregunta tratarás de responder con esta investigación?

_____

_____

_____

Formula tu hipótesis

Escribe la hipótesis o idea que pondrás a prueba.

_____

_____

_____

_____

Piensa en el procedimiento

¿Cuál es la variable que vas a probar?

_____

_____

¿Cómo sabrás si la variable que cambiaste funcionó?

_____

_____

_____

Anota tus resultados

Completa la tabla para registrar la distancia que voló el avión cada vez que cambiaste su diseño.

Cambios hechos al modelo	Distancia que voló

Saca tus conclusiones

1. ¿Qué modificaciones a tu modelo han funcionado mejor?

_____

_____

_____

2. ¿Los resultados apoyaron tu hipótesis? ¿Cómo lo sabes?

_____

_____

Analiza y amplía

1. ¿En qué se parece tu modelo a un avión de verdad?

_____

_____

2. ¿Qué aprendiste acerca de los aviones de verdad al usar un modelo?

_____

_____

_____

3. ¿En qué se diferencia tu modelo de un avión de verdad?

_____

_____

_____

4. ¿Qué no se puede aprender acerca de los aviones reales mediante el uso de un avión de papel?

_____

_____

_____

5. Piensa en otra pregunta que te gustaría responder sobre los modelos de avión.

_____

_____

_____

16

Pregunta esencial

¿Cómo usan los instrumentos los científicos?

Ponte a pensar

Una lupa hace que un insecto se vea más grande.

¿Qué otros instrumentos hacen que los objetos se vean más grandes?

_____

_____

Lectura con propósito

Vocabulario de la lección
Haz una lista de los términos. A medida que aprendes cada uno, toma notas en el Glosario interactivo.

_____

_____

_____

Comparar y contrastar
En esta lección se comparan y contrastan cosas, es decir, se explica en qué se parecen y en qué se diferencian. Los buenos lectores buscan comparaciones y contrastes cuando hacen preguntas, como, por ejemplo, ¿en qué se parecen y en qué se diferencian los instrumentos de medición?

¡Que quede claro!

¡Los científicos usan instrumentos para tener una súper visión! Algunos de esos instrumentos son las lupas y los microscopios.

Lectura con propósito Mientras lees estas dos páginas, encierra en un círculo las palabras o frases que indiquen semejanzas y diferencias entre las cosas.

Los microscopios ópticos te permiten ver objetos muy pequeños porque utilizan una fuente de luz y lentes, o espejos, en su interior.

Una caja con lente tiene un lente de aumento en la tapa.

Una lupa tiene un lente con un mango.

Usa pinzas para sostener los objetos pequeños que miras con las lupas.

Usa un gotero para mover pequeñas cantidades de líquidos que quieras ver.

18

Cerca, más cerca, ¡mucho más cerca!

Los instrumentos de aumento hacen que los objetos se vean más grandes. Mantén una lupa pequeña cerca del ojo. Luego acércala al objeto hasta que lo veas grande y nítido. Una caja con lente es como una lupa, pues también tiene una lente. Dentro, puedes poner las cosas que son difíciles de sostener, como un insecto.

Un **microscopio** magnifica los objetos que son demasiado pequeños como para verlos a simple vista. Su poder es mucho mayor que el de una lupa o una caja con lente. La mayoría de los microscopios tienen dos o más lentes que trabajan juntos.

▶ Haz un dibujo de algo como se vería si se ampliara.

Agua de una laguna a simple vista.

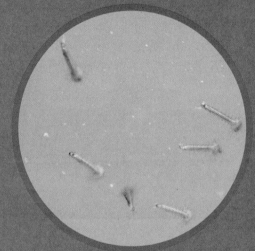

Agua de una laguna vista a través de una lupa pequeña.

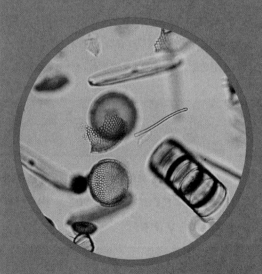

Agua de una laguna vista a través de un microscopio.

¡Mídelo!

Al medir usas números para describir el mundo que te rodea. Hay varias maneras de medir y más de un instrumento y unidad de medida para cada manera.

Lectura con propósito Mientras lees la siguiente página, encierra en un círculo la idea principal.

Una balanza tiene un platillo a cada lado. Coloca el objeto que deseas medir en una bandeja y añade las masas en la otra hasta que se equilibren. La unidad básica de masa es el gramo.

Las unidades en las cintas de medir pueden ser centímetros y metros o pulgadas y pies.

regla

Longitud, masa y volumen

¡Cada instrumento tiene un propósito! Puedes **medir** la longitud con reglas y cintas de medir. La masa es la cantidad de materia en un objeto. Se mide con una balanza de platillos. El volumen es la cantidad de espacio que ocupa un sólido, un líquido o un gas.

El volumen de un líquido se puede medir con una **probeta graduada**, una taza de medir o una cuchara. También puedes utilizar estos instrumentos para hallar el volumen de los sólidos que se pueden verter, como el azúcar o la sal. **Usa números** para presentar las mediciones y **comparar** objetos. Las mediciones también son útiles para **ordenar** las cosas. Puedes poner los lápices en orden del más corto al más largo.

Las probetas graduadas tienen unidades de volumen marcadas en uno de sus lados.

Se usan tazas y cucharas de medición porque la cantidad de cada ingrediente es muy importante.

Práctica matemática
Restar unidades

Usa una regla en centímetros para medir las partes de la rana.

1. ¿Cuántos centímetros mide la pata delantera más larga de la rana?

_____

2. ¿Cuántos centímetros mide la pata trasera más larga de la rana?

_____

3. Ahora halla la diferencia.

_____

4. Compara tus medidas con las de otros estudiantes.

_____

_____

Tiempo y temperatura

¿Cuánto tiempo dura un terremoto? ¿Qué se congela más rápidamente, el agua caliente o el agua fría? ¡Los científicos necesitan instrumentos para responder a estas preguntas!

Tiempo

Al contar el constante goteo de un grifo, estás pensando en el tiempo. Puedes **usar las relaciones entre el tiempo y el espacio**. Los relojes y cronómetros son instrumentos que se usan para medir el tiempo. La unidad básica de tiempo es el segundo. Un minuto es igual a 60 segundos. Una hora es igual a 60 minutos.

¿Qué pasaría si las ranas hicieran competencias de natación en una laguna? Estas dos ranas están compitiendo.

SALIDA

Temperatura

Cuando dices que los hornos son calientes o que los congeladores son fríos, piensas en la **temperatura**. Un termómetro es el instrumento utilizado para medir la temperatura. Las unidades básicas de temperatura se denominan grados, pero no todos los grados son iguales.

Los científicos suelen medir la temperatura en grados Celsius. La mayoría de la gente en todo el mundo usa grados Celsius. En Estados Unidos, sin embargo, se usan los grados Fahrenheit para informar del estado del tiempo, para medir la temperatura del cuerpo y en la cocina.

LLEGADA

▶ La primera rana terminó la carrera en 19 segundos. La segunda rana terminó la carrera en 47 segundos. ¿Por cuántos segundos ganó la primera rana a la segunda?

_____

_____

_____

¿Cómo cuidas a los peces tropicales?

Para cuidar peces tropicales, tienes que pensar como un científico y usar instrumentos científicos.

Encuentros cercanos

Un acuario público es un lugar para ver tiburones y peces tropicales. Allí es donde mucha gente se anima a tener peces tropicales en casa. La palabra acuario se usa para denominar tanto el lugar que visitas, como el pequeño tanque que tienes en casa. Cuidar de los dos requiere de las mismas destrezas: observar, inferir, medir y anotar datos.

¿Cambia la temperatura del agua si pones tu acuario junto a la ventana?

¿Cuál es el volumen de agua en tu acuario?

Mantén un buen registro

Mantener un buen registro es importante, tanto si estás anotando los datos en tu cuaderno de ciencias o escribiendo en tu registro del acuario. En tu registro, anotas la temperatura cada vez que la compruebas. Escribe la hora en que alimentas a los peces y el volumen de comida que les das. Para ser un buen científico es importante hacer siempre mediciones correctas.

Los tests para analizar el agua identifican los materiales que hay en ella.

Para cuidar a los peces hay que comprobar la temperatura.

Causa y efecto

Cada cambio en el acuario tiene una causa. A veces los peces de un acuario se enferman. Piensa en dos cosas que podrían causar que los peces enfermen.

_____

_____

_____

Resúmelo

Cuando termines, lee la Clave de respuestas y corrige lo que sea necesario.

La red de ideas de abajo resume esta lección. Completa la red.

¿Cómo usan los científicos los instrumentos?

1 Usan lupas y microscopios para ver las cosas

_____.

Usan instrumentos para medir.

2 La longitud se mide con

_____

_____.

3 Una probeta graduada mide

_____.

4 Una balanza mide

_____.

5 Van a medir el tiempo con relojes y

_____.

Clave de respuestas: 1. más grandes, 2. reglas y cintas de medir, 3. volumen, 4. masa, 5. cronómetros

Nombre _____

Juego de palabras

1 Escribe cada término después de su definición y búscalo en la sopa de letras.

A. Un instrumento que mide la temperatura _____

B. Un instrumento que se usa para recoger objetos diminutos _____

C. Lo caliente o frío que está algo _____

D. Lo que se mide con un cronómetro _____

E. Cuánto espacio ocupa algo _____

F. La escala que los científicos usan para medir la temperatura _____

G. Un instrumento que sostienes cerca del ojo para que las cosas se vean más grandes _____

H. Un instrumento para medir volumen _____

I. Un instrumento que se usa para medir la masa _____

Q	P	D	F	I	A	B	L	H	A	C	V	E	N	F	T	K	S
A	R	C	R	M	N	H	U	P	J	T	A	G	Y	O	D	I	G
N	O	X	A	G	W	H	P	T	E	R	M	Ó	M	E	T	R	O
S	B	V	U	J	A	S	A	A	F	T	B	I	O	S	Z	M	R
Y	E	M	O	W	Q	N	P	Z	L	F	I	R	E	N	X	B	A
U	T	T	S	L	A	C	E	N	T	Í	G	R	A	D	O	S	S
B	A	R	A	P	U	B	V	X	T	P	S	D	A	W	F	V	E
O	G	F	D	L	O	M	U	D	P	I	G	I	N	R	U	L	X
T	R	E	C	S	X	T	E	B	A	N	H	N	E	Q	C	J	B
U	A	Y	U	I	S	B	Ñ	N	F	Z	B	S	G	T	T	T	R
P	D	W	L	P	H	N	B	Y	B	A	I	W	N	A	S	I	I
E	U	R	O	N	K	U	Z	T	A	S	J	O	L	P	Q	E	M
V	A	P	S	T	E	M	P	E	R	A	T	U	R	A	W	M	J
G	D	R	F	H	Y	B	N	E	V	T	L	O	E	W	H	P	U
B	A	L	A	N	Z	A	D	E	P	L	A	T	I	L	L	O	S

Aplica los conceptos

En las secciones 2 a 5, di qué instrumento(s) utilizarías y cómo.

termómetro

cucharas de medir

cinta de medir

regla

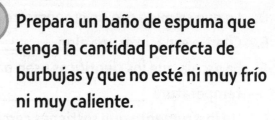
caja con lente

2 Descubre cuánto mide tu perro del hocico a la cola.

_____

_____

_____

3 Decide si necesitas ponerte un suéter cuando salgas.

_____

_____

_____

4 Prepara un baño de espuma que tenga la cantidad perfecta de burbujas y que no esté ni muy frío ni muy caliente.

_____

_____

_____

_____

5 Examina una mariquita y cuenta, sin lastimarla, cuántas patas tiene.

_____

_____

_____

Para la casa

Comparte lo que aprendiste sobre la medición. Con un familiar identifica objetos que puedas medir en tu casa o cerca de tu casa.

Nombre _____

Pregunta esencial

¿Cómo podemos medir la longitud?

Establece un propósito
¿Qué podrás hacer al final de esta investigación?

_____

_____

_____

_____

Piensa en el procedimiento
¿En que pensarás antes de escoger el instrumento para medir cada objeto?

_____

_____

_____

¿Cómo escogerás la mejor unidad para medir cada objeto?

_____

_____

_____

Anota tus resultados
En el espacio siguiente, crea una tabla para anotar tus medidas.

Saca tus conclusiones

1. ¿Por qué es más fácil medir la longitud de un objeto si lo haces con el instrumento adecuado?

_____

_____

_____

_____

_____

2. ¿Cómo afectan las unidades a la calidad de la medida?

_____

_____

_____

_____

Analiza y amplía

1. ¿Los grupos que usaron los mismos instrumentos que tu grupo obtuvieron los mismos resultados? Explica por qué.

_____

_____

_____

_____

2. ¿Por qué era importante comunicar tus resultados a los demás grupos? Explica tu respuesta.

_____

_____

_____

3. ¿Cuándo usaría alguien milímetros para descubrir quién lanza una pelota más lejos? ¿Cuándo no sería una buena idea usar milímetros? (1,000 mm = 1m)

_____

_____

_____

_____

4. Piensa en otra pregunta que quieras hacer acerca de las mediciones.

_____

_____

_____

Materiales
¿Qué instrumentos deberías utilizar?

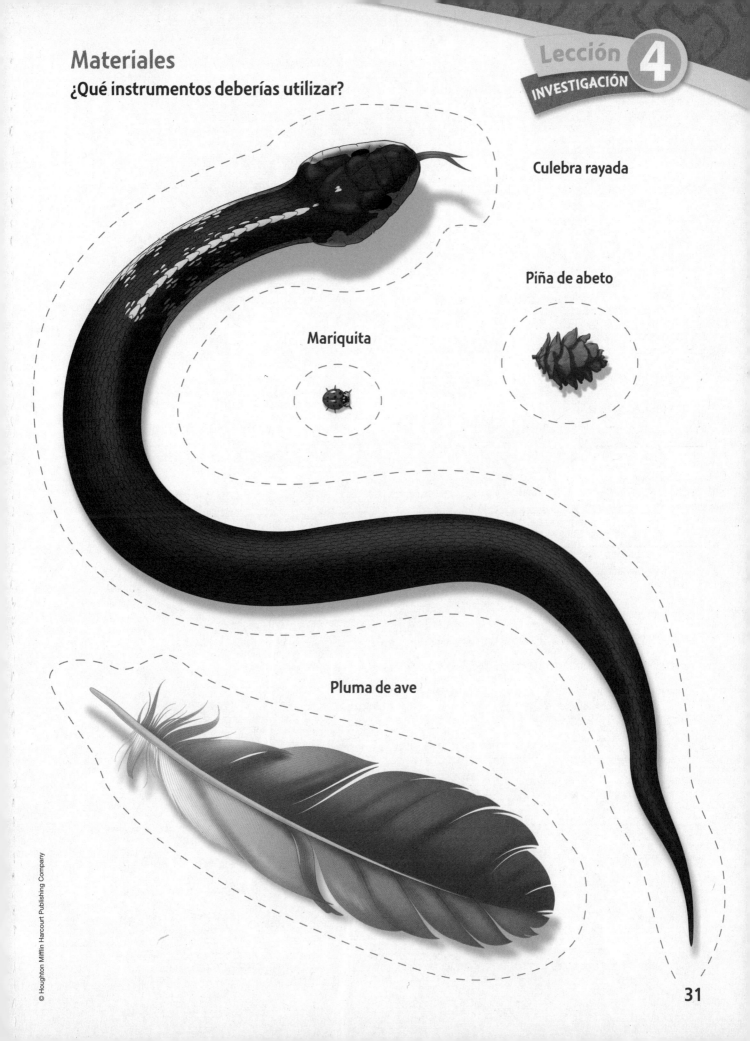

Culebra rayada

Piña de abeto

Mariquita

Pluma de ave

Pregunta esencial

¿Cómo usan los datos los científicos?

Ponte a pensar

La gente a veces construye esculturas con bloques. Si pudieras contar cuántos bloques hay de cada color, ¿cómo anotarías esa información?

_____

_____

_____

_____

Lectura con propósito

Vocabulario de la lección

Haz una lista de los términos. Toma notas en el Glosario interactivo a medida que aprendas cada uno.

_____   _____

_____   _____

_____   _____

_____

Ideas principales

La idea principal de una sección es la idea más importante. La idea principal puede estar en la primera oración o en cualquier otra parte. Para buscar las ideas principales, los buenos lectores se preguntan: ¿de qué trata principalmente esta sección?

Muéstrame la evidencia

Los científicos usan sus observaciones para responder a sus preguntas. ¡Tú también puedes hacerlo!

Lectura con propósito Mientras lees estas dos páginas, busca y subraya las definiciones de *datos* y *evidencia*.

Mis datos son mi *evidencia*. Me muestran que una balsa con seis tablas flota dos veces más que una balsa con solo tres tablas.

Onisha, ¿cómo sabes que una balsa grande soporta más peso que una más pequeña?

- Puse las monedas de un centavo en la balsa de tres tablas. La balsa de tres tablas soportó menos monedas que la otra balsa.

Cada observación científica es parte de los **datos**. Por ejemplo, el número de monedas de un centavo en la balsa es un dato.

Onisha terminó su investigación y pensó en lo que significaba. Para ello, estudió sus datos. Los científicos usan los datos como **evidencia** para decidir si una hipótesis es válida o no. En todos los casos, los científicos aprenden cosas importantes.

Los científicos les hacen muchas preguntas a otros científicos. Entre ellos comparan sus datos y repiten una investigación para saber si llegaron a los mismos resultados. Los científicos revisan y comentan la evidencia y respetan las ideas de los demás, estén o no estén de acuerdo con ellas.

▶ Puede que los científicos vivan demasiado lejos unos de otros como para reunirse. ¿Qué otras tres formas de comunicación pueden usar para compartir los datos y comentar la evidencia?

_____

_____

_____

_____

_____

_____

_____

Comunicar los datos

Los científicos anotan y presentan sus datos con claridad. Hay muchas formas e instrumentos para hacerlo.

¿Cómo puedo comunicar mis resultados?

Lectura con propósito
Mientras lees estas páginas, encierra en un círculo la oración con la idea principal.

Los **modelos** nos pueden ayudar a comprender las cosas que son demasiado grandes, pequeñas o peligrosas de hacer o de observar.

▶ Quieres averiguar hasta qué altura pueden botar diferentes tipos de pelota. Pruebas cada pelota 20 veces. ¿Cómo anotarás y presentarás tus resultados?

_____

_____

Después de **reunir los datos,** puedes compartirlos o **comunicarlos** de diferentes maneras. ¿Cómo puedes **anotar los datos**? Puedes usar una cámara para mostrar cómo los pájaros comen semillas de un comedero. Si observas cómo un perro cuida de sus cachorros, escríbelo en un diario.

A veces, los científicos usan tablas y gráficas para **interpretar** y **presentar los datos.** Las **tablas** presentan los datos ordenados en filas y columnas. Una **tabla de datos** es un tipo de tabla para anotar números Las **gráficas de barras** se usan para comparar los datos de diferentes grupos o sucesos. Las gráficas de barras sirven para ver mejor los patrones o las relaciones entre los datos.

Estos estudiantes hicieron una gráfica de barras y una tabla de datos para comparar resultados.

Los mapas como este mapamundi ayudan a mostrar la relación entre diferentes objetos o ideas.

▶ Quieres mostrar el tiempo que hace en diferentes lugares. ¿Cómo podrías mostrar esta información?

_____

_____

▶ Quieres mostrar las diferentes capas que forman la corteza de la Tierra. ¿Qué podrías usar?

_____

_____

¡Cómo hacerlo!

¿Cómo puedes presentar los datos? Puedes usar tablas de datos, gráficas de barras y gráficas lineales. ¿Cómo pueden presentar los estudiantes lo que observaron en el jardín de mariposas?

Lectura con propósito Mientras lees estas dos páginas, encierra en un cuadrado dos palabras clave que indiquen secuencia u orden.

TABLA DE DATOS

Mes	Número de mariposas
Marzo	5
Abril	5
Mayo	9
Junio	14

GRÁFICA DE BARRAS

Jardín de mariposas

¿Cómo se hace una gráfica? Primero, observa una tabla de datos. Cada columna tiene un encabezado indicando el tipo de información que hay en la columna. Luego, observa las gráficas. ¿Ves que se usan los mismos encabezados para nombrar las partes de las gráficas?

Observa la línea de la gráfica que hay al lado del encabezado "Número de mariposas". Parece una recta numérica, comenzando en cero y prolongándose. Muestra el número de mariposas.

Para completar la gráfica de barras, halla el nombre del mes en la parte inferior. Luego, mueve el dedo hacia arriba hasta llegar al número de mariposas de ese mes. Dibuja una barra hasta ese punto. Para completar la gráfica lineal, dibuja puntos para mostrar el número de mariposas de cada mes. Luego, une los puntos.

GRÁFICA LINEAL

Jardín de mariposas

▶ Ahora te toca a ti. Usa la tabla de datos como ayuda para completar las gráficas de los meses de mayo y junio.

Gráficas, ¿para qué?

Para los científicos, es importante compartir la información con los demás. ¿Cómo ayudan a compartir las gráficas?

Puedo compartir estos resultados con otros científicos. Así, pueden repetir el experimento para ver si obtienen diferentes resultados.

¿Por qué usaste una gráfica en vez de una tabla de datos?

La gráfica te ayuda a ver la información de forma rápida y a reconocer patrones.

TABLA DE DATOS

Clase	Número de latas
Salón 5	40
Salón 8	55
Salón 11	20
Salón 12	35
Salón 15	45

GRÁFICA DE BARRAS

Práctica matemática
Interpretar una gráfica

Los estudiantes recopilaron sus datos de una campaña de recogida de alimentos en una tabla de datos. Pusieron los datos en una gráfica.

1. Usa la tabla de datos para averiguar qué clase llevó menos latas.

_____

2. Usa la gráfica para averiguar qué clase llevó más latas.

_____

3. ¿Cuál fue más fácil de usar, la tabla de datos o la gráfica? ¿Por qué?

_____

_____

_____

_____

_____

_____

Usa la información del resumen para completar el organizador gráfico.

Durante sus investigaciones, los científicos anotan sus observaciones o datos. Cuando otros científicos les preguntan: "¿Cómo lo sabes?", ellos les explican la forma en que sus datos respaldan sus respuestas. Las observaciones pueden comunicarse de muchas maneras. Los datos en forma de números pueden presentarse en tablas de datos y gráficas de barras. Los datos también pueden comunicarse en forma de diagramas, en fotos o por escrito.

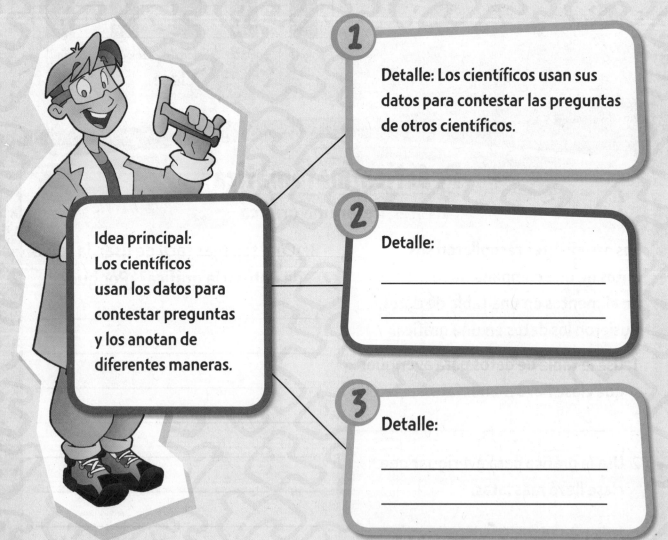

1

Detalle: Los científicos usan sus datos para contestar las preguntas de otros científicos.

Idea principal: Los científicos usan los datos para contestar preguntas y los anotan de diferentes maneras.

2

Detalle:

_____

_____

3

Detalle:

_____

_____

Clave de respuestas: 2. Los datos pueden presentarse en tablas de datos y en gráficas de barras. 3. Los datos también pueden comunicarse en forma de diagramas, fotos o por escrito.

Nombre _____

Juego de palabras

Encuentra la definición adecuada y subráyala.

1 Datos
- instrumentos para medir
- pasos de una investigación
- una parte de la información científica

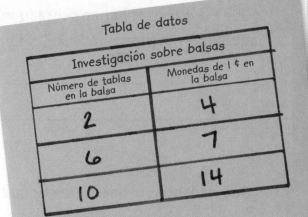

Tabla de datos

Investigación sobre balsas	
Número de tablas en la balsa	Monedas de 1 ¢ en la balsa
2	4
6	7
10	14

2 Evidencia
- un tipo de gráfica
- el espacio que ocupa algo
- los hechos que muestran que una hipótesis es correcta

3 Tabla de datos
- una tabla para anotar los números
- el número de tablas en una balsa
- un mueble que usan los científicos

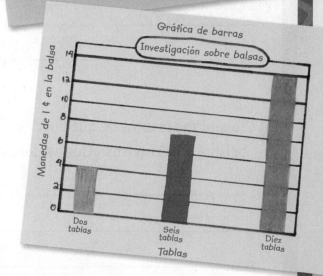

Gráfica de barras

Investigación sobre balsas

4 Gráfica de barras
- una tabla para anotar los números
- una gráfica en forma de círculo
- una gráfica para comparar dos cosas

5 Comunicar
- tomar una fotografía
- compartir información con los demás
- recopilar y anotar los datos

Aplica los conceptos

Lee el párrafo y responde a las preguntas 6 y 7.

Una mañana, tu papá te acompaña a ti y a tu hermana a la parada del autobús escolar. Cuando llegas a la parada, te preguntas: "¿Habrá pasado ya el autobús?"

6 ¿Qué evidencias te harían pensar que el autobús no ha pasado todavía?

_____

_____

7 ¿Qué evidencias te harían pensar que el autobús ya pasó?

_____

_____

_____

8 Tu amigo presume de que puede lanzar una pelota de béisbol a 100 metros. ¿Qué evidencia probaría eso?

_____

_____

_____

Para la casa

Comparte en casa lo que aprendiste sobre cómo anotar la evidencia. Identifica junto con un familiar algo que te guste observar. Después, determina cómo anotar los datos.

Rotafolio de
investigación,
pág. 7

Nombre _____

Pregunta esencial

¿Cómo se comparan tus resultados?

Establece un propósito
¿Qué aprenderás de esta investigación?

_____

_____

Formula tu hipótesis
Di cómo crees que está relacionada la altura de las burbujas con la cantidad de jabón de lavar platos que usaste.

_____

_____

_____

Piensa en el procedimiento
Haz una lista de las cosas que hiciste de la misma manera cada vez.

_____

_____

_____

_____

Describe la variable, la única cosa que cambiaste cada vez.

_____

_____

_____

Anota tus datos
En el espacio de abajo, crea una tabla para anotar tus medidas.

45

Saca tus conclusiones

Revisa tu hipótesis. ¿La comprobaron tus resultados? Explica tu respuesta.

_____

_____

_____

_____

Analiza y amplía

1. ¿Para qué te sirve comparar tus resultados con los de los demás?

_____

_____

_____

_____

2. ¿Qué harías si encontraras que tus resultados son muy diferentes de los de los demás?

_____

_____

_____

3. La gráfica de barras de abajo muestra la altura de las burbujas que producen las mismas cantidades de jabón de lavar platos de tres marcas diferentes. ¿Qué demuestran estos datos?

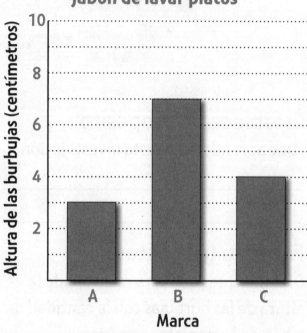

Burbujas hechas con jabón de lavar platos

_____

_____

_____

4. Piensa en otras preguntas que quieras hacer acerca de las burbujas.

_____

_____

_____

1

Un meteorólogo es una persona que estudia el tiempo.

2

Los meteorólogos miden la presión, la temperatura y la velocidad del viento con instrumentos.

3

Los meteorólogos usan los datos que recogen para pronosticar el tiempo.

6
COSAS
que debes
saber sobre
los meteorólogos

4

Los meteorólogos usan computadoras para comunicar los datos sobre el tiempo en todo el mundo.

5

Llevar un registro de sus datos permite a los meteorólogos ver patrones del tiempo.

6

Los pronósticos de los meteorólogos le sirven a la gente para protegerse durante el mal tiempo.

Sé una meteoróloga

Usa la gráfica del pronóstico del tiempo para responder las preguntas.

1 ¿Cuál fue la temperatura el jueves? _____

2 ¿Qué día fue nublado y lluvioso? _____

3 ¿Cuánto más frío hizo el martes que el jueves?

_____

4 ¿Qué día estuvo parcialmente nublado? _____

5 Compara las temperaturas del martes y del viernes. ¿Qué día tuvo la temperatura más alta?

_____

6 En el pronóstico de abajo, ¿qué día muestra la temperatura más alta? _____ ¿Y la más baja? _____

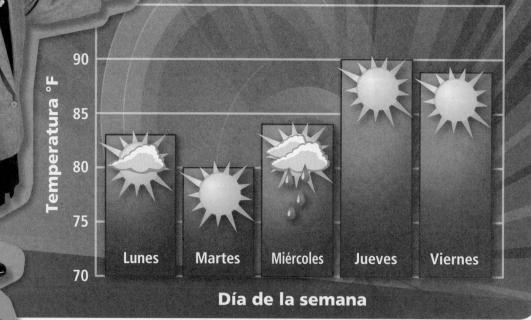

PRONÓSTICO DEL TIEMPO

Temperatura °F — Día de la semana

Lunes | Martes | Miércoles | Jueves | Viernes

Repaso de vocabulario

Completa las oraciones con los términos de la casilla.

> gráfica de barras
> evidencia
> experimento
> hipótesis
> variable

1. Puedes compartir con los demás los resultados de una investigación usando una _gráfica de barras_.

2. Una observación suele conducir a una pregunta comprobable llamada _hipótesis_.

3. Un estudio planeado para contestar una pregunta se llama _experimento_.

4. Es muy importante probar solamente una _variable_, o cosa que cambia cada vez.

5. Una hipótesis debe estar respaldada por una _evidencia_.

Conceptos científicos

Rellena la burbuja de la mejor respuesta.

6. Alix quiere hacer un experimento para averiguar el efecto del fertilizante en las plantas de frijoles. ¿Cuál de las siguientes opciones es una hipótesis que podría probar?

   (A) Alix necesita semillas de frijol, tierra, fertilizante y agua.

   (B) Todas las plantas deben obtener la misma cantidad de luz solar.

   (C) El fertilizante puede ser orgánico o químico.

   (D) El fertilizante hace que las plantas de frijoles crezcan más grandes y con mayor rapidez.

7. Samuel se dio cuenta de que los perros pequeños suelen tener un ladrido más agudo que los perros grandes. ¿Consideraría un científico esta cuestión como un experimento?

   (A) Sí, porque podrías estudiar diferentes tamaños y tipos de perros para averiguar si es verdad.

   (B) Sí, porque puede que haya una razón científica detrás de la diferencia en los ladridos.

   (C) No, porque eso es una observación y no un experimento.

   (D) No, porque es ilegal hacer experimentos para aprender sobre animales.

Conceptos de ciencias

Rellena el círculo de la mejor respuesta.

8. Zelia hizo un experimento para ver si un carro de juguete bajaba más rápido por una rampa de papel encerado o de papel de lija. Cronometró cuánto tardaba el mismo carro de juguete en llegar hasta el final de la rampa por cada superficie. En la tabla se muestran sus resultados.

	Papel encerado	Papel de lija
Prueba 1	8 segundos	12 segundos
Prueba 2	7 segundos	11 segundos
Prueba 3	8 segundos	23 segundos
Prueba 4	9 segundos	13 segundos

¿Qué prueba se ha registrado probablemente de forma incorrecta?

Ⓐ Prueba 1

Ⓑ Prueba 2

Ⓒ Prueba 3

Ⓓ Prueba 4

9. Abajo se muestra un instrumento que se suele usar en ciencias.

¿Para qué tarea se usará probablemente este instrumento?

Ⓐ para observar el moho del pan más de cerca

Ⓑ para observar el color de una hoja

Ⓒ para observar los planetas del sistema solar

Ⓓ para observar la textura de una roca

10. A Gabe le interesan los animales que viven en el desierto. Quiere aprender más sobre lo que comen los animales del desierto. ¿Cuál de las siguientes opciones debería usar Gabe en su investigación?

Ⓐ el modelo de un animal del desierto

Ⓑ una tabla que muestre la precipitación mensual en el desierto

Ⓒ una tabla de datos que muestre lo que comen los animales del desierto

Ⓓ una gráfica de las temperaturas promedio en el desierto

11. El siguiente dibujo muestra un instrumento para medir líquidos.

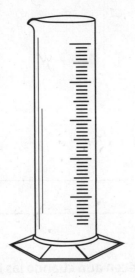

¿Qué podría medir este instrumento?

Ⓐ masa

Ⓑ longitud

Ⓒ temperatura

Ⓓ volumen

12. Ranjit quiere construir estantes para un armario. El armario mide 2 metros de ancho. Las tablas de madera que quiere usar miden más de 2 metros de largo. Tiene que medir las tablas y, luego, usar una sierra para cortar la longitud correcta. ¿Qué instrumento debe usar Ranjit para medir la longitud correcta de las tablas?

Ⓐ una balanza

Ⓑ un podómetro

Ⓒ una cinta de medir

Ⓓ una probeta graduada

13. Martina está investigando el efecto que tienen los diferentes tipos de tierra en la germinación de las semillas de rábano. Piensa plantar el mismo número de semillas en tres tipos diferentes de tierra. Va a contar diariamente durante una semana el número de semillas de rábano que emergen de la tierra. ¿Qué debería usar Martina para reunir y organizar la información?

Ⓐ un modelo

Ⓑ una tabla de datos

Ⓒ un cronómetro

Ⓓ un termómetro

14. Zane está haciendo un experimento en el que mide la temperatura del agua en tres peceras diferentes. ¿Cuál de los siguientes instrumentos debe usar?

Ⓐ un termómetro

Ⓑ una balanza de platillos

Ⓒ un microscopio

Ⓓ un cronómetro

Aplica la investigación y repasa La gran idea

Escribe las respuestas a estas preguntas.

15. Este dibujo muestra un modelo del Sol, la Tierra y la Luna terrestre.

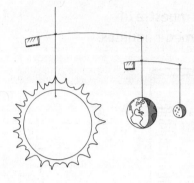

¿Cuál es la ventaja de usar un modelo como el de arriba?

_____

_____

16. Luisa está estudiando si ciertos tipos de flores tropicales florecen aún cuando las temperaturas caen por debajo de 15 grados Celsius. Para ello, colocó las plantas en el exterior. Luego, midió la temperatura exterior a diario durante siete días. Observó que las plantas florecieron todos los días de la semana. La gráfica muestra los datos que recopiló.

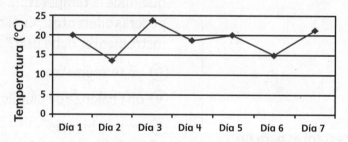

¿Qué conclusión podría sacar Luisa de los datos de la gráfica?

_____

_____

17. Dos equipos miden la masa y el volumen del mismo patito de goma. Un equipo halló que la masa era 65 g y el volumen 150 mL. El otro equipo halló que la masa era 63 g y el volumen 149 mL. ¿Qué podría explicar esas diferencias?

_____

_____

El proceso de ingeniería

La gran idea

La tecnología está por todas partes. El proceso de diseño se usa para desarrollar nuevos tipos de tecnología con el fin de satisfacer las necesidades de las personas.

Union Station de Indianápolis, Indiana

Me pregunto por qué

Este edificio fue construido en 1853. ¿Cómo ha cambiado el proceso de construcción desde entonces? ¿Sigue siendo el mismo? *Da vuelta a la página para descubrirlo.*

53

Por esta razón En 1853, las herramientas eran menos complejas que las actuales y ni siquiera eran eléctricas. Pero hoy en día también hay que dibujar los planos, elegir materiales y garantizar la seguridad de los edificios.

En esta unidad vas a aprender más sobre La gran idea, y a desarrollar las preguntas esenciales y las actividades del Rotafolio de investigación.

Niveles de investigación ■ Dirigida ■ Guiada ■ Independiente

La gran idea La tecnología está por todas partes. El proceso de diseño se usa para desarrollar nuevos tipos de tecnología con el fin de satisfacer las necesidades de las personas.

Preguntas esenciales

¡Ya entiendo La gran idea!

Cuaderno de ciencias

No olvides escribir lo que piensas sobre La gran idea antes de estudiar cada lección.

Pregunta esencial

¿Cómo emplean los ingenieros el proceso de diseño?

 Ponte a pensar

Los diseños resuelven problemas.
¿Qué problema resuelve el puente?

_____

_____

 **Lectura con propósito**

Vocabulario de la lección

Escribe el término. A medida que aprendas lo que significa, toma notas en el Glosario interactivo.

_____

Problema y solución

Las ideas de esta lección están vinculadas mediante una relación de problema y solución. Los buenos lectores marcan el problema con una *P* y la solución con una *S* para comprender mejor cómo está organizada la información.

El proceso de diseño

Para llegar a la escuela, puede que hayas ido en bicicleta o tomado el autobús. Hay dos formas distintas de ir a la escuela, pero las dos tienen algo en común.

Lectura con propósito Mientras lees estas dos páginas, encierra en un círculo los cinco pasos del proceso de diseño y numéralos.

Los dos métodos de transporte de arriba fueron desarrollados por alguien que usó el proceso de diseño. **El proceso de diseño** es el proceso que siguen los ingenieros para resolver problemas. Es un proceso de varios pasos que incluye buscar un problema, planear y construir, examinar y mejorar, modificar el diseño y comunicar los resultados.

El puente William H. Natcher permite cruzar el río Ohio con facilidad y rapidez.

56

Un ingeniero usó el proceso de diseño para diseñar los soportes de este puente.

El proceso de diseño puede ayudar a la gente a resolver problemas o a diseñar soluciones creativas. Observa la foto del río Ohio entre Rockport, Indiana y Owensboro, Kentucky. En el pasado, solo había un puente que unía estas dos ciudades. Pero con el paso de los años, el puente estaba cada vez más congestionado. En esta lección verás cómo se usó el proceso de diseño para diseñar una solución a este problema.

¿Cómo te ayudan los inventos?

Piensa en un invento que te haya facilitado la vida. ¿Qué problema resolvió? ¿Cómo crees que el inventor usó el proceso de diseño para hallar una solución?

_____

_____

_____

_____

_____

Buscar un problema

El proceso de diseño empieza al buscar o hallar un problema. ¡Un ingeniero no puede diseñar una solución sin saber primero cuál es el problema!

Lectura con propósito Mientras lees estas dos páginas, encierra entre corchetes [ ] las oraciones que describan el problema, y pon una *P* delante. Encierra entre corchetes las oraciones que describan los pasos para encontrar una solución, y escribe una *S* delante.

Un equipo de científicos e ingenieros trabajan juntos. Vieron que había demasiado tráfico en el viejo puente. Los habitantes de las dos ciudades necesitaban otra forma de cruzar el río Ohio. El equipo estudió la mejor forma de permitir cruzar el río al mayor número posible de personas y de autos.

Los ingenieros usaron herramientas para medir el ancho y la profundidad del río. Es posible que también midieran la velocidad de la corriente y la altura máxima de las aguas. Después de tomar las medidas, el equipo anotó en sus registros los resultados.

Tomar medidas exactas es una parte importante en la creación de un diseño. Este instrumento permite al topógrafo medir las distancias y los ángulos.

▶ ¿Qué problema crees que quiere resolver el topógrafo? ¿Cómo le podría ayudar el proceso de diseño?

_____

_____

_____

_____

Planear y construir

El equipo decidió que la mejor solución sería construir otro puente sobre el río Ohio.

Lectura con propósito Mientras lees estas dos páginas, subraya las oraciones que describan los pasos del proceso de diseño.

El siguiente paso del proceso de diseño es probar y mejorar el prototipo. Para ello, los ingenieros reúnen los datos sobre las características importantes del diseño del puente, como su estabilidad y el peso que puede soportar. Luego, puede que el equipo modifique aspectos menores del diseño en función de esos datos.

Si los datos demuestran que el prototipo tiene defectos importantes, el equipo debe comenzar de nuevo. Modifican el diseño del puente haciendo grandes cambios a su plan inicial.

Los ingenieros evaluaron y examinaron detenidamente la seguridad del puente William H. Natcher. Se aseguraron de que los constructores siguieran el plan y de que usaran los materiales correctos.

El último paso del proceso de diseño es comunicar la solución. Los inspectores de puentes usaron sus averiguaciones, es decir, la evidencia, para escribir sus informes. Usaron representaciones matemáticas como gráficas, tablas e ilustraciones para explicar que el puente podría abrirse con seguridad. ¡Los ingenieros podían ahora usar esa información para hacer mejoras y construir puentes similares en otros lugares!

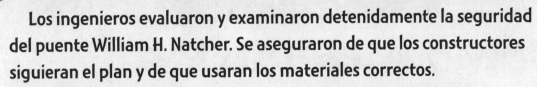

El prototipo ayudó a los constructores a averiguar lo ancho, alto y largo que debían construir el puente.

¡La comunicación es la clave!

Escribe una lista de otras tres formas en que podrías comunicar los resultados de un proyecto a los demás.

_____

_____

¿Cómo mejoran los diseños con el paso del tiempo?

¡El trabajo de un ingeniero nunca acaba! Todo invento se puede mejorar. Por ejemplo, en vez de encender un fuego en un cocina de leña o encender un horno a gas o eléctrico, puedes usar un microondas para cocinar los alimentos.

Al igual que con las cocinas, los ingenieros han ideado nuevos y mejores diseños de teléfonos celulares. Hace cuarenta años, los celulares eran grandes y pesados. Hoy día, ¡el celular más pequeño es apenas más grande que un reloj!

Martin Cooper inventó el primer teléfono celular en 1973. Medía 13 pulgadas de largo, pesaba unas 2 libras y permitía solamente 30 minutos de conversación.

▶ ¿Qué podría pasar si los celulares se hicieran todavía más pequeños?

_____

_____

Los teléfonos celulares de hoy día no solo sirven para hablar. Te permiten hacer fotos, buscar direcciones, escuchar música, ver la televisión o navegar por Internet.

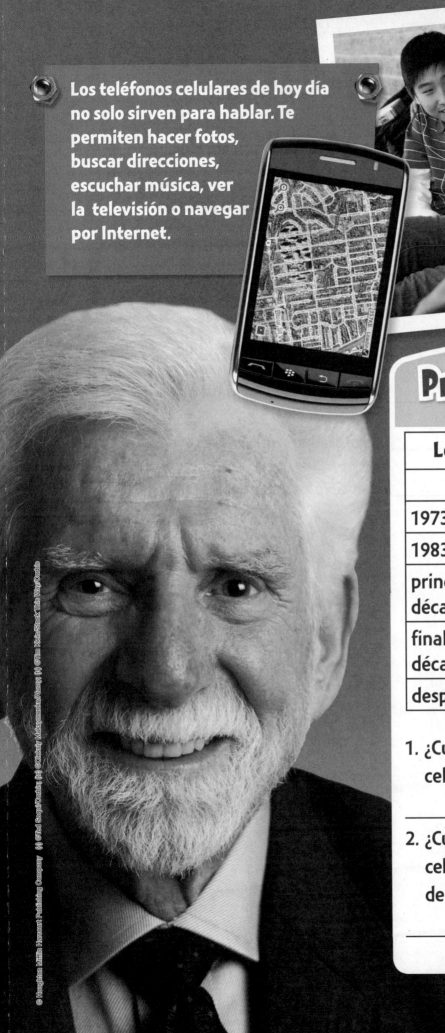

Práctica matemática

Leer una tabla

Los celulares en el tiempo	
Año	Peso
1973	unas 2 libras
1983	28 onzas
principios de la década de 1990	unas 8 onzas
finales de la década de 1990	unas 4 onzas
después de 2000	2 onzas o menos

1. ¿Cuándo pesaban 28 onzas los celulares?

_____

2. ¿Cuánto menos pesaban los celulares a finales que a principios de la década de 1990?

_____

Resúmelo

Cuando termines, lee la Clave de respuestas y corrige lo que sea necesario.

Completa los pasos del proceso de diseño de cada oración.

1

1. Primero, busca un _____.

2. Segundo, _____ y _____ un prototipo.

3. Tercero, _____ y _____ el prototipo.

4. Cuarto, _____ del prototipo según sea necesario.

5. Quinto, _____ la solución, los datos de las pruebas

y las mejoras.

Clave de respuestas: 1. problema 2. planea, construye 3. examina, mejora 4. modifica el diseño 5. comunica

Nombre _____

Juego de palabras

1 Completa el crucigrama con las palabras del recuadro.

Horizontales

2. El plan para una solución que suele tener muchos dibujos
6. Una forma de hablar a las personas sobre un diseño

Verticales

1. El resultado del proceso de diseño
3. Juzgar lo bien que funciona un diseño
4. Algo que necesita una solución
5. Los pasos que siguen los ingeníeros para resolver problemas

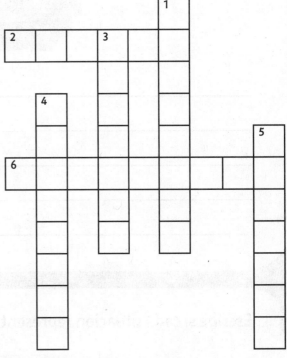

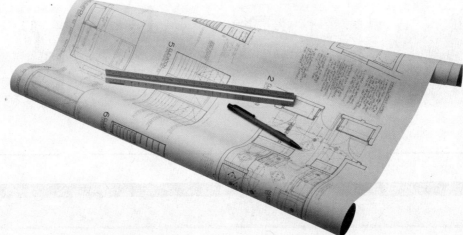

| problema | proceso | solución | diseño | evaluar | comunicar |

2 ¡El hámster de Kyle es muy curioso! Siempre encuentra una forma de escaparse de la jaula. Usa el proceso de diseño para ayudar a Kyle a resolver este problema.

_____

_____

_____

_____

_____

3 Escribe si cada situación representa un problema o una solución.

_____   _____   _____   _____

Para la casa

Comparte en casa lo que aprendiste sobre el proceso de diseño. Identifica con un familiar qué productos son buenos ejemplos del proceso de diseño. ¿Qué problemas resuelven?

Rotafolio de investigación, página 9

Nombre _____

Pregunta esencial

¿Cómo puedes diseñar una casa para un árbol?

Establece un propósito

¿Qué vas a hacer en esta actividad?

_____

_____

_____

_____

Formula tu hipótesis

¿Qué partes del proceso de diseño vas a usar en esta actividad?

_____

_____

_____

Piensa en el procedimiento

¿Por qué es importante tener un plan antes de empezar a construir la casa para un árbol?

_____

_____

_____

_____

_____

¿Qué problemas identificaste? ¿Cómo podrías resolver estos problemas?

_____

_____

_____

_____

_____

_____

Anota tus datos

Dibuja un prototipo de tu plan en el siguiente espacio.

Saca tus conclusiones

¿Por qué crees que es importante construir un prototipo de tu plan antes de comenzar a construir la verdadera casa para un árbol?

_____

_____

_____

Analiza y amplía

1. **Supón que fueras a usar el proceso de diseño para construir la casa para un árbol que diseñaste. ¿Qué más tendrías que hacer antes de comenzar a construirla?**

_____

_____

_____

_____

2. **Tras mirar el prototipo y examinarlo, ¿hay alguna parte del diseño que te gustaría modificar? ¿Por qué?**

_____

_____

_____

_____

_____

_____

_____

3. **¿Qué más te gustaría saber sobre el uso del proceso de diseño en la planificación de proyectos como tu casa para un árbol?**

_____

_____

_____

_____

_____

_____

_____

Pregunta esencial

¿Cuál es la relación entre la tecnología y la sociedad?

Ponte a pensar

Halla la respuesta a la siguiente pregunta en esta lección y anótala aquí.

¿Dónde aparece la tecnología en esta foto?

_____

_____

_____

_____

Lectura con propósito

Vocabulario de la lección

Escribe el término. A medida que aprendes sobre él, toma notas en el Glosario interactivo.

_____

Palabras clave: Detalles

Las palabras y frases clave sirven para relacionar ideas. *Por ejemplo* indica que se van a dar ejemplos de una idea. *También* indica que se va a añadir información. Los buenos lectores recuerdan lo que leen porque están atentos a las palabras clave que identifican los ejemplos y la información de un tema.

Tecnología

¿Qué es la tecnología? Observa esta estación de tren. Casi todo lo que ves es un ejemplo de tecnología.

Lectura con propósito Mientras lees estas dos páginas, encierra en un círculo dos frases o palabras clave que indiquen un detalle como un ejemplo o un hecho añadido.

La **tecnología** es cualquier cosa hecha por la gente que cambia o modifica el mundo natural. La tecnología satisface los deseos o las necesidades de las personas. La tecnología no es solo computadoras y teléfonos celulares. Piensa sobre las cosas que hay en una estación de tren. Todas cumplen un propósito. La tecnología que hay en las estaciones de tren ayuda a las personas a viajar con facilidad. ¿Te imaginas lo diferente que sería el mundo sin la tecnología?

Maleta

Una maleta contiene los artículos que necesita un viajero. Por ejemplo, puede contener ropa, zapatos, el pijama, el cepillo y pasta de dientes. Todos estos artículos son ejemplos de tecnología.

Panel de horarios de tren

El panel de horarios indica la hora de salida de los trenes. También indica la vía desde donde sale el tren. Esta tecnología permite la rápida actualización de los horarios de los trenes cuando hace falta.

Reloj

Los relojes también son tecnología. Le dicen al viajero la hora que es. De esa forma, los viajeros saben cuánto falta para que llegue su tren. También pueden averiguar si han llegado demasiado tarde.

¿Qué hacen las tecnologías?

Escribe dos ejemplos de tecnología que veas en la foto. Di qué hace cada una.

_____

_____

_____

La tecnología a lo largo del tiempo

Los trenes de hoy son distintos a los de hace 100 años, ¡incluso a los de hace 50 años!

Locomotora a vapor del siglo XIX

Las locomotoras de vapor fueron desarrolladas a principios del siglo XIX. Funcionaban quemando madera o carbón para calentar agua que, a su vez, producía vapor.

Lectura con propósito Mientras lees estas dos páginas, halla la idea principal y subráyala dos veces.

La tecnología siempre está cambiando. Los primeros trenes eran arrastrados por unas guías dispuestas en el suelo. Hoy día, hay trenes súper rápidos que pueden viajar a cientos de millas por hora. Las vías del tren también han cambiado con el tiempo. Las nuevas tecnologías hicieron posible las vías de hierro, que permitían transportar cargas más pesadas. Estas vías soportaban trenes más grandes y más rápidos. Estas mejoras hicieron que los trenes fueran más útiles para las personas. Las mejoras en la tecnología hacen que los trenes funcionen mejor, que sean más rápidos y que se manejen más fácilmente.

Los intercambiadores de vías modernos funcionan electrónicamente. Las computadoras envían una señal que cambia la vía por donde discurre el tren.

Los intercambiadores originales eran manuales.

Locomotora diésel del siglo XX

A mediados del siglo XX, la locomotora diésel sustituyó a la locomotora a vapor. El diésel es un tipo de combustible.

Tren Maglev del siglo XXI

Los trenes más rápidos ya no viajan sobre vías. Los trenes Maglev se desplazan impulsados por poderosos imanes.

Práctica matemática
Interpretar una tabla

Observa la tabla. ¿Cuánto más rápido es el tren Maglev que la locomotora a vapor a velocidad punta?

Velocidades máximas de tren	
Tipo de tren	Velocidad (mph)
Locomotora a vapor	126
Locomotora diésel	100
Tren bala	275
Maglev	361

_____

_____

_____

Tecnología y sociedad

La tecnología y la sociedad están relacionadas. La tecnología afecta el modo de vida de las personas y lo que hacen. Las personas también influyen en la tecnología al inventar nuevas cosas.

Lectura con propósito Mientras lees estas dos páginas, encierra entre corchetes [] la oración que describa un problema y escribe *P* a su lado. Subraya la oración que describa la solución y escribe *S* a su lado.

Los trenes son un ejemplo de la relación entre la tecnología y la sociedad. Los trenes transportan cargamento y personas a grandes distancias. Los recursos, como el carbón, se pueden transportar a mucha distancia en pocos días. Antes de que hubiera trenes, la gente de California no podía obtener carbón con facilidad. Las personas influyen en las nuevas tecnologías ferroviarias hallando maneras para que los trenes puedan cruzar elevados puentes o cruzar montañas a través de túneles. La nueva tecnología ayuda a los trenes a satisfacer los deseos y las necesidades de las personas.

Algunas ciudades están muy alejadas de los lugares donde hay carbón o se produce acero. La tecnología ferroviaria permite a las personas obtener recursos en ciudades distantes.

Aunque los trenes que pasan por los Alpes suizos son más seguros que los camiones por carretera, solo pueden cruzar trenes pequeños. Los autos, las carreteras, los trenes y las vías son tecnologías de transporte que permiten desplazar bienes y personas por todo el mundo.

Este nuevo túnel está excavado en los Alpes suizos. La máquina que aparece detrás de los trabajadores es una tecnología usada para perforar. Por este túnel podrán cruzar grandes trenes. Muchas personas ahorrarán tiempo al viajar entre ciudades.

¿Trenes del futuro?

¿Cómo cambiarías los trenes para el futuro? ¿Qué efecto tendrían tus cambios en la sociedad?

_____

_____

_____

_____

_____

_____

Los trenes de carga llevan vagones refrigerados para mantener los alimentos frescos. Esta tecnología permite llevar comida de forma segura a grandes distancias.

¿Cómo te afecta a ti la tecnología?

Las tecnologías siempre están cambiando. Los autos remplazaron a los carruajes de caballos y, tal vez algún día, ¡los autos voladores remplacen a los que manejamos hoy!

Lectura con propósito Mientras lees esta página, encierra en un cuadrado los nombres de las cosas que se estén comparando.

Piensa en la tecnología que usas en la escuela y en casa. ¿Te das cuenta de cómo han ido cambiando? Los nuevos televisores tienen diferente aspecto a los antiguos. Las nuevas computadoras también son muy distintas. Estas nuevas tecnologías también tienen más funciones que las versiones anteriores. La tecnología sigue mejorando con el propósito de mejorar la vida.

Teléfono celular

¿Crees que cuando tus abuelos eran niños disponían de la tecnología que tiene este niño hoy?

Cambios tecnológicos

Esta cámara lleva un carrete fotográfico que solo almacena unas 20 imágenes.

Las cámaras digitales almacenan cientos de imágenes. Las imágenes se pueden borrar para obtener más espacio de almacenamiento.

Los carros de la década de 1960 usaban mucha gasolina y producían mucha polución.

Los carros híbridos funcionan con electricidad y gasolina. Producen menos polución.

Antes y ahora

Observa las tecnologías de abajo. ¿Qué puedes hacer con ellas en la actualidad que la gente no podía hacer hace 50 años?

Los primeros teléfonos tenían diales giratorios y estaban conectados a las paredes.

Ahora podemos jugar juegos

Con esta máquina de escribir no podrías editar tus trabajos con facilidad.

Ahora puedes corejir trabajo.

Resúmelo

Cuando termines, lee la Clave de respuestas y corrige lo que sea necesario.

Completa el resumen. Usa la información para completar el organizador gráfico.

En pocas palabras

La tecnología está en todas partes. Puede ser muy sencilla, como unos

(1) _____.

En una estación de tren, puedes encontrarte un (2) _____ o un (3) _____.

Si vives en la ciudad puede que veas

(4) _____ y (5) _____.

Incluso en tu salón de clases y en la escuela tienes un (6) _____ y puede que incluso tengas una (7) _____.

Idea principal: La tecnología puede ser tan sencilla como una cerca o tan compleja como una estación espacial.

(8) Detalle: La tecnología puede ser tan compleja	(9) Detalle: La tecnología puede ser tan sencilla	Detalle: La tecnología puede ser sencilla como una cerca.
_____	_____	
_____	_____	
_____	_____	
_____	_____	

Clave de respuestas: Respuestas de ejemplo: 1. zapatos 2. banco 3. reloj 4. autos 5. trenes 6. lápiz 7. computadora 8. como un auto 9. como un lápiz

Ejercita tu mente

Nombre _____

Juego de palabras

1 Escribe cuatro palabras del recuadro que sean ejemplos de tecnología.

~~cerca~~	jirafa	~~teléfono celular~~	roca
caballo	~~auto~~	hoja	~~cocina~~

auto

teléfono celular

Tecnología

Cerca

Cocina

Aplica los conceptos

Indica en los ejercicios 2 a 5 qué tecnología usarías y de qué forma.

teléfono celular

lupa

tren

regla

pala de jardín

2 Conseguir el almuerzo que olvidaste en casa

_____

_____

3 Visitar a un amigo en otro estado

_____

_____

_____

4 Plantar vegetales en tu jardín

_____

_____

_____

5 Averiguar qué dice la letra pequeña en un cupón

_____

_____

_____

Para la casa

Comparte en casa lo que aprendiste sobre la tecnología. Haz una lista con un familiar de la tecnología que veas en la cocina de tu casa.

Nombre _____

¿Cómo podemos mejorar un diseño?

Establece un propósito
¿Qué descubrirás en esta actividad?

_____

_____

Piensa en el procedimiento
¿Cómo podrían tú y un compañero modificar el diseño del puente para hacerlo más resistente?

_____

_____

_____

¿Tienen ustedes dos ideas diferentes para modificar el puente? Explícalas.

_____

_____

_____

_____

Anota tus datos
Dibuja tu idea sobre el diseño del puente nuevo. Toma notas sobre la diferencia con respecto al primer puente.

Saca tus conclusiones

¿Cuáles fueron las mejores características de tu diseño? ¿Cuáles fueron las peores? Explícalo.

_____

_____

_____

_____

_____

Analiza y amplía

1. Observa los puentes que hicieron los demás estudiantes. ¿Qué tenían en común todos los nuevos puentes que funcionaron?

_____

_____

_____

_____

2. ¿Cuáles fueron las principales razones que hicieron que se desplomara el primer puente?

_____

_____

_____

_____

3. ¿Cómo te ayudaría observar el diseño de otros puentes para modificar tu propio diseño?

_____

_____

_____

_____

_____

4. ¿Qué otras preguntas tienes sobre la forma en que se puede modificar el diseño de cualquier cosa?

_____

_____

_____

_____

Desvío ←

1 Los ingenieros civiles planean las estructuras que se construyen en los pueblos y ciudades. Las carreteras y los puentes son algunas de las cosas que planean.

2 Los proyectos que los ingenieros civiles construyen tienen que ser seguros. Deben cumplir con las necesidades de su uso diario.

3 Los ingenieros civiles mejoran nuestra vida diaria. Ayudan a las personas a obtener cosas que necesitan.

4 Los ingenieros civiles juegan un papel importante en los pueblos y ciudades en expansión. Estudian la posible necesidad de nuevas estructuras.

8 cosas que deberías saber sobre los ingenieros civiles

5 Los ingenieros civiles mantienen el tráfico de autos y camiones. Reparan las carreteras que han dejado de ser seguras.

6 Los ingenieros civiles hacen dibujos llamados proyectos de construcción.

7 Los ingenieros civiles usan instrumentos como compases y reglas. A veces también usan computadoras.

8 Algunos ingenieros civiles miden la superficie de la tierra. Estos datos los usan para planear edificios.

¡Emergencia de ingeniería!

Empareja los problemas que pueda resolver un ingeniero civil con su solución en la ilustración. Escribe el número del problema en el triángulo correcto del dibujo.

1 ¡No tenemos suficiente potencia eléctrica! Podemos aprovechar la energía del río para generar electricidad.

2 ¡La ciudad está abarrotada de gente! Cada vez hay más personas que se mudan aquí. Hacen falta más lugares donde vivir y trabajar.

3 Las calles están siempre atascadas de tráfico. ¡Tenemos una crisis en el transporte!

4 El puente más cercano está demasiado lejos. Necesitamos una forma más rápida y sencilla de cruzar el río.

Piénsalo

Si fueras un ingeniero civil, ¿qué tipo de cambios harías en el lugar donde vives?

_____

_____

Nombre_____

Repaso de vocabulario

Usa los términos de la casilla para completar las oraciones.

> proceso de diseño
> tecnología

1. Cuando los estudiantes de la clase de tercer grado de la Srta. Simm diseñaron un túnel, siguieron los pasos del
_____.

2. El lavaplatos es un ejemplo de algo que facilita la vida familiar y es un tipo de _____.

Conceptos científicos

Rellena la burbuja de la mejor respuesta.

3. La familia Johnson decidió comprar un nuevo vehículo. Querían que tuviera tracción a las cuatro ruedas para conducir mejor por la nieve. ¿Por qué es el invento de tracción a las cuatro ruedas un tipo de tecnología?

Ⓐ Resuelve el problema del constante aumento del tamaño de los vehículos.

Ⓑ Satisface las necesidades de los conductores.

Ⓒ Protege el medioambiente.

Ⓓ Disminuye la seguridad.

4. Stewart va a trabajar con un equipo para diseñar y mejorar la iluminación exterior. ¿Qué deben hacer antes de comenzar a hacer las mejoras?

Ⓐ mejorar su diseño

Ⓑ mantener el viejo diseño tal como está

Ⓒ probar el nuevo diseño

Ⓓ probar el viejo diseño

5. ¿Cuál es el **principal** objetivo del proceso de diseño?

Ⓐ hallar soluciones a los problemas

Ⓑ dar trabajo a los científicos

Ⓒ hacer tablas y gráficas

Ⓓ escribir artículos en revistas

6. Grace, Miguel y Amelia estudian el efecto de las mejoras tecnológicas sobre el medioambiente. Tienen que diseñar un invento que afecte positivamente al medioambiente. ¿Qué crees que eligieron?

Ⓐ un autobús que consuma más gasolina que los demás

Ⓑ una llanta que no se pueda reciclar

Ⓒ un tren eléctrico que no consuma combustible

Ⓓ una tela nueva hecha de plantas exóticas

Conceptos científicos

Rellena la burbuja de la mejor respuesta.

7. Las tiendas de comestibles pueden llegar a ser lugares muy abarrotados. Los clientes, después de llenar los carritos con la compra, puede que tengan que esperar un tiempo en la cola de la caja. El inventor de las cajas de pago sin cajero, ayudó a los clientes con una nueva tecnología. ¿Qué nuevas necesidades podrían generar las cajas de pago sin cajero?

Ⓐ secciones más frías de productos congelados y refrigerados

Ⓑ tecnología de embolsado automático

Ⓒ uso más seguro de pesticidas en los productos frescos

Ⓓ tecnología de viajes más segura

8. Kelsey está investigando las nuevas computadoras. Quiere encontrar la computadora con la tecnología más moderna. ¿Qué computadora es probable que elija?

Ⓐ la computadora más grande

Ⓑ la computadora menos cara

Ⓒ la computadora más antigua

Ⓓ la computadora con la velocidad de procesamiento más rápida

9. ¿Qué problema resolvió la instalación de aire acondicionado en los automóviles?

Ⓐ Los motores de los autos se calentaban demasiado.

Ⓑ La gente pasaba frío en los autos en invierno.

Ⓒ La gente pasaba demasiado calor en los autos en verano.

Ⓓ La radio del auto se calentaba demasiado en los calurosos días de verano.

10. Esta tecnología médica ayudó a la abuela de John.

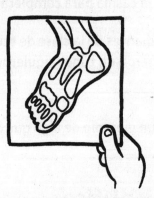

¿Cómo es probable que esta tecnología haya ayudado a la abuela de John?

Ⓐ Enseñándole que calzaba un número de zapato equivocado.

Ⓑ Diciéndole el tipo de media que debía vestir.

Ⓒ Demostrándole que su pie no tenía huesos.

Ⓓ Mostrando los huesos rotos de su pie.

11. Los científicos han identificado un problema en un motor. Se calienta demasiado después de estar en marcha durante bastante tiempo. ¿Qué deberían hacer los científicos **a continuación**?

Ⓐ desmontar el motor

Ⓑ planear y fabricar un motor nuevo

Ⓒ probar y mejorar el nuevo diseño de motor

Ⓓ comunicar los resultados del diseño del nuevo motor

12. Un ingeniero ha diseñado un nuevo motor, pero una de las piezas sigue fundiéndose. El motor puede calentarse a más de 240 °C. Observa la tabla.

Material	Punto de fusión (°C)
potasio	64
plástico	120
estaño	232
aluminio	660

¿Qué material le sugerirías al ingeniero que usara a continuación?

Ⓐ aluminio

Ⓑ plástico

Ⓒ potasio

Ⓓ estaño

13. Supón que estás tratando de sacar una piedra del suelo con una pala. Pero una vez que has cavado toda la tierra de alrededor, te encuentras con el problema de que la piedra pesa demasiado y no la puedes mover. ¿Cuál es la **mejor** opción para resolver el problema?

Ⓐ seguir tratando de levantarla

Ⓑ comenzar de nuevo eligiendo una piedra más pequeña

Ⓒ usar una pala más grande

Ⓓ usar un tractor para levantarla del suelo

14. Supón que estás en una casa de árbol construida por ti. De pronto, ves que una de las tablas está partida y que puede causar un accidente. ¿Cómo podrías mejorar el diseño?

Ⓐ pintando la tabla de un color claro

Ⓑ remplazando la tabla con madera más fuerte

Ⓒ remplazando todo el piso

Ⓓ derribando la casa del árbol

15. La siguiente tabla muestra el número de millas por galón de gasolina que consumen algunos carros. Los autos que consumen la menor cantidad de gasolina recorren más millas por galón. ¿Cuántos autos usan la menor cantidad de gasolina?

Millaje por galón de gasolina

Millas por galón	Conteo de modelos de auto
9–12	I
13–16	III
17–20	卌
21–25	III
26–30	卌 II
31–34	卌 IIII
35–40	II

Cada marca representa 1 modelo de auto

Ⓐ 1

Ⓑ 2

Ⓒ 7

Ⓓ 9

Aplica la investigación y repasa La gran idea

Escribe las respuestas a estas preguntas.

Usa la ilustración para contestar la pregunta 16.

Clínica de animales

16. Escribe tres tipos de tecnología que veas en la ilustración y describe cómo ayuda cada una a mejorar la sociedad.

_____

_____

_____

17. Te acabas de mudar a una casa nueva que tiene una casita para el perro en el patio. A tu perrito, sin embargo, le cuesta entrar en la casita porque la entrada está a cierta altura sobre el suelo.

¿Cuál es el problema? ¿Qué puedes hacer para resolver el problema?

_____

_____

_____

Plantas y animales

La gran idea

Todos los seres vivos pasan por un proceso de crecimiento. Los seres vivos tienen adaptaciones que los ayudan a sobrevivir en su medioambiente.

camarón mantis

Me pregunto por qué

¿Por qué tiene estos colores el camarón mantis? Da vuelta a la página para descubrirlo.

Por esta razón Los vivos colores del caparazón del camarón mantis lo ayudan a pasar desapercibido en su entorno. El camuflaje ayuda al camarón mantis a permanecer a salvo de predadores y a sorprender a sus presas.

En esta unidad vas a aprender más sobre La gran idea, y a desarrollar las preguntas esenciales y las actividades del Rotafolio de investigación.

Niveles de investigación ■ Dirigida ■ Guiada ■ Independiente

Comprueba tu progreso

La gran idea Todos los seres vivos pasan por un proceso de crecimiento. Los seres vivos tienen adaptaciones que los ayudan a sobrevivir en su medioambiente.

Preguntas esenciales

¡Ya entiendo La gran idea!

Cuaderno de ciencias

No olvides escribir lo que piensas sobre la Pregunta esencial antes de estudiar cada lección.

Pregunta esencial

¿Cuáles son algunos ciclos de vida de las plantas?

Ponte a pensar

Encuentra la respuesta a la siguiente pregunta en esta lección y anótala aquí.

¿Cómo participa este colibrí en el ciclo de vida de las plantas?

_____

_____

_____

_____

Lectura con propósito

Vocabulario de la lección

Haz una lista de los términos. A medida que aprendes cada uno, toma notas en el Glosario interactivo.

_____ _____

_____ _____

_____

_____

Comparar y contrastar

Muchas de las ideas en esta lección están relacionadas porque explican comparaciones y contrastes, es decir, en qué se parecen y diferencian las cosas. Los buenos lectores prestan atención a las comparaciones y contrastes al preguntarse: ¿en qué se parecen estas cosas? ¿en qué se diferencian?

El ciclo de vida de una planta

Casi todas las plantas crecen a partir de semillas pero, ¿cómo? ¿Y de dónde vienen las semillas? Todo forma parte del ciclo de vida de las plantas.

Lectura con propósito Mientras lees estas dos páginas, busca y subraya las definiciones de *ciclo de vida*, *germinar*, *flor*, *reproducir* y *piña*.

Las plantas pasan por muchas etapas a lo largo de sus vidas. Estas etapas forman un *ciclo*, es decir, un patrón que se repite una y otra vez. Las etapas por las que pasa un *organismo* o ser vivo durante su vida constituyen su **ciclo de vida**.

Casi todas las plantas provienen de semillas. Una semilla **germina** cuando rompe su envoltura y de ella empieza a crecer una pequeña planta. La planta crece hasta su forma adulta que, en algunas plantas, conlleva la producción de flores. Una **flor** es la parte de algunas plantas que les permite **reproducirse**, esto es, generar plantas semejantes a sí mismas.

Las flores pueden ser de colores vivos o apagados, grandes o pequeñas. Las flores tienen partes masculinas y partes femeninas que participan en la reproducción.

Plántula

Cuando una semilla se riega comienza a germinar. Una *plántula* es la minúscula plantita nueva que nace de la semilla.

Semilla

Dentro de cada semilla hay una planta en su primera etapa de desarrollo. La dura envoltura exterior de la semilla la protege. Estas semillas acabarán siendo grandes plantas de tomate.

Planta adulta

La plántula crece hasta convertirse en una planta adulta. La tomatera adulta produce flores. En las plantas que florecen, las semillas se producen en las flores.

▶ Encierra en un círculo uno de los pasos del ciclo. ¿Por qué se detiene el ciclo si se elimina ese paso?

_____

_____

_____

Fruto

La flor cae de la planta y la planta produce un fruto. El fruto contiene las semillas.

Algunas plantas producen semillas sin tener flores. Sus semillas se forman en las piñas. Las **piñas** son las partes de algunas plantas de semilla donde ocurre la reproducción. A diferencia de las flores, las piñas no se convierten en frutos. Esta piña tiene semillas que se convertirán en nuevos pinos.

Pequeñas maravillas

¡Hay grandes cosas que vienen en pequeños envoltorios! ¿Sabías que hasta los árboles más altos comenzaron siendo pequeñas semillas?

Lectura con propósito Mientras lees estas dos páginas, subraya dos veces las ideas principales.

Las plantas que producen semillas también producen polen. El polen es un material semejante al polvo que participa en la reproducción de la planta. La **polinización** ocurre cuando el polen es transportado desde la parte masculina de la planta a la parte femenina. El entorno de la planta colabora en la polinización. El viento, el agua y los animales ayudan a transportar el polen de una planta a otra. Una vez que la planta ha sido polinizada, las semillas se forman en las partes femeninas de la planta. La parte de la flor que rodea la semilla se convierte en el fruto. Si una flor no es polinizada, no producirá semillas ni se convertirá en fruto.

Las plantas que producen flores tienen un líquido dulce llamado néctar del que beben algunos insectos y aves. A medida que se desplazan de una planta a otra, transportan el polen con ellos.

Muchas semillas tienen partes que flotan en el aire. El viento se lleva estas livianas semillas de diente de león a otros sitios.

Existen muchas formas y tamaños de semillas. Cuando las semillas son liberadas de las plantas, suelen ser transportadas a nuevas zonas. El agua, el viento y los animales se llevan las semillas. Cuando una semilla cae en el lugar adecuado, se convierte en una nueva planta.

Práctica matemática
Estimar una respuesta

Si una abeja puede polinizar 220 plantas en 1 hora, estima cuántas plantas pueden polinizar 9 abejas en la misma cantidad de tiempo.

_____

_____

Este fruto tiene semillas en su interior. Si el ave come el fruto, las semillas pasarán a través de él, haciendo posible que las semillas queden depositadas en nuevos lugares. Esta es una manera en la que las semillas se dispersan.

Más y más esporas

Las plantas que dan flores producen esporas.

Las plantas que dan piñas producen semillas.

¿Producen semillas todas las plantas? ¡Averígualo!

Lectura con propósito Mientras lees esta página, encierra en un círculo una palabra clave que indique una comparación. Encierra en un cuadrado una palabra clave que indique un contraste.

Algunas plantas no producen flores, piñas o semillas. En vez de eso, solamente producen esporas. Al igual que las semillas, las **esporas** son estructuras reproductivas que pueden convertirse en nuevas plantas.

Los helechos son un tipo de planta que se reproduce únicamente mediante esporas. Los helechos tienen unas hojas llamadas *frondas*. Cada fronda tiene hojas más pequeñas que se ramifican desde el tallo.

Las esporas se forman en grupos pequeños en la parte inferior de las frondas de los helechos. Cada grupo contiene centenares de esporas.

El musgo es otro tipo de planta que se reproduce solo por esporas. Los musgos son plantas suaves y pequeñas. Los musgos suelen crecer en grupos en lugares húmedos sin mucha luz. A veces, los musgos parecen mantos verdes que cubren árboles y rocas. Estos mantos en realidad están formados por una gran cantidad de minúsculas plantas.

Los musgos producen esporas en pequeñas cápsulas al final de sus tallos. Las cápsulas mantienen secas las esporas, mientras que el musgo permanece mojado. Cuando las cápsulas se secan, liberan las esporas al aire. Estas minúsculas esporas se alejan flotando para convertirse en nuevas plantas allá donde caen.

Verdadero o falso

Lee los enunciados. Encierra en un círculo la *V* si el enunciado es verdadero y la *F* si es falso.

1. Las esporas son semillas.   V   F

2. Las piñas liberan esporas.   V   F

3. Los musgos producen esporas.   V   F

4. Los helechos no producen flores.   V   F

5. Los musgos no producen semillas.   V   F

Resúmelo

Cuando termines, lee la Clave de respuestas
y corrige lo que sea necesario.

Escribe el término de vocabulario que corresponda con la foto y la leyenda.

1

_____

Pasa esto cuando la semilla
empieza a crecer.

2

_____

Algunas plantas no tienen flores que les
ayuden a reproducirse. En vez de eso,
disponen de esta parte de planta.

3

_____

Esto es lo que hacen las plantas
para generar más plantas.

4

_____

Esto es lo que ayuda a la planta a
producir semillas.

En pocas palabras

Escribe las palabras que faltan para hablar sobre los ciclos de vida de las plantas.

Las diferentes etapas por las que pasa una planta a lo largo de su vida forman su

(5) _____ . Después de germinar una semilla, se convierte en una

(6) _____ . Los insectos son una forma mediante la que el

(7) _____ es transportado de la parte masculina de la planta a la parte

femenina. En la planta que da flores, el (8) _____ contiene las semillas

que se convertirán en nuevas plantas. El agua, el viento y los (9) _____

llevan las semillas a nuevos lugares. Las plantas como los musgos producen

(10) _____ , pero no producen semillas al reproducirse.

Clave de respuestas: 1. germinar 2. piña 3. reproducirse 4. polinización
5. ciclo vital 6. plántula 7. polen 8. fruto 9. animales 10. esporas

Nombre _____

Juego de palabras

1 Completa el crucigrama con las palabras de la casilla.

Horizontales

2. La parte de colores vistosos de una planta que la ayudan a reproducirse se llama _____.

3. Cuando una semilla _____ , rompe su envoltura y de ella comienza a crecer una pequeña planta.

5. La _____ ocurre cuando el polen pasa de la parte masculina de la planta a la parte femenina.

7. Las etapas por las que una planta pasa a lo largo de su vida se llama su _____.

8. La única estructura que usan los helechos para reproducirse es la _____.

Verticales

1. El material semejante al polvo que ayuda a la planta a reproducirse se llama

   _____.

4. Cuando una planta se

   _____, produce semillas que se convertirán en plantas.

6. Las plantas que producen semillas pero que no dan fruto se llaman

   _____.

---

ciclo de vida*   flor*   reproduce*   germina*   polinización*   polen*

piña*   espora*   *Vocabulario clave de la lección

Aplica los conceptos

2 Dibuja el ciclo de vida de un duraznero. La primera etapa ya está hecha.

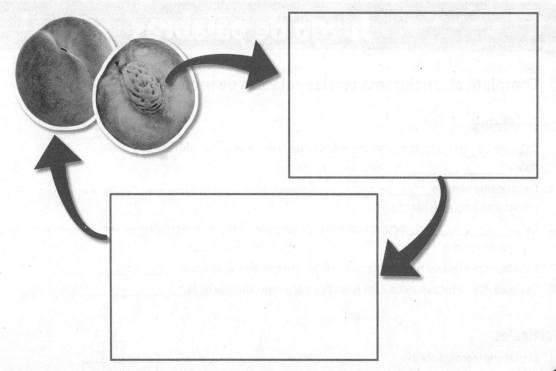

3 Indica debajo de las fotos si lo que se transporta son semillas o polen.

_____   _____   _____

Para la casa

Averigua más sobre los distintos tipos de semillas. Intenta plantar en casa tres tipos diferentes de semillas y observa el tiempo que tardan en germinar. Ten en cuenta también la cantidad de agua y luz solar que necesitan las diferentes semillas.

Pregunta esencial

¿Cuáles son algunos ciclos de vida de los animales?

Ponte a pensar

Encuentra la respuesta a la siguiente pregunta en esta lección y anótala aquí.

¿Por qué se parece este joven koala a su madre?

_____

_____

_____

Lectura con propósito

Vocabulario de la lección

Haz una lista de los términos. A medida que aprendes cada uno, toma notas en el Glosario interactivo.

_____ _____

_____ _____

Secuencia

Muchas de las ideas de esta lección están relacionadas mediante una secuencia, esto es, un orden, que describe los pasos de un proceso. Los buenos lectores prestan atención a las secuencias para identificar la transición de un paso del proceso al siguiente.

Ciclos de vida

Los petirrojos nacen de huevos. Los perros paren a sus cachorros. ¿Qué tienen en común los petirrojos y los perros?

Lectura con propósito Mientras lees estas dos páginas, encierra en un círculo las palabras que muestren las diferencias entre los ciclos vitales de los animales.

Casi todos los animales tienen progenitores macho y hembra. Pero no todos los animales se reproducen, es decir, tienen crías, de la misma forma. Las aves y algunos peces, reptiles y anfibios ponen huevos. Otros animales, como los mamíferos, paren a sus crías. Estas primeras etapas forman parte del ciclo vital de un animal.

Lince recién nacido
La mamá lince pare a sus cachorros. En una camada puede haber entre uno y cuatro cachorros.

Huevo de avestruz
El avestruz es el ave más grande. No es de extrañar que los avestruces pongan huevos muy grandes.

Los caballos son mamíferos que paren a sus crías. Las madres permanecen con sus potros alimentándolos con leche por un período de cuatro a seis meses. Este potro se parece a su madre, solo que en pequeño.

© Houghton Mifflin Harcourt Publishing Company (t) ©James Hager/Robert Harding Picture Library Ltd/Alamy Images; (bg) ©Manfred Grebler/Alamy Images; (bl) ©Nigel J. Dennis/Photo Researchers, Inc.

Cachorro de lince

El joven lince crece bajo la protección de su madre. El joven lince se parece mucho a su madre, solo que en pequeño.

Lince adulto

El joven lince se convierte en adulto y encuentra pareja. Los dos linces adultos se reproducen.

Linces recién nacidos

El ciclo comienza de nuevo con una nueva camada de cachorros de lince.

Polluelo de avestruz

El polluelo de avestruz depende de su madre para obtener alimento.

Avestruz adulto

La hembra de avestruz, ya desarrollada, puede encontrar pareja y reproducirse.

¿Qué sucede a continuación?

Dibuja la siguiente etapa del ciclo de vida del avestruz.

Ciclo de vida de la rana

Hay una rana en las inmediaciones de un lago croando con fuerza. ¿Cómo llegó hasta allí? ¿En qué ha cambiado?

Lectura con propósito Mientras lees estas dos páginas, encierra en un círculo las palabras que nombren etapas del ciclo vital de la rana.

A comienzos de la primavera, muchas de las ranas salen de su hibernación y comienzan a croar. Están buscando pareja. Poco después, las aguas del lago están repletas de huevos. Observa atentamente la fotografía de la masa de huevos de rana. En ella verás diminutas motitas negras. Llegará un día en que cada una de las motitas se convierta en una rana tan grande y verde como la que aparece abajo. Durante el desarrollo de la rana, su apariencia cambia por completo. La **metamorfosis** es el cambio radical de la forma corporal del animal durante su ciclo de vida.

Masa de huevos

Los huevos de rana se agrupan todos juntos. Parecen una nube de huevos. Suelen estar en aguas de lagos o pantanos.

Rana leopardo

La rana leopardo pasa por una serie de cambios después de nacer en forma de renacuajo.

Renacuajo

El renacuajo es la etapa inmadura de la rana que debe vivir en el agua. Nace de un huevo y tiene branquias y una larga cola. Respira y nada como un pez, y su aspecto es muy distinto al de sus progenitores.

Ciclos de vida

¿Qué diferencia hay entre el ciclo de vida de una rana y el ciclo de vida de un avestruz?

_____

_____

_____

_____

El renacuajo comienza a cambiar después de unas cinco semanas. De los laterales de la cola salen unos diminutos brotes que se convierten en pequeñas patas traseras.

Todavía renacuajo, esta joven rana tiene cuatro patas. Su cola pronto desaparecerá. Sus pulmones están prácticamente desarrollados.

Rana adulta

Esta rana tiene patas y pulmones completamente desarrollados. No tiene ni branquias ni cola. ¡Es una rana adulta!

Ciclos de vida de los insectos

Las mariquitas trepan por una pared de ladrillos. Los saltamontes saltan por el suelo. ¿Por qué cambios tuvieron que pasar estos insectos después de salir de sus huevos?

Lectura con propósito Mientras lees esta página, encierra en un círculo una palabra clave que indique cuándo ocurre algo.

Casi todos los insectos experimentan la metamorfosis hasta convertirse en adultos. Las mariquitas, al igual que las mariposas, pasan por una metamorfosis completa. Esto significa que pasan por dos etapas entre el huevo y la forma adulta. En ambas etapas el aspecto del insecto es muy diferente al de su forma adulta.

Algunos insectos, como los saltamontes y las libélulas, experimentan una metamorfosis incompleta. Después de salir del huevo, estos insectos se parecen mucho a los insectos adultos. También pasan por varios cambios a medida que crecen, pero su aspecto no varía demasiado.

El saltamontes adulto aumenta de tamaño y le crecen alas durante su ciclo vital.

Metamorfosis completa

Huevos de mariquita

La mariquita adulta pone sus huevos en una hoja. El huevo es la primera etapa de la metamorfosis completa.

Metamorfosis incompleta

Huevos de saltamontes

El saltamontes pone sus huevos en el suelo. El huevo es la primera etapa de la metamorfosis incompleta.

Larva de mariquita

La larva de mariquita sale del huevo durante la segunda etapa. La larva tiene un aspecto diferente al adulto.

Crisálida de mariquita

La larva se convierte en una crisálida. Durante la tercera etapa, el insecto no se mueve mientras se convierte lentamente en adulto.

Mariquita adulta

Aparece la mariquita adulta. La etapa adulta es la última de las cuatro etapas de la metamorfosis completa.

Ninfa de saltamontes

Los saltamontes jóvenes, llamados *ninfas*, nacen de huevos. La ninfa tiene aspecto de adulto, pero no tiene alas.

Ninfa de saltamontes

La ninfa se desarrolla y muda su envoltura corporal exterior varias veces. Cada vez que lo hace, las alas aumentan de tamaño y se desarrollan mejor.

Saltamontes adulto

La última muda produce un saltamontes adulto. Esta es la tercera y última etapa de la metamorfosis incompleta.

Práctica matemática
Mide en milímetros

La joven ninfa de saltamontes puede medir 20 milímetros de longitud. Dibuja una ninfa de 20 milímetros de longitud.

El saltamontes adulto puede medir 45 milímetros de longitud. Dibuja un saltamontes de 45 milímetros de longitud.

Diversidad

Todos ser vivo es diferente. Incluso los jóvenes con los mismos padres son distintos.

Imagina una familia de perros. La mamá tiene pelo color café. El pelo del papá es negro. ¿De qué color tendrán el pelo los cachorros? Puede que la respuesta sea diferente para cada cachorro. Aunque tengan los mismos progenitores, los cachorros obtendrán características diferentes de cada padre.

Todos los seres vivos comparten rasgos, es decir, características semejantes, con sus padres. Los padres transmiten el color del pelo y de los ojos. Incluso el talento y las habilidades se pueden transmitir de padres a hijos.

Una familia de perros

Estos cachorros tienen los mismos padres, pero se ven todos distintos. Eso ocurre porque han recibido diferentes rasgos de sus padres.

108

Los miembros de la misma familia suelen compartir ciertos rasgos. Piensa en algunas familias que conozcas. ¿Qué características comparten? ¿Qué características son diferentes?

Observa la familia de la foto que aparece en estas páginas. ¿Se parecen unos a otros? Las personas que tienen los mismos padres se suelen parecer. Pero su aspecto no es exactamente el mismo. La *diversidad* —las diferentes características— es lo que hace a cada uno diferente de los demás.

Comparación de cachorros

Encierra en un círculo a dos de los cachorros. Compara sus semejanzas y diferencias.

_____

_____

_____

_____

_____

_____

109

Resúmelo

Cuando termines, lee la Clave de respuestas y
corrige lo que sea necesario.

La parte azul de los enunciados es incorrecta. Escribe la palabra correcta en el espacio en blanco.

1 Casi todos los ~~reptiles~~ dan a luz.
mamíferos

2 Los avestruces y otras aves ~~paren a sus crías~~.
huevos

3 Los renacuajos se parecen ~~exactamente~~ a las ranas adultas.
muy poco

4 Los/Las ~~ninfas~~ nacen de huevos de rana.
renacuajo

5 Las mariquitas experimentan la metamorfosis ~~incompleta~~.
completa

6 Las etapas del ciclo de vida de la mariquita son huevo, larva, ~~renacuajo~~ y fase adulta.
crisalida

7 El saltamontes joven se llama ~~larva~~.
Nifas

8 Una diferencia entre una ninfa y el saltamontes adulto es que la ninfa no tiene ~~patas~~.
alas

Clave de respuestas: 1. mamíferos 2. huevos 3. muy poco 4. renacuajo 5. completa 6. crisálida 7. ninfa 8. alas

Ejercita tu mente

Nombre _____

Juego de palabras

1 Completa el crucigrama con las palabras de la casilla.

Horizontales

2. Casi todas las aves y reptiles se _____ poniendo huevos.

3. Del huevo de una mariquita sale una _____.

5. Durante la metamorfosis completa, una larva se convierte en una _____.

6. El ciclo de _____ incluye todas las etapas de la vida de un organismo.

7. Un renacuajo se convierte en una rana adulta mediante la _____.

Verticales

1. Las aves ponen _____ como parte de su ciclo de vida.

2. Un _____ es una forma inmadura de rana.

4. Tras la etapa de crisálida, la mariquita llega a la etapa _____.

| metamorfosis* | larva* | renacuajo* | crisálida* | **vida** | **huevos** |

| **reproducen** | **adulta** |

*Vocabulario clave de la lección

Aplica los conceptos

2 Muestra el ciclo de vida de los siguientes animales. Puedes dibujar o escribir la respuesta en los recuadros.

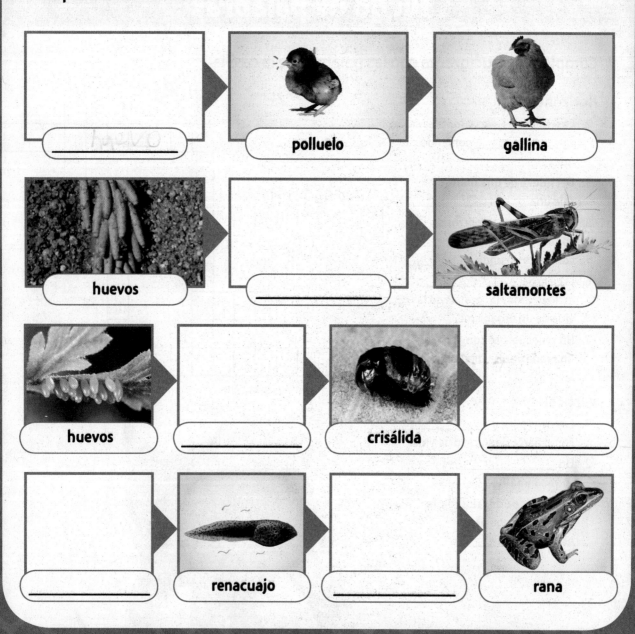

_____huevo_____ ➤ polluelo ➤ gallina

huevos ➤ _____ ➤ saltamontes

huevos ➤ _____ ➤ crisálida ➤ _____

_____ ➤ renacuajo ➤ _____ ➤ rana

Para la casa

Habla con tu familia sobre los ciclos de vida de los animales. Da un paseo por tu vecindario y di las etapas del ciclo de vida del animal que veas. Si no lo sabes, investígalo.

Rotafolio de investigación,
página 14

Nombre _____

Pregunta esencial

¿Cómo cambian los seres vivos?

Establece un propósito

En esta actividad vas a observar semillas de planta varias veces. ¿Por qué crees que los científicos hacen tantas observaciones?

Para llegar a respuestas

_____

_____

Piensa en el procedimiento

¿Por qué crees que colocar las semillas en una ventana soleada y regarlas forma parte del procedimiento?

_____

_____

_____

¿Cómo te puedes asegurar de que estás midiendo el crecimiento de la planta correctamente?

_____

_____

_____

Anota tus datos

Usa tu tabla de datos para dibujar una gráfica lineal que muestre el crecimiento de la planta con el paso del tiempo.

Crecimiento de las semillas de frijol

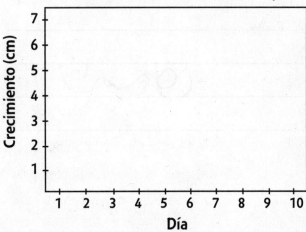

113

Saca tus conclusiones

¿Qué observaste? Infiere por qué respondieron así las semillas.

_____

_____

_____

_____

_____

Analiza y amplía

1. Compara tus observaciones con las de tus compañeros. ¿Obtuvieron todos los mismos resultados? ¿Por qué sí? ¿Por qué no?

_____

_____

_____

_____

_____

_____

2. ¿Qué crees que les pasará a las plantas si no las riegas durante los próximos 10 días? ¿Y si las apartas de la ventana soleada?

_____

_____

_____

_____

_____

_____

_____

3. Piensa en otras preguntas que te gustaría hacer sobre el crecimiento de las semillas.

_____

_____

_____

_____

_____

Pregunta esencial

¿Qué son las adaptaciones estructurales?

Ponte a pensar

Halla la respuesta a la siguiente pregunta en esta lección y escríbela aquí.

¿Por qué es tan largo el pico de este pelícano?

_____

_____

_____

_____

Lectura con propósito

Vocabulario de la lección

Haz una lista de los términos. A medida que aprendes cada uno, toma notas en el Glosario interactivo.

_____

_____

_____

Ayudas visuales

Las fotos y sus leyendas aportan información al texto de la página. Los buenos lectores detienen su lectura para repasar las fotos y las leyendas, y luego determinan qué aporta cada una de ellas al texto

Supervivencia

La vida en la naturaleza no es nada fácil. Los animales deben sobrevivir en el medioambiente donde viven. Sus adaptaciones les permiten sobrevivir.

Lectura con propósito Al leer estas dos páginas, conecta con una línea la adaptación que se ve en cada foto con las palabras que las describen.

Una **adaptación** es un rasgo que ayuda al ser vivo a sobrevivir. A los animales que se cazan como alimento se les llama *presas*. A los animales que cazan presas se les llama *predadores*. Los predadores y las presas tienen adaptaciones que les ayudan a conseguir alimento o evitar ser comidos. Los animales tienen otros tipos de adaptaciones, además de estas.

¿Qué animal es este? Tiene dientes planos. Los dientes planos le permiten moler el pasto.

El tigre come animales como jabalíes y venados. Los afilados dientes del tigre le ayudan a rasgar la carne.

La liebre ártica vive en la nieve y el hielo. De sus pequeñas orejas escapa menos calor que de las orejas más largas de las otras liebres. Sus pequeñas orejas le ayudan a conservar calor.

Las grandes orejas de la liebre del desierto contienen muchos y minúsculos vasos sanguíneos que sirven para liberar el calor de su cuerpo. Esto ayuda a la liebre a mantener una temperatura fresca en los climas cálidos.

¿Adivina quién?

El pinzón tiene un pico para romper semillas y frutos secos. El águila usa el pico para rasgar la carne de sus presas. ¿Qué pico de ave se muestra en la foto 1? ¿Y en la 2?

1. _águila_
2. _pinzo_

Permanecer a salvo

¡Cuidado!¡Es un predador! Algunas adaptaciones ayudan a los animales a defenderse sin tener que luchar.

Lectura con propósito Mientras lees estas dos páginas, busca y subraya ejemplos de adaptaciones defensivas.

Las adaptaciones defensivas pueden atacar el sentido de la vista, olfato, gusto, tacto u oído del predador. Un sabor desagradable, un fuerte sonido o un olor fétido suele ser suficiente para hacer que el predador se marche.

El puercoespín eriza sus púas. Mueve con velocidad su cola. Un buen golpe y las púas se clavan en la piel del atacante. ¡Qué dolor!

El líquido que rocía la mofeta tiene un desagradable olor. También causa quemazón en los ojos. Es una poderosa defensa contra los predadores.

Esta oruga come algodoncillo. El algodoncillo hace que las orugas tengan mal sabor para las aves. El dibujo de franjas de la oruga es un aviso para las aves. Les indica que no deben comerlas.

El lagarto con chorreras silba con la mandíbula abierta. Sus chorreras se despliegan. Es una imagen que asusta y ahuyenta a algunos predadores.

¡Suena la alarma!

Al igual que los perros, los perritos de la pradera ladran cuando perciben un peligro. ¿Cómo les ayuda a sobrevivir esta adaptación?

LS ayuda porque cuando viene peligro pueden llamar a los otros

119

Disfraces de animales

Ahora lo ves, ahora no lo ves.

Ahora lo ves, ¡pero parece otra cosa!

Lectura con propósito Mientras lees estas dos páginas, busca y subraya los nombres de dos adaptaciones relacionadas con el aspecto de un animal.

Algunos animales se pueden ocultar sin siquiera intentarlo. Estos animales permanecen ocultos a consecuencia de sus formas, colores o dibujos. A estos disfraces se les llama **camuflaje**

Algunos animales inofensivos se parecen bastante a otros que resultan dañinos para los predadores o que tienen mal sabor. Como los predadores no saben qué animal es el dañino, dejan de atacar a los dos. Imitar el aspecto de otro animal se llama **mimetismo**.

Observa el color del pelaje de este leopardo de las nieves. Observa sus manchas. Su camuflaje le ayuda a pasar desapercibido en su entorno de nieve y roca. Esto también le permite acercarse con sigilo a sus presas.

Esta mantis orquídea es del mismo color que la flor sobre la que está posada. ¡El insecto está perfectamente camuflado!

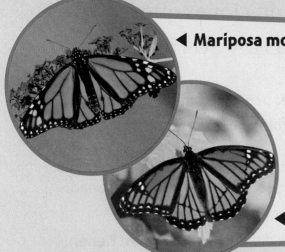

◀ **Mariposa monarca**

Comer mariposas monarca hace vomitar a las aves. Por eso las aves las evitan. La mariposa virrey se parece a la monarca, así que las aves también las evitan.

◀ **Mariposa virrey**

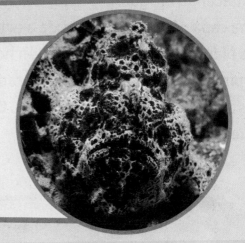

El pez sapo puede tener el aspecto de una roca o una esponja. También puede parecer un alga. Algunos animales intentan descansar sobre la "roca". Otros tratan de comer el "alga". ¡Pero el pez sapo los atrapa y se los come!

¡Que pase desapercibido!

Colorea la lagartija para que permanezca oculta en la hoja. Identifica en la línea de abajo si se trata de camuflaje o mimetismo.

Camuflaje

Datos de plantas

Las plantas también tienen adaptaciones que las ayudan a sobrevivir. ¿Cómo? ¡Lee y averígualo!

Lectura con propósito Mientras lees estas dos páginas, conecta la palabra que describa la adaptación con la parte de la foto que la represente.

Las plantas necesitan agua. En el desierto no hay mucha agua, así que las plantas que viven allí están adaptadas para retener la humedad. Las plantas del desierto como los cactus tienen tallos gruesos que almacenan el agua. Las hojas de las plantas del desierto también tienen una capa cerosa que las ayuda a evitar la pérdida de agua. Por lo general, las plantas del desierto no tienen hojas, sino espinas. Las delgadas espinas ayudan a evitar la evaporación. Las espinas también evitan que los animales se coman las plantas. Otras tienen diferentes adaptaciones que las ayudan a sobrevivir.

Las plantas de jarro no pueden obtener del suelo los nutrientes que necesitan. En los jarros, las plantas almacenan agua y atrapan insectos para comer. Los laterales son resbalosos, así que cuando los insectos caen en los jarros, ¡no pueden salir! Los insectos son digeridos y proporcionan a la planta los nutrientes que necesita.

Las zarzamoras son amargas hasta que maduran. Su sabor amargo es una adaptación. Evita que los animales coman las bayas antes de que las semillas hayan madurado lo suficiente como para producir nuevas plantas.

La plantas piedra pasan desapercibidas en su entorno de roca y piedra. Los animales que pastan no las ven. El camuflaje evita que se las coman.

Práctica matemática
Resuelve un problema

Una planta de jarro roja atrapa 3 insectos cada semana. Una planta de jarro verde atrapa 2 insectos cada semana. ¿Cuántos más insectos atrapa la planta roja en cuatro semanas que la planta verde? Muestra tu trabajo.

R = 3

R = 2

V = 2

Resúmelo

Completa el resumen. Usa para completar el organizador gráfico.

En pocas palabras

Las (1) ___adaptaciones___ son características que ayudan a los seres vivos a sobrevivir. El (2) ___camuflaje___ es un tipo de adaptación. Ayuda al pez sapo a tener aspecto de alga y a atrapar presas. Una adaptación llamada (3) ___mimetismo___ hace que la inofensiva mariposa virrey tenga el aspecto de la dañina mariposa monarca.

Idea principal: Los seres vivos tienen adaptaciones que los ayudan a sobrevivir en sus ambientes.

(4) Detalle:	(5) Detalle:	Detalle: **El caballo tiene dientes planos para triturar el pasto.**

Nombre _____

Juego de palabras

1

Pon las letras en orden para completar las pistas.	
1. Las __adaptaciones__ ayudan a los seres vivos a sobrevivir en sus ambientes.	t a s e p a o i n c d a
2. Algunas plantas tienen adaptaciones que las ayudan a __defenderse__ de los animales que las quieren comer.	n e s r e e e d d f
3. El __camuflaje__ ayuda al animal a pasar desapercibido en su entorno.	m j e l a c u a f
4. La adaptación que hace que un organismo se parezca a otro se llama __mimetismo__.	t e s o m m m i i
5. Las __púas__ del puercoespín lo protegen de otros animales.	súpa
6. Los animales no comen mariposas __bire__ porque tienen el mismo aspecto que las mariposas monarca.	yveirr

Aplica los conceptos

2 Observa las fotografías. Escribe el tipo de adaptación que muestran.

_____   _____

3 Haz dos dibujos. Muestra una adaptación de una planta. Muestra una adaptación de un animal. Escribe dos leyendas para describir tus dibujos.

Adaptación de planta	Adaptación de animal

_____   _____

_____   _____

Observa una planta o un animal en su hábitat natural. ¿Cuál es una de sus adaptaciones? ¿Cómo le ayuda esa adaptación a sobrevivir?

Conoce a algunos entomólogos

Miriam Rothschild 1908–2005

De pequeña, Miriam Rothschild coleccionaba escarabajos y orugas. Más tarde estudió pulgas y otros parásitos. Los parásitos son seres vivos que viven en otros seres vivos. Rothschild estudió las pulgas del pelaje de los conejos, y descubrió cómo saltaban. En 1952 escribió su primer libro, titulado *Pulgas, duelas y cucos*. En 1973 terminó un libro sobre unas 30,000 pulgas distintas.

Rothschild estudió el ciclo de vida de la pulga y cómo se reproduce.

Charles Henry Turner 1867–1923

Charles Turner fue entomólogo, es decir, un científico que estudia los insectos. Estudió muchos tipos de insectos, como las hormigas y abejas. En 1910 demostró que las abejas podían distinguir los colores. Al año siguiente demostró que también eran capaces de observar patrones. Turner halló que ciertas hormigas se mueven en círculo hasta llegar a su hormiguero. Para honrar su trabajo con las hormigas, los científicos dieron nombre a ese comportamiento en su honor.

Turner demostró que las abejas son capaces de ver el color de las flores.

Los entomólogos

Lee la siguiente línea cronológica. Usa lo que leíste sobre Rothschild y Turner para completar los recuadros en blanco.

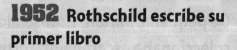

1952 Rothschild escribe su primer libro

1910 Turner demuestra que las abejas distinguen los colores.

1908 Nace Miriam Rothschild.

1907 Charles Turner escribe un estudio sobre hormigas.

¿Después de qué año de la línea cronológica añadirías lo siguiente?

Un científico nombra los círculos que trazan las hormigas en su vuelta al hormiguero en honor a Turner.

_____

Nombre _____

¿Cómo podemos representar una adaptación física?

Establece un propósito
¿Qué vas a aprender de este experimento?

_____

_____

_____

Piensa en el procedimiento
¿Qué efecto crees que tendrá lo pegajosa que esté la lengua con el número de insectos que atrape la rana? Escribe tu predicción.

_____

_____

_____

¿Por qué crees que todos los pedazos de papel son del mismo tamaño?

_____

_____

_____

_____

Anota tus datos
Anota el número de insectos atrapados en cada uno de los cinco intentos con la lengua pegajosa y con la lengua húmeda.

Intento	1	2	3	4	5
Lengua pegajosa					
Lengua húmeda					

Saca tus conclusiones

¿Qué lengua atrapa mejor insectos, la húmeda o la pegajosa? ¿Por qué?

_____

_____

_____

_____

Analiza y amplía

1. ¿Por qué es un ejemplo de adaptación la lengua pegajosa?

_____

_____

_____

_____

_____

2. ¿Cómo cambiaría este experimento si los insectos estuvieran dentro de un tubo de ensayo en vez de sobre un pupitre plano?

_____

_____

_____

3. Supón que fueras un insecto que vive en una zona con muchas ranas de lengua pegajosa. ¿Qué adaptación te ayudaría a sobrevivir?

_____

_____

_____

_____

4. ¿Qué tipo de lengua es mejor para atrapar insectos? ¿Qué otros animales crees que podrían tener este tipo de lengua?

_____

_____

_____

_____

5. ¿Qué otras preguntas se te ocurren sobre adaptaciones para comer?

_____

_____

_____

_____

Pregunta esencial

¿Qué son las adaptaciones de comportamiento?

Ponte a pensar

Halla la respuesta a la siguiente pregunta en esta lección y escríbela aquí.

Los gansos que migran suelen volar en una formación en V. ¿Cuándo saben que es la hora de migrar?

_____

_____

_____

Lectura con propósito

Vocabulario de la lección

Haz una lista de los términos.
A medida que aprendes cada uno, toma notas en el Glosario interactivo.

Comportamiento aprendidos
Comportamientos institue

_____

Comparar y contrastar

Muchas de las ideas de esta lección están relacionadas porque muestran comparaciones y contrastes, es decir, indican en qué se parecen y diferencian las cosas. Los buenos lectores prestan atención a las comparaciones y contrastes al preguntarse: ¿en qué se parecen estas cosas? ¿en qué se diferencian?

¿Saberlo o aprenderlo?

Comer, dormir, encontrar cobijo o refugio e ir de un lugar a otro. ¿Cómo saben qué hacer los animales?

Lectura con propósito Mientras lees estas dos páginas, encierra en un círculo las palabras que indiquen la diferencia entre instinto y comportamiento aprendido. Subraya ejemplos de cada tipo.

Un **comportamiento** es cualquier cosa que un organismo hace. Los **comportamientos aprendidos** son comportamientos que proceden de observar a otros animales o a través la experiencia. Los animales jóvenes aprenden a comportarse al observar y copiar a los adultos.

También hay otros tipos de comportamientos. El **instinto** es un comportamiento que el animal conoce sin haberlo aprendido. Los animales nacen con instintos. Los comportamientos son adaptaciones que pueden ayudarlos a sobrevivir en sus ambientes.

Una mamá leona enseña a cazar a sus cachorros. Buscar comida es un instinto. Saber cómo hallar y atrapar el alimento es algo que los cachorros aprenden al copiar a sus progenitores.

Una tortuga marina mamá entierra sus huevos en la arena. Casi todas las tortuguitas salen del huevo por la noche. Avanzan por instinto hacia la zona más iluminada. Este instinto ayuda a las crías a encontrar el océano.

El chimpancé no nace sabiendo cómo usar esta herramienta. Aprende este comportamiento observando a los demás. A veces, un chimpancé descubre cómo hacerlo por su cuenta.

Cantar es un instinto para algunas aves pero, a veces, algunos cantos los aprenden de otras aves.

La telaraña ayuda a la araña a sobrevivir. La telaraña es pegajosa para así atrapar insectos. ¿Pero cómo sabe tejerla la araña? Este es un comportamiento instintivo.

El instinto de la polilla es usar la luz de la luna para orientarse. Esa es la razón por la que la luz de los porches atrae a las polillas.

▶ ¿En qué se parecen los instintos y los comportamientos aprendidos?

Esos

Buscar comida

Hambrientos, mojados, ateridos de frío. Así estarían los animales sin el instinto de buscar cobijo y comida.

Lectura con propósito Mientras lees estas dos páginas, subraya los detalles que indiquen cómo buscan comida los animales. Encierra en un círculo cómo buscan cobijo.

Todos los animales buscan comida cuando están hambrientos. Es un comportamiento instintivo. Pero buscar comida a veces es un comportamiento aprendido. Algunos animales aprenden observando a sus progenitores y a otros adultos. Y otros también aprenden por su cuenta.

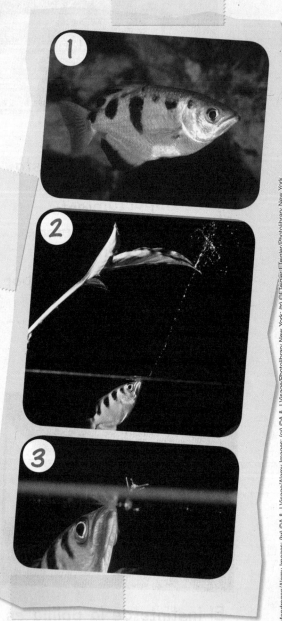

Los osos vienen a este río a atrapar salmones. Los osos aguardan a que los peces naden contracorriente. Ese es un comportamiento aprendido.

¿Cómo aprendió el pez arquero a obtener comida afuera del agua? El pez, de forma instintiva, lanza agua a los insectos que vuelan por el aire para atraparlos.

Buscar cobijo

Estas aves aprendieron a construir nidos en los edificios cuando talaron los árboles.

Esta taltuza usa lo que tiene a su disposición, garras y tierra, para construirse un refugio en el suelo.

Las hormigas trabajan juntas para construir el hormiguero. Usan la tierra de su alrededor. El hormiguero oculta un sistema de túneles donde se cobijan y almacenan la comida.

Cómo sobreviven los animales

¿Qué ventaja tiene para las hormigas construir un hormiguero?

_____

_____

_____

_____

_____

Hibernación

Cuando llegan los fríos del invierno muchos animales disminuyen su ritmo vital.

Lectura con propósito Mientras lees estas dos páginas, subraya las palabras que describan lo que les ocurre a los animales de las fotos.

Los animales responden al frío clima de invierno de diferentes maneras. Algunos permanecen activos durante el invierno. Salen en busca de alimento o comen lo que han guardado. Otros animales **hibernan**, es decir, entran en un estado de somnolencia que les ayuda a sobrevivir las frías condiciones invernales. Las funciones corporales se hacen más lentas. El corazón late más despacio y la respiración casi se detiene. Hibernar es un comportamiento instintivo.

El animal que hiberna consume muy poca energía porque su cuerpo apenas funciona. El cuerpo del animal tiene almacenada la suficiente grasa como para mantenerlo vivo todo el invierno.

Esta marmota pasó el otoño comiendo y ganando peso. Almacenó la suficiente energía para sobrevivir a la hibernación invernal. El ritmo cardíaco y la respiración de la marmota se han vuelto más lentos.

Muchos murciélagos como este hibernan en invierno. En primavera, cuando empieza a hacer más calor, hay más comida para ellos. Es entonces cuando dejan de hibernar.

¿Qué animales hibernan? Muchos de los animales que comen insectos hibernan. Entre ellos se encuentran los murciélagos, erizos y hámsters. Los insectos como las mariquitas y abejas también hibernan. Y también lo hacen los lagartos, culebras, tortugas, mofetas, tejones y muchos otros animales.

Estas serpientes están hibernando todas juntas. Cuando llega la primavera abandonan su guarida.

Observa los datos

¿Cómo cambia el ritmo cardíaco de los animales durante la hibernación?

Ritmo cardíaco del animal	Murciélago	Marmota
Sin hibernar	450 latidos por minuto	160 latidos por minuto
Hibernando	40 latidos por minuto	4 latidos por minuto

Migración

Algunos animales son viajeros. Ciertas ballenas hacen un viaje anual de ida y vuelta de un lugar frío a uno cálido.

Lectura con propósito Mientras lees, compara las diferentes razones por las que los animales migran. Encierra en un círculo cada razón por la que puede que migre el animal.

Los animales **migran** cuando viajan largas distancias en grupo desde una región a otra y de vuelta. Las ballenas nadan hasta zonas cálidas para reproducirse. Luego, viajan a otro lugar para dar a luz. A continuación viajan de vuelta al primer lugar para encontrar comida.

Muchos animales, como las aves y los peces, migran. Las ballenas y algunos otros animales enseñan a sus crías el camino a recorrer. El trayecto que los animales toman es aprendido, pero saber cuándo es hora de migrar es un instinto.

Las ballenas grises tienen una de las rutas migratorias más largas de todos los mamíferos. Viajan hasta 21,000 kilómetros al año. Las ballenas grises van desde el frío Ártico hasta las costas de México para parir a sus crías.

En invierno, cuando la tierra se hiela en el Ártico, los cisnes chicos vuelan a las cálidas tierras del sur. Cuando empieza a hacer calor, los cisnes regresan al Ártico. Allí se aparean y esperan el nacimiento de sus polluelos.

Rutas migratorias de la ballena gris y del cisne chico

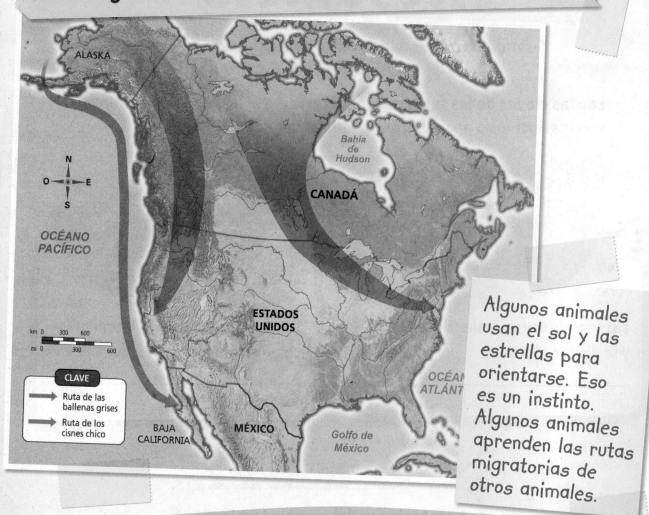

ALASKA

Bahía de Hudson

CANADÁ

N
O   E
S

OCÉANO PACÍFICO

ESTADOS UNIDOS

OCÉANO ATLÁNTICO

km 0   300   600
mi 0   300   600

CLAVE

→ Ruta de las ballenas grises
→ Ruta de los cisnes chico

BAJA CALIFORNIA

MÉXICO

Golfo de México

Algunos animales usan el sol y las estrellas para orientarse. Eso es un instinto. Algunos animales aprenden las rutas migratorias de otros animales.

Práctica matemática
Haz una gráfica

Muchos animales migran. La ballena gris puede recorrer hasta 10,000 kilómetros por trayecto durante su migración. El cisne chico recorre más de 3,000 kilómetros por trayecto en su migración. Dibuja una gráfica de barras para comparar las distancias.

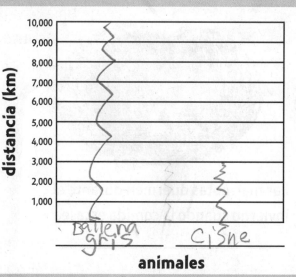

distancia (km)

10,000
9,000
8,000
7,000
6,000
5,000
4,000
3,000
2,000
1,000

Ballena gris   Cisne

animales

Cuando termines, lee la Clave de respuestas y corrige
lo que sea necesario.

**Lee las claves de las fotografías. Determina si los comportamientos
son instintivos o aprendidos. Rotula el organizador gráfico.**

1

Las crías de tortuga salen del cascarón
y se dirigen al océano.

instintivo

2

Los chimpancés usan herramientas
como este palo para obtener alimento.

comportamiento

Adaptaciones del comportamiento

3

Las marmotas duermen durante el
invierno cuando la comida escasea.

instintivo

4

Los osos pardos aguardan en el agua
para atrapar peces.

comportamiento
aprendido

Clave de respuestas: 1. instinto 2. comportamiento aprendido 3. instinto 4. comportamiento
aprendido

Juego de palabras

1 Completa el crucigrama con las palabras de la casilla.

adaptaciones · comportamiento* · instinto* · aprenden

migran* · progenitores · cobijo · hibernan*

*Vocabulario clave de la lección

Crucigrama:
1. hibernar
2. adaptaciones
3. progenitores
4. comportamiento
5. migran
6. cobijo
7. instinto
8. aprenden

Horizontales

1. Los animales que ___hibernar___ disfrutan de un largo descanso invernal.
3. Un animal joven aprende los comportamientos observando a sus ___progenitores___.
6. Los animales que necesitan un lugar cálido a resguardo de la lluvia buscan _____.
8. Los animales _____ a cazar observando a otros animales.

Verticales

2. Los comportamientos son ___adaptaciones___ que ayudan a un organismo a sobrevivir.
4. La migración y la hibernación son dos ejemplos de _____ animal.
5. Todos los años, las ballenas grises _____ a miles de millas de distancia.
7. Buscar alimento y cobijo es un ___comportamiento___.

2 ¿En qué se parecen los instintos y los comportamientos aprendidos? ¿En qué se diferencian?

_____

_____

_____

_____

3 Observa las fotos. Escribe cómo ayuda el comportamiento al animal a sobrevivir.

_____

_____

_____

_____

Para la casa

Habla con tu familia sobre las cosas que haces a diario. ¿Qué cosas has aprendido? ¿Cuáles son instintos?

Guárdalo para más tarde:
Conservación de alimentos

Hace mucho tiempo que las personas aprendieron a guardar y conservar los alimentos. Al principio, la gente recurría a la naturaleza para conservar la comida. Luego se inventaron herramientas y procesos para conservarla. Sigue la línea cronológica para ver cómo ha ido cambiando la conservación de alimentos a lo largo del tiempo.

Hace 5,000 años

Sal para conservar carne. El hielo evitaba que la comida se echara a perder. La gente secaba carnes y frutas.

1795

Calentar la comida en frascos de cristal hacía que se mantuviera fresca. La conservación de alimentos en frascos de cristal y en latas de metal fue una práctica muy extendida.

1855

En las neveras o heladeras, el aire fluía alrededor de un bloque de hielo como este.

¿Qué tipos de conservación de alimentos se usan actualmente? ¿Por qué se siguen usando formas antiguas cuando existen herramientas más nuevas?

_____

_____

_____

Analiza un producto

Las tiendas de comestibles están repletas de productos que han sido conservados para mantener su frescura. Piensa en uno de tus productos favoritos que compras en las tiendas.

Las cenas precocinadas y congeladas duran unos seis meses.

Siglo XX

El uso de los refrigeradores se extendió en la década de 1940. Con anterioridad a la década de 1990, la mayoría de los refrigeradores usaba gases perjudiciales para la atmósfera.

¿Cómo se conserva tu producto favorito? ¿Cómo ayuda el empaquetado a mantenerlo fresco? ¿Cuánto tiempo dura una vez abierto?

_____

_____

_____

Parte de la base

Enfréntate al reto de diseño: completa la sección de **Resuélvelo: Ayuda a los animales a migrar** del Rotafolio de investigación.

Nombre_____

Repaso de vocabulario

Usa los términos del recuadro para completar las oraciones.

adaptación
comportamiento
germinar
ciclo de vida
metamorfosis

1. Una rana desarrolla las patas delanteras y traseras durante la _____metamorfosis_____.

2. Un ave que construye un nido es un ejemplo de _____comportamiento_____

3. Antes de que pueda crecer una planta, la semilla debe _____germinar_____.

4. Las serpientes ponen huevos como parte de su _____ciclo de vida_____.

5. Las púas de un erizo son una _____adaptación_____ estructural.

Conceptos científicos

Rellena la burbuja con la letra de la mejor respuesta.

6. ¿Qué sucede cuando una planta es polinizada?

Ⓐ El polen es transportado de la parte masculina de la planta a la parte femenina.

Ⓑ Empiezan a crecer nuevas raíces que absorben agua.

Ⓒ Una semilla germina y empieza a brotar.

Ⓓ Se forma una espora de una semilla.

7. Observa el ciclo de vida de la mariposa.

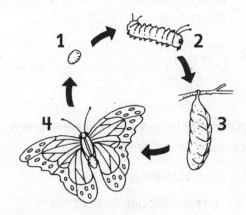

¿Qué etapa muestra el paso 3 de la ilustración?

Ⓐ adulto   Ⓒ larva

Ⓑ huevo   Ⓓ crisálida

Conceptos científicos

Rellena la burbuja con la letra de la mejor respuesta.

8. Los animales tienen muchos tipos de comportamientos. Algunos son aprendidos y otros son instintivos. ¿Cuál de los siguientes comportamientos es instintivo?

Ⓐ un chimpancé que usa una herramienta para sacar insectos

Ⓑ murciélagos que hibernan en los meses de invierno

Ⓒ cachorros de león que imitan los comportamientos de caza de la madre

Ⓓ un perro que responde a las órdenes de su dueño

9. A Óscar le gusta observar las aves. Su ave favorita es la curruca, pero solo las puede ver durante el mes de septiembre. Después de ese mes, las currucas emigran al sur en busca de comida. ¿De qué es ejemplo el comportamiento de las currucas?

Ⓐ camuflaje

Ⓑ metamorfosis

Ⓒ migración

Ⓓ mimetismo

10. ¿Qué adaptación ayuda al zorro gris a escapar de sus predadores?

Ⓐ su grueso pelaje

Ⓑ su reproducción en primavera

Ⓒ su hibernación

Ⓓ su capacidad de trepar por los árboles

11. Los animales tienen estructuras corporales que les ayudan a buscar comida y cobijo o a defenderse de los predadores. Observa la siguiente ilustración.

¿Qué adaptación ayuda al guepardo a competir con otros animales por comida?

Ⓐ su capacidad para trepar

Ⓑ su largo ciclo de vida

Ⓒ su pelaje para mantener la temperatura corporal

Ⓓ sus fuertes patas para la caza a gran velocidad

12. Hay flores de muchos tamaños, formas y colores. ¿Por qué sería esa variedad una forma de adaptación?

Ⓐ Las diferentes flores hacen que el jardín sea más atractivo.

Ⓑ Los diferentes tipos de flores ayudan a la planta a obtener la máxima cantidad de luz.

Ⓒ Los diferentes tipos de flores ayudan a la planta a sobrevivir en climas diversos.

Ⓓ Los diferentes tipos de flores atraen a distintos tipos de insectos para polinizarlas.

13. Tanisha está haciendo una gráfica sobre el ciclo de vida de un tipo de pino. Coloca las siguientes etapas del ciclo de vida del árbol en la secuencia correcta.

1. Se forma una semilla dentro de una piña.

2. La planta crece y se convierte en un pino adulto.

3. El polen va de la piña masculina a la piña femenina.

4. Una semilla germina y brota una nueva planta.

(A) 1, 2, 3, 4

(B) 3, 1, 4, 2

(C) 2, 1, 4, 3

(D) 4, 3, 2, 1

14. Austin tiene una gata blanca y amarilla que acaba de tener gatitos. El papá de los gatitos es negro. En la camada de gatitos hay tres gatos negros, tres gatos amarillos y un gato negro, blanco y amarillo. ¿Cómo puedes explicar esos resultados?

(A) No hay forma de saber el aspecto que tendrán las crías de un animal.

(B) Probablemente, los gatos machos sean todos negros y los demás gatos sean hembras.

(C) Cada gatito tiene rasgos de la madre y del padre.

(D) El pelaje de los gatitos se oscurecerá y pronto tendrán todos pelo negro.

15. Una científica está estudiando el comportamiento de las ardillas listadas. Anotó la información en la siguiente tabla.

Mes	Temperatura corporal promedio (°F)
Enero	55
Abril	90
Junio	99
Octubre	95

¿Qué adaptación muestra la gráfica de arriba?

(A) camuflaje

(B) hibernación

(C) migración

(D) mimetismo

16. ¿Qué parte del cacto le permite sobrevivir durante largos períodos de clima seco?

(A) sus raíces superficiales

(B) sus largas flores de colores vivos

(C) su grueso tallo para almacenar agua

(D) sus delgadas y afiladas agujas

17. El búho nival macho es casi blanco por completo. Vive cerca del círculo polar ártico, donde esta adaptación le permite ocultarse para cazar. ¿Qué tipo de adaptación es esta?

(A) camuflaje

(B) hibernación

(C) instinto

(D) mimetismo

Aplica la investigación y repasa La gran idea

Escribe las respuestas a estas preguntas.

18. Matt investiga el ciclo de vida de las plantas. Quiere averiguar si las semillas de calabacín germinan y crecen más rápido que las semillas de frijol. Diseña un experimento que Matt puede hacer para averiguarlo. Identifica los controles, la variable y la hipótesis. Luego, describe cómo mostrarías los resultados.

_____

_____

_____

_____

_____

_____

19. Katerina está realizando un proyecto sobre las adaptaciones de las aves para la feria de ciencias. Explica cómo podría usar los siguientes materiales como modelos para exponer las distintas adaptaciones de las aves para comer diferentes alimentos.

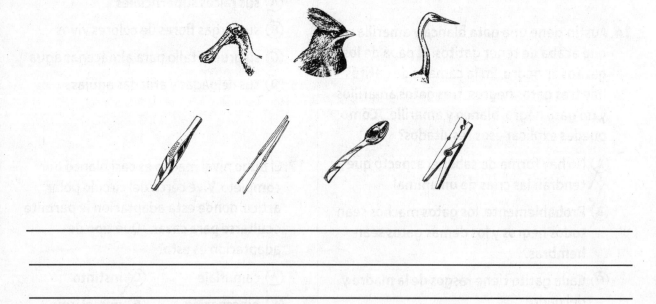

_____

_____

_____

UNIDAD 4
Ecosistemas e interacciones

La gran idea

Todos los seres vivos, los que vivieron en el pasado y los seres no vivos interactúan en un ecosistema. Todos los seres vivos necesitan energía para crecer y sobrevivir.

La hormiga acacia vive en la acacia cornigera, un árbol con espinas.

Me pregunto por qué

¿Por qué vive esta hormiga acacia en acacias cornigeras? *Da vuelta a la página para descubrirlo.*

Por esta razón Las hormigas acacia obtienen alimento del árbol. Como contrapartida, las hormigas protegen al árbol de animales y plantas que le son perjudiciales.

En esta unidad vas a aprender más sobre La gran idea, y a desarrollar las preguntas esenciales y las actividades del Rotafolio de investigación.

Niveles de investigación ■ Dirigida ■ **Guiada** ■ Independiente

Comprueba tu progreso

La gran idea Todos los seres vivos, los que vivieron en el pasado y los seres no vivos interactúan en un ecosistema. Todos los seres vivos necesitan energía para crecer y sobrevivir.

Preguntas esenciales

¡Ya entiendo La gran idea!

Cuaderno de ciencias
No olvides escribir lo que piensas sobre la Pregunta esencial antes de estudiar cada lección.

Pregunta esencial

¿Qué son los ecosistemas?

Ponte a pensar

Halla la respuesta a la siguiente pregunta en esta lección y escríbela aquí.

Este pájaro carpintero almacena bellotas en el árbol. ¿Por qué es el árbol parte del hábitat del pájaro carpintero?

_____

_____

_____

Lectura con propósito

Vocabulario de la lección

Escribe los términos en la lista. Toma notas en el Glosario interactivo a medida que aprendas sobre ellos.

Medioambiente   ecosistema
habitat   poblacion
Comunidad

Idea principal y detalles

Hay oraciones que dan detalles e información sobre un tema. Esta información puede aparecer en forma de ejemplos, rasgos, características o hechos. Los buenos lectores prestan atención al tema cuando se preguntan: ¿qué dato o información aporta esta oración al tema?

Animales y plantas en su hábitat

¿Qué tienen en común la arena, el agua salada, los cangrejos y las algas marinas? ¡Que los puedes encontrar a todos en la playa, por supuesto!

Lectura con propósito Mientras lees estas dos páginas, subraya dos veces las ideas principales.

Cuando vas a la playa, ves una gran cantidad de seres vivos. Los seres no vivos, como la arena y el agua salada, también forman parte de la playa. Todo lo que rodea a un ser vivo constituye su **medioambiente**. Esto incluye tanto a los seres vivos como a los no vivos. Tu pupitre, el maestro, los libros y el aire forman parte del medioambiente de tu salón de clases.

Un **ecosistema** es el conjunto de seres vivos y no vivos que viven en un determinado sitio. En el ecosistema, los seres vivos interactúan entre sí y con los seres no vivos del entorno. Piensa en las abejas que usan un viejo tronco para construir su colmena. Recolectan néctar de las flores para producir miel. Un oso que se come la miel. Estas interacciones forman parte de un ecosistema.

Los seres vivos de un ecosistema comparten los recursos. Muchos también comparten un hábitat. Un **hábitat** es el espacio donde vive un animal o planta. El hábitat de la rana es el lago. El medioambiente de la rana es todo cuanto rodea a la rana.

El hábitat de este cangrejo está en la arena. El cangrejo y la arena forman parte de un ecosistema.

Un ecosistema marino consta de agua salada, algas marinas, peces y otros animales. Cada ser vivo depende del otro para sobrevivir.

Las anémonas, las estrellas de mar y los mejillones viven en charcas mareales. Todos comparten alimentos y otros recursos para sobrevivir en su medioambiente.

¿Qué conforma un ecosistema?

Elige un ecosistema de las fotografías. Escribe al menos tres cosas que conforman ese ecosistema.

_____

_____

Comunidades de poblaciones

Tú vives en una comunidad. Y también formas parte de una población. Los animales y las plantas también forman parte de poblaciones en comunidades.

Lectura con propósito Mientras lees estas dos páginas, busca y subraya un ejemplo de población.

En el Parque Nacional de Yellowstone viven lobos, osos, serpientes, aves y muchos otros tipos de animales y plantas. Una **población** es el conjunto de todos los organismos de un determinado tipo que vive en la misma zona. Todos los lobos que viven en el Parque Nacional de Yellowstone forman una población de lobos.

Las poblaciones de animales y plantas de una zona pueden formar parte de la misma comunidad. Una **comunidad** es el conjunto de poblaciones que viven e interactúan en una zona. En un ecosistema puede haber diferentes comunidades.

Ecosistema de las praderas

El Parque Nacional de Yellowstone tiene una gran población de bisontes. Los bisontes forman parte de una comunidad que incluye el pasto que consumen y esta población de antílopes.

Esta serpiente toro también forma parte de la comunidad del Parque Nacional de Yellowstone junto con los lobos y los bisontes.

Este lobo forma parte de la población de lobos que vive en la misma zona. Para sobrevivir, los lobos se alimentan de otros animales de su comunidad.

Práctica matemática
Haz una gráfica de barras

Haz una gráfica de barras con los datos de la tabla para comparar las poblaciones de animales de una comunidad del Parque Nacional de Yellowstone.

Animal	Población
Águila calva	5
Lobo gris	35
Uapití	70
Serpiente toro	15

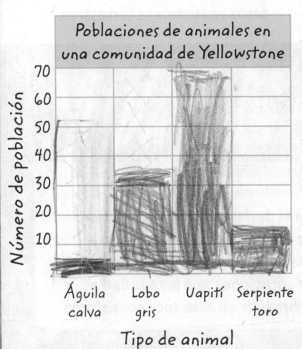

Poblaciones de animales en una comunidad de Yellowstone

155

La vida terrestre

Acabas de ver que los bisontes viven en ecosistemas de pradera. ¿Qué otros tipos de ecosistemas terrestres hay?

Lectura con propósito Mientras lees estas dos páginas, encierra en un círculo los nombres de los ecosistemas que se describan.

En los ecosistemas forestales hay gran cantidad de árboles. En los bosques tropicales lluviosos hay muchos tipos de árboles. Estos bosques son cálidos y húmedos durante todo el año. En los bosques tropicales viven animales como el jaguar, los tucanes y los monos.

Algunos bosques tienen veranos calurosos e inviernos fríos. En esos bosques abundan los pájaros carpinteros, las ardillas, los ciervos y los osos. Los árboles, como los robles y los arces, pierden sus hojas en otoño. En estas dos páginas se muestran otros ecosistemas terrestres.

Ecosistema de desierto

En el desierto viven poblaciones de ratas canguro, serpientes de cascabel y cactos. Todos tienen adaptaciones que los ayudan a sobrevivir en este seco ecosistema.

Ecosistemas de montaña

En los diversos ecosistemas de montaña viven arrendajos de Steller, cabras blancas y pinos. Son ecosistemas altos en las laderas de las montañas. Allí el tiempo es frío durante la mayor parte del año.

Este arrendajo de Steller usa materiales de su entorno para construir un nido. También obtiene comida de su ambiente.

El búho enano se alimenta de insectos que viven en los cactos. Los cactos proporcionan al búho un lugar donde vivir y le ayudan a sobrevivir en su hábitat.

¿Cuál es la diferencia?

Los ecosistemas terrestres comentados en estas dos páginas tienen semejanzas y diferencias. Elige dos ecosistemas y escribe dos diferencias entre ellos.

_____

_____

_____

_____

Debajo del agua

La mayor parte de la Tierra está cubierta de agua. Hay una gran variedad de seres vivos que viven bajo la superficie de lagos, ríos y océanos.

Lectura con propósito Mientras lees estas dos páginas, traza una línea de la foto a las oraciones que la describen.

Si observas un globo terráqueo, ¡vas a ver mucho azul! Ese azul representa los océanos de la Tierra. Los océanos están compuestos de agua salada. En los ecosistemas oceánicos viven las tortugas marinas, las ballenas y las langostas. Algunos animales del océano, como el coral, no parecen animales. En el océano también viven organismos como el quelpo y las algas marinas.

Los ríos, lagos, lagunas y arroyos suelen ser de agua dulce. El agua dulce tiene mucha menos sal que el agua de mar. En el agua dulce viven las ranas, los patos y muchos tipos de peces. En los humedales de agua dulce también hay caimanes. Los animales terrestres como los ciervos, zorros y mapaches beben agua dulce.

Ecosistema oceánico

Este inmenso ecosistema submarino está formado por minúsculos animales oceánicos llamados corales.

Los peces payaso viven en un hábitat de anémonas de mar. Los peces payaso son inmunes a las picaduras de las anémonas, pero los animales que quieran comerse al pez payaso no lo son.

Ecosistema de río

Los ríos llevan el agua a los océanos. Esta corriente de agua es un ecosistema de agua dulce.

Las nutrias de río construyen sus refugios en las riberas de los ríos desde donde nadan para atrapar pescado.

Uso del medioambiente

Describe de qué forma usan los recursos de sus ambientes los animales de estas dos fotografías.

_____

_____

Resúmelo

Cuando termines, lee la Clave de respuestas
y corrige lo que sea necesario.

Lee los enunciados. Luego, traza una línea para emparejar cada enunciado con su imagen correspondiente.

1 Este ecosistema de agua salada cubre gran parte de la superficie terrestre.

Desierto

2 La principal planta de este ecosistema es el pasto.

Océano

3 En este ecosistema vive el cacto, una planta que almacena agua en su tallo.

Río

4 En este ecosistema viven los arrendajos de Steller y las cabras blancas.

Montaña

5 Los zorros y los ciervos beben el agua dulce de este ecosistema.

Pradera

Clave de respuestas: 1. Océano 2. Pradera 3. Desierto 4. Montaña 5. Río

Ejercita tu mente

Nombre _____

Juego de palabras

1 Usa las claves para poner las letras en orden. Escribe las palabras ordenadas en las casillas.

1. NOOÉCA

Este ecosistema contiene agua salada.

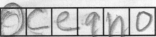
Oceano

2. DARREAP

En este ecosistema llano vagan los bisontes y los antílopes.

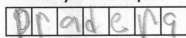
Pradera

3. TSSOEIAMEC

Los seres vivos y no vivos que interactúan en una misma zona.

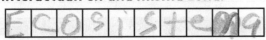
Ecosistema

4. TBHTÁAI

Lugar donde vive un animal o planta.

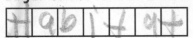
Habitat

5. AGLNAU

Las espadañas y los nenúfares viven cerca de este ecosistema de agua dulce.

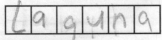
Laguna

6. MABEMTIONDEEI

Los seres vivos y no vivos que existen alrededor de un ser vivo.

Medioambiente

7. OINCADMDU

La población que vive en un lugar.

Comunidad

8. IEREDTSO

En este ecosistema viven animales y plantas que pueden sobrevivir con muy poca agua.

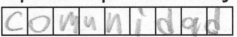
Desierto

9. BÓIPLONAC

Todos los organismos de un tipo que viven en un lugar.

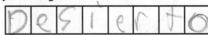
Boblacion

10. VLUOOLIS UOSEBQ

En este ecosistema viven jaguares, tucanes y monos.

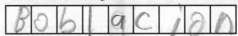
Bascelluvios

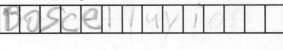

Aplica los conceptos

2 ¿En qué tipo de ecosistema encontrarías estos seres vivos? Escribe el nombre de la zona debajo de cada uno.

Pez payaso

Oceano

Caimán

Laguna

Pez

lago

Cebra

pradera

Cacto

Desierto

Tucán

bosque lluvioso

3 Explica la diferencia entre población y comunidad.
Da ejemplos de cada tipo.

_____

_____

_____

_____

_____

Para la casa

Sal fuera y observa el medioambiente a tu alrededor.
¿Qué seres vivos y no vivos hay en tu medioambiente?
Anota tus observaciones.

Nombre _____

Pregunta esencial

¿Qué hay en un ecosistema?

Establece un propósito

¿Qué vas a descubrir en esta actividad?

_____

_____

_____

_____

Piensa en el procedimiento

¿Por qué crees que vas a observar el ambiente del interior del patio en vez de observar un área más grande?

_____

_____

¿Qué seres vivos esperas encontrar?

_____

¿Qué seres no vivos esperas encontrar?

_____

_____

Anota tus datos

Completa la tabla con los seres vivos y no vivos que hayas observado en tu medioambiente. Estima las cosas que sean difíciles de contar, como el pasto.

Seres vivos	Número	Seres no vivos	Número

Saca tus conclusiones

¿De qué te sirvió el gancho de ropa?

_____

_____

_____

_____

¿Qué aprendiste sobre el ecosistema en general al estudiar una parte pequeña? Explícalo.

_____

_____

_____

_____

_____

Analiza y amplía

1. ¿Qué aprendiste cuando comparaste tus observaciones con las de un compañero? ¿Cuáles fueron las semejanzas? ¿Cuáles fueron las diferencias?

_____

_____

_____

_____

_____

_____

2. ¿Qué observaste sobre cómo interactúan las partes del ecosistema?

_____

_____

_____

_____

3. ¿Qué efecto han tenido las personas sobre el ecosistema que observaste?

_____

_____

_____

_____

4. ¿Qué otras preguntas tienes sobre los ecosistemas a tu alrededor?

_____

_____

_____

_____

_____

_____

Conoce a los cientíﬁcos de los ecosistemas

Dení Ramírez

Dení Ramírez es bióloga marina. Se dedica a estudiar el pez más grande del mundo: el tiburón ballena. Dení pasa la mayor parte de su tiempo en las aguas de México. Después de tomar fotografías de cada tiburón ballena, les pone un transmisor para seguir sus movimientos. Así, puede anotar dónde comen, migran y se reproducen. Su trabajo ayuda a las personas a entender y a proteger a los tiburones ballena y su hábitat.

Cada tiburón ballena tiene un dibujo de manchas distinto. Ramírez usa esas manchas para identificar a los tiburones ballena.

Cassandra Nichols

Cassandra Nichols es una científica que estudia el cambio climático. Estudia, junto con un equipo de científicos, el bosque lluvioso de Australia. Para alcanzar las copas de los árboles del bosque lluvioso, Nichols tiene que emplear una grúa. Otros científicos del grupo estudian la tierra, los insectos, las aves y demás animales del bosque. Nichols y su equipo esperan averiguar el efecto que tiene el cambio climático en este ecosistema.

Este instrumento especial, llamado porómetro, se usa para estudiar las hojas del bosque lluvioso.

¡Conoce tu ecosistema!

Rotula las pistas con la letra de la foto que corresponda.

① Estos animales viven en un ecosistema oceánico. _____

② En un ecosistema de bosque lluvioso hay muchos elementos no vivos en el suelo, como éste. _____

③ Esta es la parte más alta del ecosistema de bosque lluvioso. _____

④ Este tipo de animal se encuentra en el bosque lluvioso. _____

⑤ La mayor parte del ecosistema oceánico está formado por esto. _____

⑥ Este extraño organismo vive en el océano. _____

A

B

C

D

F

E

Pregunta esencial

¿Qué es una cadena alimentaria?

Ponte a pensar

Halla la respuesta a la siguiente pregunta en esta lección y escríbela aquí.

¿Qué tienen en común estos dos animales y el pasto?

_____

_____

_____

Lectura con propósito

Vocabulario de la lección

Haz una lista de los términos. A medida que aprendes cada uno, toma notas en el Glosario interactivo.

Consumidor
descomponedor
productor
fotosíntesis

Secuencia

Muchas de las ideas de esta lección están relacionadas mediante una secuencia, u orden, que describe los pasos de un proceso. Los buenos lectores prestan atención a la secuencia para darse cuenta de cuando termina un paso de un proceso y cuando empieza otro.

Una esponja de sol

Las plantas necesitan energía para crecer y reproducirse. ¿De dónde crees que proviene esta energía?

Lectura con propósito Mientras lees estas páginas, subraya con una línea la fuente de energía de los productores. Subraya con dos líneas los productos de la fotosíntesis que contienen energía.

luz solar

Tú te alimentas de comida, como tomates, para obtener energía. Pero todas las plantas verdes, como estas plantas de tomate, deben producir su propio alimento. Un **productor** es un ser vivo que crea su propio alimento.

El proceso que sigue una planta para producir alimento se denomina **fotosíntesis**. Durante la fotosíntesis, la planta usa la energía de la luz solar para convertir agua y dióxido de carbono, un gas presente en el aire, en azúcares. La planta emplea los azúcares como alimento para crecer o los almacena. Durante la fotosíntesis, la planta libera oxígeno, un gas que necesitan los animales para respirar.

La fotosíntesis ocurre en las hojas. La planta usa la energía solar para producir azúcares, que usa o almacena.

▶ ¿Qué absorben la plantas para realizar la fotosíntesis? ¿Qué produce la planta?

Las plantas absorben	Las plantas producen
agua luz solar dioxido de carbon	oxigeno alimento fruto

agua

dióxido de carbono

Cuando comemos tomates obtenemos energía de los azúcares que produce y almacena la planta de tomate.

La naturaleza sale a comer

Los animales no pueden producir su propio alimento. Entonces, ¿de dónde obtienen la energía?

Lectura con propósito Mientras lees esta página, busca y subraya las definiciones de *herbívoro, carnívoro* y *omnívoro*.

Los animales obtienen la energía al comer a otros seres vivos. Al ser vivo que come a otros seres vivos se le llama **consumidor**. Cuando un conejo come hierba, obtiene energía del pasto. El conejo es un *herbívoro*, es decir, un animal que únicamente come plantas. Algunos animales obtienen energía al comer solamente a otros animales. A estos animales comedores de carne se les llama *carnívoros*. El lobo es un carnívoro porque come animales, como conejos. Algunos animales, como los mapaches, comen tanto animales como plantas. A estos animales se les llama *omnívoros*.

También hay seres vivos que obtienen energía de seres que han muerto. Al ser vivo que descompone organismos muertos para obtener alimento se le llama **descomponedor**. Las lombrices, bacterias y hongos son ejemplos de organismos descomponedores.

El largo cuello de la jirafa llega a las hojas más altas de los árboles.

La tortuga boba marina come algas y animales, como calamares y vieiras.

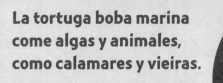

Muchos descomponedores tienen compuestos químicos especiales que los ayudan a descomponer organismos muertos.

¿Qué es?

Determina si un organismo es carnívoro, omnívoro, herbívoro o descomponedor. Pon una marca en la columna correcta.

	Carnívoro	Omnívoro	Herbívoro	Descomponedor
Tortuga marina		✓		
Jaguar	✓			
Jirafa			✓	
Hongo				✓

Los jaguares comen venados, tortugas, monos y aves.

Cadenas alimentarias

Un conejo come pasto. Luego, un lobo se come al conejo. La energía pasa de los productores, como el pasto, a los consumidores, como los conejos y lobos.

Lectura con propósito Mientras lees estas dos páginas, escribe números al lado de las ilustraciones para mostrar el orden correcto de los sucesos de la cadena alimentaria.

La energía pasa, o se desplaza, entre los seres vivos que forman un ecosistema. La **cadena alimentaria** muestra el camino que recorre el alimento de un ser vivo a otro. El pasto, los conejos y los lobos forman parte de una cadena alimentaria. Los conejos comen pasto y los lobos se comen a los conejos. La energía pasa del sol al pasto, y luego al conejo y al lobo.

En una cadena alimentaria hay muchos animales que se comen a otros. El animal que caza animales para obtener alimento es un *predador*. El animal que es cazado para obtener su energía es una *presa*. El tiburón atrapa y come peces en su cadena alimentaria. El tiburón es el predador y los peces, las presas. Los animales de una cadena alimentaria pueden ser tanto predadores como presas. El animal que es presa de un animal puede ser el predador de otro animal.

Para obtener energía, la rata canguro come semillas de acacia.

La serpiente cascabel come ratas canguro para obtener energía.

Comer o ser comido

▶ Encierra en un círculo los depredadores y coloca una X en las presas.

El correcaminos es el consumidor en lo alto de esta cadena alimentaria. La energía almacenada en el alimento pasa a través de la cadena hasta el correcaminos.

173

¿Qué hay para cenar?

Quizás hayas comido mazorcas de maíz en un picnic. El maíz es una planta de cultivo que nos suministra alimento.

El maíz, el trigo y la cebada se producen en las granjas de todo Estados Unidos. Sirven de alimento para las personas y también para animales, como las vacas, los cerdos y las gallinas. Los animales de granja también sirven de alimento para las personas. Los cultivos producidos por los agricultores son una parte importante de la cadena alimentaria.

El maíz es un productor.

Las gallinas son consumidoras. Comen maíz.

Los agricultores suministran todo lo necesario para que las plantas crezcan. Los cultivos deben tener abundante agua, aire y luz solar. Para regar los cultivos, algunos granjeros cavan acequias. El agua se bombea por las acequias hasta las plantas. Algunos también usan aspersores para regar los cultivos.

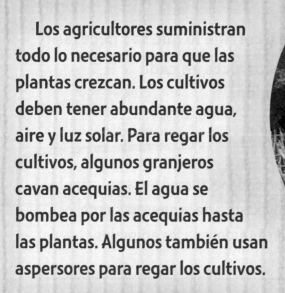

Estos campos de maíz se riegan con aspersores.

Práctica matemática
Resolver un problema de palabras

Se necesitan 8 libras de maíz al día para alimentar a 40 pollos. ¿Cuántas libras de maíz hacen falta para alimentar a 40 pollos durante una semana?

_____

_____

_____

Tú puedes comer maíz, pollo o ambos. Eres un consumidor.

Resúmelo

Cuando termines, lee la Clave de respuestas y corrige lo que sea necesario.

Encuentra y encierra en un círculo la palabra incorrecta en cada enunciado. Escribe la palabra correcta en el renglón.

1

Las plantas necesitan dióxido de carbono del aire, agua y oxígeno para producir alimento.

_____

2

Los carnívoros comen plantas y otros animales.

_____

3

Los animales que son cazados por otros animales se conocen como depredadores.

_____

4

Una cadena alimentaria muestra la trayectoria de la energía desde los consumidores a los animales.

_____

5

Las plantas de cultivo están al inicio de una importante planta alimentaria.

_____

Clave de respuestas: 1. oxígeno; luz solar 2. carnívoros; omnívoros 3. depredadores; presas 4. consumidores; productores 5. planta; cadena

Nombre _____

Juego de palabras

1 Lee las definiciones y completa el crucigrama.

Horizontales

5. Ser vivo que produce su propio alimento

6. Animal que sólo come plantas

7. Ser vivo que se alimenta de otros seres vivos

Verticales

1. Trayectoria de la energía a través de los seres vivos

2. Proceso usado por las plantas para producir alimento

3. Animal que sólo come otros animales

4. Lo que las plantas producen durante la fotosíntesis

carnívoro	herbívoro
consumidor*	fotosíntesis*
productor*	cadena alimentaria*
azúcares	*Vocabulario clave de la lección

Aplica los conceptos

2 Observa el dibujo de la cadena alimentaria de abajo. Identifica cada uno como productor o consumidor.

_____   _____   _____

3 Identifica cada animal como depredador o presa.

tiburón

_____

conejo

_____

culebra

_____

pez

_____

lobo

_____

ratón

_____

4 Piensa en algunos de los alimentos que comes. Dibuja una cadena alimentaria donde aparezcas en el último eslabón.

Para la casa

¿Qué tipos de vegetales comes? Haz una lista. Pregunta a tu familia para agregar sus respuestas a la lista. Averigua de dónde vienen esos vegetales. ¿Son locales, o vienen de algún otro lugar?

Rotafolio de investigación,
página 22

Nombre _____

Pregunta esencial

¿Cuáles son algunas cadenas alimentarias?

Establece un propósito

¿Qué vas a descubrir en esta actividad?

_____
_____
_____

Piensa en el procedimiento

¿Por qué crees que están numeradas las tarjetas de la cadena alimentaria?

_____
_____
_____
_____
_____

¿Qué representa la lana y la cinta que une las tarjetas?

_____
_____
_____

Anota tus datos

Escribe en los siguientes renglones una descripción de lo que ocurre en una cadena alimentaria.

_____
_____
_____
_____
_____
_____

Saca tus conclusiones

¿De qué forma dependen entre sí las plantas y los animales de una cadena alimentaria?

_____

_____

_____

¿Cómo te ayuda el modelo que hiciste a comprender las cadenas alimentarias?

_____

_____

_____

Analiza y amplía

1. ¿Qué animales de la cadena alimentaria son herbívoros? ¿Qué animales son carnívoros?

_____

_____

2. ¿Qué animal es más probable que sea omnívoro?

_____

_____

_____

3. ¿Qué crees que pasaría si el productor de la cadena alimentaria desapareciera de la cadena?

_____

_____

_____

_____

_____

4. ¿Qué crees que pasaría si las ranas tuvieran una gran cantidad de comida? ¿Cómo afectaría esto a los halcones?

_____

_____

_____

_____

_____

_____

5. ¿Sobre qué otras cadenas alimentarias te gustaría aprender?

_____

_____

_____

_____

_____

_____

Lección 5

Pregunta esencial

¿Cómo influyen los cambios del medioambiente en los seres vivos?

Ponte a pensar

Halla la respuesta a la siguiente pregunta en esta lección y escríbela aquí.

¿Qué tendrían que hacer los perritos de las praderas si se inundara su hábitat?

_____

_____

_____

Lectura con propósito

Vocabulario de la lección

Haz una lista de los términos. A medida que aprendes cada uno, toma notas en el Glosario interactivo..

_____ sequia _____ inundacion
_____ erosion

Causa y efecto

Entre las palabras que indican causa están *porque* y *si*. Entre las palabras que indican efecto están *por lo tanto* y *de esa forma*. Los buenos lectores están atentos a las palabras que indican causa y efecto.

© Houghton Mifflin Harcourt Publishing Company © Pat Thielen/Alamy Images

181

Ecosistemas frágiles

Las plantas, los animales y demás seres vivos comparten el mismo medioambiente. Pero, ¿qué ocurre cuando cambia el medioambiente?

Lectura con propósito Mientras lees estas dos páginas, encierra en un círculo las palabras clave que indican causa.

Los fuertes vientos destruyeron este ecosistema de bosque.

Los seres vivos y los seres no vivos interactúan en un ecosistema. Si los factores sin vida causan un cambio, los seres vivos del ecosistema se verán afectados. Una fuerte tormenta puede, por ejemplo, matar muchos animales y plantas. Es posible que algunos animales se vean obligados a abandonar el lugar para sobrevivir. Y los que permanecen tendrán que competir para obtener recursos.

Los incendios producen llamas, calor, humo y ceniza. Todo esto puede provocar cambios en los ecosistemas. Los incendios pueden originarse a consecuencia de sucesos naturales, como los rayos. Las personas también pueden provocar incendios. Sus efectos pueden ser tanto positivos como negativos.

NEGATIVO Los incendios destruyen árboles y plantas junto con los hábitats de los animales.

NEGATIVO Este coyote dejó la zona quemada en busca de un nuevo hábitat.

POSITIVO Los incendios despejan la zona para el crecimiento de nuevas plantas. Las cenizas de las plantas quemadas aportan nutrientes al suelo.

POSITIVO Las piñas se abren para liberar sus semillas. Algunas piñas sólo se abren con el calor producido por los incendios.

Escribe un titular

Escribe un titular que describa un efecto positivo de los incendios y un titular que describa un efecto negativo.

1. El coyote dejo su habitat y quiere encontrar un habitt nuevo

2. La piña abre sus semillas con el calor del fuego.

La cantidad justa de agua

Los animales y plantas necesitan agua para sobrevivir. Pero demasiada agua o muy poca agua puede tener un efecto negativo en el medioambiente.

Lectura con propósito Mientras lees estas dos páginas, busca y subraya las definiciones de *erosión, inundación* y *sequía*.

La superficie de la Tierra siempre se está desgastando y degradando. La **erosión** ocurre cuando pequeños trozos de roca son arrastrados por el agua y a veces por el viento.

Cuando te paras a observar la corriente de un río, ves mucho más que agua en movimiento. También hay guijarros, arena y otros materiales terrestres. Esto es la erosión. Las olas del mar también provocan erosión. Las olas que golpean la playa arrastran la arena hacia el interior del agua. A medida que la tierra se desgasta, los hábitats de las plantas, los animales y las personas dejan de existir.

El agua suelta y arrastra la arena y las rocas de esta playa. La zona donde antes crecía el pasto ha sido arrastrada por el agua.

La erosión no es la única forma en la que el agua afecta al entorno. Las inundaciones y las sequías también afectan al medioambiente. Una **inundación** es una gran cantidad de agua que cubre una zona de tierra generalmente seca. Las inundaciones pueden ocurrir rápidamente y sin aviso previo.

La **sequía** ocurre cuando no llueve durante mucho tiempo. Las largas sequías obligan a las personas y a los animales a buscar nuevos lugares donde vivir. Por su parte, las plantas se marchitan y mueren.

Completa los relatos

Lee el comienzo de los relatos. Observa las fotografías. Luego, termínalos de escribir.

Las fuertes lluvias de esta semana provocaron el paulatino aumento del nivel del río. Los campos de las inmediaciones quedaron inundados.

No hemos tenido ni una gota de lluvia en varios meses. Estamos sufriendo una sequía.

Cambios naturales

El agua, el viento y otros elementos sin vida pueden producir cambios en el medioambiente. Pero los seres vivos también pueden provocar los cambios.

Lectura con propósito Mientras lees estas dos páginas, dibuja una estrella al lado de la oración que consideres más importante, y prepárate para explicar por qué.

Los castores modifican el ambiente cuando talan árboles para construir canales y presas.

Los animales y plantas pueden provocar grandes cambios en su medioambiente. Los animales pueden cambiar el entorno cuando construyen lugares en los que cobijarse. Los castores, por ejemplo, pueden provocar la formación de un lago al construir una presa a lo largo del río con ramas y árboles. Los montículos que las termitas construyen aportan nutrientes al suelo, y esos nutrientes favorecen el crecimiento de las plantas.

Las plantas también pueden cambiar el medioambiente. En algunos lugares, un tipo de planta puede ocupar todo el espacio de la zona, lo que dificulta la supervivencia de las demás plantas e, incluso, la de los animales.

Ciertos seres vivos diminutos también pueden cambiar el medioambiente al provocar enfermedades en animales y plantas. Las enfermedades dañan a las plantas y debilitan a los animales, a veces, hasta la muerte.

¡Las termitas pueden construir montículos de hasta tres pisos de altura!

Interpreta la gráfica lineal. ¿Qué les pudo haber pasado a las hayas en el año 1999?

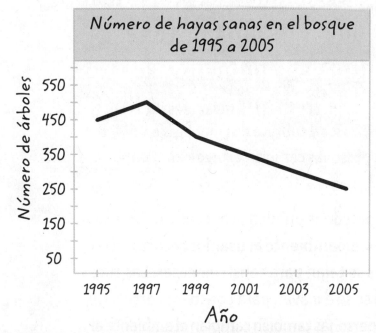

Número de hayas sanas en el bosque de 1995 a 2005

Número de árboles

550
450
350
250
150
50

1995   1997   1999   2001   2003   2005

Año

Algunas floraciones de algas liberan gases tóxicos. Las floraciones de algas consumen el oxígeno en el agua cuando mueren y se descomponen.

© Houghton Mifflin Harcourt Publishing Company   (t) ©Nigel Cattlin/Alamy Images; (b) ©Michael. Marten/Photo Researchers, Inc.

Las personas y el medioambiente

¿Puedes cambiar tú el medioambiente? No solo puedes, ¡sino que lo haces! Las personas modifican el ambiente a diario.

Lectura con propósito Mientras lees estas dos páginas, busca y subraya dos maneras en que las personas cambian el medioambiente.

En los embalses se acumula el agua retenida por las presas. La gente puede navegar, nadar y pescar en las represas.

Las personas pueden provocar cambios en el medioambiente al usar los recursos. Los árboles se talan para construir casas. Las rocas y piedras se excavan para construir carreteras.

Las personas también cambian el ambiente al generar polución. Los gases de los tubos de escape de los autos y camiones contaminan el aire. La basura puede contaminar el agua y la tierra.

Las personas también pueden provocar sucesos que suelen producirse en la naturaleza, como los incendios forestales.

La construcción de presas provoca la desaparición de hábitats naturales. En algunos lugares, las nuevas presas pueden llegar a provocar inundaciones.

Las personas construyen grandes presas para controlar la corriente del agua. Esto se hace para dar el suministro preciso de agua a los pueblos y ciudades.

Escribe un efecto

Escribe un efecto para cada causa.

Los campistas se olvidan de apagar una hoguera.

_____

_____

Los trabajadores construyen una nueva carretera a través del bosque.

_____

_____

Los camiones de basura recogen la basura de la gente.

_____

_____

¿Cómo podemos ayudar?

Los ecosistemas cambian con el paso del tiempo. Algunos cambios son naturales. Otros son causados por las personas. ¿Cómo puede la gente afectar de forma positiva al medioambiente?

Poner plantas en las dunas sirve para prevenir la erosión.

Hay muchas cosas que podemos hacer para ayudar al medioambiente. Cerrar bien un grifo que gotea ayuda a conservar agua. Apagar las luces que no resultan necesarias ayuda a ahorrar energía. Si usamos menos energía, necesitaremos extraer menos recursos del ambiente.

También podemos contribuir a la limpieza eliminando la polución. Podemos tomar decisiones responsables para reducir la cantidad de basura que desechamos. ¿Qué puedes hacer tú para ayudar?

¿Ayuda o no ayuda?

Encierra en un círculo la palabra *sí* en la actividad que ayude al medioambiente y encierra la palabra *no* si no ayuda.

contaminar el agua

sí   no

retirar la basura

sí   no

reciclar

sí   no

ir en bicicleta

sí   no

contaminar el aire

sí   no

plantar árboles

sí   no

Resúmelo

La siguiente tabla resume esta lección. Completa la tabla.

Los cambios del medioambiente influyen en los seres vivos	
Las personas afectan a los seres vivos	Los eventos naturales afectan a los seres vivos
1. Las personas pueden provocar eventos naturales como un _incendio_.	4. Los incendios obligan a los animales a abandonar la zona, pero también crean espacios para _nuevos arboles_
2. Las personas pueden provocar la _polucion_ del aire, el agua y la tierra de los hábitats.	5. Los animales y plantas sufren cuando contraen _enfermedades_.
3. Una manera en que las personas pueden ayudar a los animales y plantas a sobrevivir es mediante la _reduccion_.	6. Un castor que construye una presa es un ejemplo de cómo un animal puede afectar al _medioambiente_
	7. Entre los sucesos naturales provocados por el agua o por su escasez están la _erosion_, las _inundaciones_ y las _sequias_.

Clave de respuestas: 1. incendio 2. polución 3. reducción de la polución 4. nuevos árboles. 5. enfermedades 6. medioambiente 7. erosión, inundaciones, sequías

192

Nombre _____

Juego de palabras

1 Rellena las letras que faltan en las palabras. Tienes que usar todas las letras de la casilla.

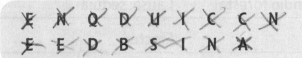

X̶ N̶ Q̶ D̶ U̶ X̶ C̶ N̶
X̶ E̶ D̶ B̶ S̶ I̶ N̶ A̶

1. e RO C Ió N
2. S e q u íA
3. HÁ b i t a T
4. I n UN d A C Ió N
5. i N C e N d IOS

Rellena los espacios en blanco con la palabra correcta de arriba.

6. Cuando el aumento del nivel de las aguas provoca una ___inundacion___, los animales se tienen que ir a zonas secas.

7. Las costas y las playas se desgastan como consecuencia de la _____.

8. Un cambio en el medioambiente puede provocar que un animal pierda su _____.

9. Un efecto positivo de los _____ es que ciertas piñas solo se abren a consecuencia de su calor.

10. Los cultivos pueden verse dañados por la _____ cuando no llueve lo suficiente.

Aplica los conceptos

2 Escribe la causa o efecto que falta en las fotografías.

Causa: inundación

Efecto: Las plantas Mrian los animles un a huir

Causa: incendio forestal

Efecto: Los animales huyen

Causa: sequía

Efecto: plantas van a morir y no podan clear su propia comida

Causa: basura

Efecto: mueren en la basura de tox

Causa: una planta usa demasiados recursos

Efecto: No hay mas nutrientries para todas las plantas.

Causa: inundacion

Efecto: se inunda la tierra

3 Escribe tres formas con las que podrías ayudar a proteger un hábitat de playa.

_____

_____

Para la casa

Comparte con tu familia lo que has aprendido sobre el medioambiente. Comenta cómo puedes mejorar el entorno.

194

Herramientas para la lucha contra incendios:
Control de incendios forestales

Los incendios juegan un importante papel en muchos de los ecosistemas de bosque. Pero los grandes incendios pueden provocar considerables daños en hábitats y hogares. Para evitarlo, los bomberos usan herramientas especiales para controlar los incendios forestales.

Herramientas como la pulaski (combinación de azada y hacha) ayudan a despejar la maleza y las ramas. Esto produce un *cortafuegos*. Los cortafuegos impiden el avance de las llamas hacia determinados lugares.

Algunas herramientas protegen a los bomberos. Este abrigo está hecho de un material resistente al fuego.

Este GPS (Sistema de posicionamiento global) recibe información de satélites. Indica a los bomberos la ubicación de los incendios.

Aviones especiales lanzan agua o productos químicos que apagan los incendios.

¿Cómo pueden las herramientas ayudar a los bomberos a proteger un hábitat importante?

_____

_____

_____

S.T.E.M.

continuación

Resuelve un problema

Los bomberos necesitan herramientas que los ayuden a mantenerse a salvo. Pero hay otras personas que también necesitan herramientas de seguridad. Piensa en una herramienta que pueda ayudar a alguien a permanecer a salvo. Dibuja la herramienta e indica cómo funciona.

Una pala sirve para quitar la maleza.

¿Cómo ayuda tu herramienta a mantener a alguien a salvo?

Parte de la base

Enfréntate al reto de diseño de ingeniería: completa la sección de **Diséñalo: Dibuja una mochila para ir de safari** del Rotafolio de investigación.

Repaso de vocabulario

Usa los términos de la casilla para completar las oraciones.

consumidor
medioambiente
cadena alimentaria
hábitat
productor

1. El lugar del bosque donde vive un oso es su

   _____hábitat_____.

2. Todo lo que rodea a un ser vivo es su

   _____Medioambiente_____

3. Como un roble puede producir su propio alimento, es un

   _____productor_____.

4. Los productores y consumidores están conectados en la

   _____cadena alimentaria_____

5. Un ciervo se alimenta de otros seres vivos, y por lo tanto es un

   _____consumidor_____.

Conceptos científicos

Rellena la burbuja con la letra de la mejor respuesta.

6. Soojinn visitó una laguna cerca de su casa y la dibujó. En su dibujo hay patos, dos tipos de peces y dos tipos de plantas.

   ¿Cuántas poblaciones diferentes puede haber en este hábitat?

   (A) una

   (B) dos

   (C) tres

   (D) cinco

7. Krystina dibujó un desierto en su cuaderno. Puso lagartijas, cactos, arañas, búhos, rocas y tierra. ¿Cuál sería el mejor título para el dibujo de Krystina?

   (A) Una comunidad del desierto

   (B) Un ecosistema del desierto

   (C) Una población del desierto

   (D) Un hábitat del desierto

Conceptos científicos

Rellena la burbuja con la letra de la mejor respuesta.

8. Pablo estudia la dependencia que existe entre animales y plantas. Para ello, construyó un terrario como éste.

¿Qué ocurriría probablemente si quitara todas las plantas del terrario?

Ⓐ Lo insectos se reproducirían más rápidamente.

Ⓑ La población de insectos permanecería igual.

Ⓒ Los insectos no podrían obtener el suficiente alimento y morirían.

Ⓓ Los insectos se harían más grandes porque habría más espacio en el terrario.

9. El informe del tiempo dice que se espera que en algunas partes del país se produzcan fuertes lluvias durante las próximas dos semanas. ¿Cómo podría afectar esto al medioambiente?

Ⓐ La sequía acelerará el proceso de erosión.

Ⓑ La sequía provocará la muerte de algunas plantas.

Ⓒ Las inundaciones proporcionarán cobijo a más animales.

Ⓓ Las inundaciones provocarán la huída de algunos animales de la zona.

10. Mei quiere plantar un huerto de verduras en su patio. Mientras elegía un lugar, un vecino le dice que compruebe si hay lombrices de tierra antes de plantar su huerto. ¿Por le dice eso su vecino?

Ⓐ Las lombrices de tierra provocan enfermedades y podrían dañar las plantas.

Ⓑ Las lombrices de tierra son productores y proporcionan nutrientes a las plantas del huerto.

Ⓒ Las lombrices de tierra son consumidores y se comerán las semillas antes de que puedan germinar.

Ⓓ Las lombrices de tierra son descomponedores y aportan nutrientes al suelo al descomponer los organismos muertos.

11. Los animales viven en determinados hábitats según sus rasgos y forma de vida. Observa la siguiente ilustración.

¿En qué hábitat crees que vivirá este animal?

Ⓐ en un desierto

Ⓑ en una pradera

Ⓒ en un bosque lluvioso

Ⓓ en un río

12. Court va de vacaciones a la playa. Toma una fotografía parecida a la siguiente ilustración.

¿Qué conclusión puede sacar sobre lo que le está ocurriendo a la playa?

Ⓐ El agua la está erosionando.

Ⓑ El agua la está empapando.

Ⓒ El viento la está erosionando.

Ⓓ El viento la está secando.

13. Los ecosistemas están compuestos de muchas partes interrelacionadas. ¿Cuál de los siguientes enunciados indica mejor la relación que hay entre los animales y las plantas?

Ⓐ Las plantas liberan el dióxido de carbono que los animales respiran.

Ⓑ Las plantas liberan el oxígeno que respiran los animales.

Ⓒ Las plantas descomponen los cadáveres de los animales.

Ⓓ Las plantas toman aire y liberan agua para los animales.

14. Anthony está haciendo un modelo de una cadena alimentaria. Quiere mostrar el flujo de la energía a través de la cadena. ¿Qué secuencia muestra correctamente el flujo de la energía entre estos cuatro organismos?

Ⓐ pasto —> conejo —> zorro —> jaguar

Ⓑ pasto —> zorro —> conejo —> jaguar

Ⓒ jaguar —> pasto —> conejo —> zorro

Ⓓ zorro —> jaguar —> pasto —>conejo

15. Shante quiere crear un club ambiental en su escuela. ¿Cuál de las siguientes actividades es una forma directa con la que los estudiantes pueden reducir la contaminación del aire?

Ⓐ compartir un auto para ir a la escuela o ir a pie

Ⓑ reciclar latas y botellas

Ⓒ dejar las luces encendidas por la noche

Ⓓ usar bolsas de plástico en vez de bolsas de cartón

16. Una científica estudia un grupo de cebras que viven juntas en la misma zona. Registra la información sobre cuándo migran. ¿Qué parte del ecosistema estudia la científica?

Ⓐ la comunidad

Ⓑ el medioambiente

Ⓒ el hábitat

Ⓓ la población

Aplica la investigación y repasa La gran idea

Escribe las respuestas a estas preguntas.

17. David está investigando los ecosistemas de su patio. En la siguiente ilustración aparecen su casa y su jardín.

¿Cuáles son las partes vivas y las partes no vivas del ecosistema?

a. vivas

_____

_____

b. no vivas

_____

¿Qué partes de la ilustración formarían parte de una comunidad?

_____

_____

18. María se preguntaba qué efecto tendría en el crecimiento de una planta someterla a distintas cantidades de luz. Describe la investigación que podría hacer María para averiguar su respuesta.

_____

_____

_____

¿Cuál es la variable del experimento?

_____

19. Las diferentes poblaciones dependen entre sí para su supervivencia. Explica de dos formas la dependencia que hay entre un árbol de la acacia y las hormigas.

a. _____

b. _____

Cambios en la superficie de la Tierra

La gran idea

Los procesos que ocurren en la Tierra pueden cambiar los accidentes geográficos. Algunos de estos cambios suceden lentamente, mientras que otros lo hacen de forma rápida.

Las cataratas del Niágara en Canadá

Me pregunto por qué

La cornisa de las cataratas del Niágara retrocede unos 30 centímetros al año. ¿Por qué ocurre eso? *Da vuelta a la página para descubrirlo.*

Por esta razón La fuerza de las corrientes de agua, la congelación y el deshielo, junto con la gravedad, son las causas de la meteorización y la erosión de las cornisas de las cataratas.

En esta unidad vas a aprender más sobre La gran idea, y a desarrollar las preguntas esenciales y las actividades del Rotafolio de investigación.

Niveles de investigación ■ Dirigida ■ Guiada ■ Independiente

La gran idea Los procesos que ocurren en la Tierra pueden cambiar los accidentes geográficos. Algunos de estos cambios suceden lentamente, mientras que otros lo hacen de forma rápida.

Comprueba tu progreso

Preguntas esenciales

Cuaderno de ciencias

No olvides escribir lo que piensas sobre la Pregunta esencial antes de estudiar cada lección.

Pregunta esencial

¿Cuáles son algunos accidentes geográficos?

Ponte a pensar

Halla la respuesta a la siguiente pregunta en esta lección y escríbela aquí.

¿Por qué accidente geográfico fluye este río y cómo se formó?

_____

_____

_____

Lectura con propósito

Vocabulario de la lección
Haz una lista de los términos. A medida que aprendes sobre ellos, toma notas en el Glosario interactivo.

accidente geográfico
Cañón   valle
mesetas   montañas
   planicie

Palabras clave: Contrastes
Las palabras clave muestran relaciones que hay entre las ideas. Entre las palabras y frases que indican contraste están *a diferencia de, diferente de, pero* y *por otra parte*. Los buenos lectores recuerdan lo que leen porque prestan atención a las palabras clave que indican contraste.

Arriba y abajo

Mira por la ventana a la tierra que te rodea. Puede que veas campos llanos, altas montañas, una ciudad sobre una colina o un bosque junto a un lago.

Lectura con propósito Mientras lees estas dos páginas, encierra en un círculo las definiciones de *corteza, manto, núcleo externo* y *núcleo interno*.

Puedes ver la superficie de la Tierra, pero imagina qué hay debajo del suelo. La Tierra tiene varias capas.

Corteza: La corteza es la capa exterior de la Tierra. Está formada por roca sólida.

Manto: El manto es la capa que hay debajo de la corteza de la Tierra. Está formada por roca caliente y blanda.

Núcleo externo: El núcleo externo de la Tierra es una capa de metales líquidos situada en el centro de la Tierra

Núcleo interno: El núcleo interno de la Tierra es una masa esférica de metales sólidos situada en el centro de la Tierra

Todo cuanto puedes ver, desde los océanos a las diferentes formas de la tierra, se asienta sobre la corteza terrestre. La corteza no es lisa y plana. Si viajas por la superficie de la Tierra, es posible que tengas que ascender por onduladas colinas o altas montañas o, tal vez, tengas que atravesar cañones. Todas estas cosas son accidentes geográficos. Un **accidente geográfico** es una parte de la superficie de la Tierra que tiene un determinado aspecto y que se forma naturalmente.

Una ciudad puede estar sobre un llano, en colinas o junto a una montaña. ¿Qué accidentes geográficos hay cerca de tu casa?

Por la costa hay planicies, colinas o acantilados. ¿Qué accidente geográfico viajarías para ver?

Verdadero o falso

Lee las oraciones. Encierra en un círculo *Verdadero* o *Falso*.

El centro de la Tierra está formado por roca caliente y líquida.	Verdadero	Falso
Debajo del océano no hay corteza.	Verdadero	Falso
Todos los accidentes geográficos son parte de la corteza terrestre.	Verdadero	Falso
Las montañas y los cañones son accidentes geográficos.	Verdadero	Falso

Abajo en las profundidades

Caminas entre montañas y acabas llegando a un valle. Luego miras hacia arriba y ves precipicios. Seguramente estás en el fondo de un cañón.

Lectura con propósito Mientras lees estas dos páginas, encierra en un recuadro los nombres de los accidentes geográficos que se comparan.

Un **valle** es la zona de tierra baja que hay entre colinas o montañas. Las laderas de los valles no suelen ser muy inclinadas. La mayoría de los valles los forman los ríos. Algunos valles han sido formados por el hielo en movimiento.

Un **cañón** es un valle angosto. Algunos ríos forman cañones con su corriente. Con el paso del tiempo, la tierra y las rocas sueltas son arrastradas por el agua, quedando altos acantilados que forman las paredes del cañón a ambos lados del río. Las paredes de algunos cañones son muy elevadas. ¡El Gran Cañón tiene una profundidad de 1,524 metros (5,000 pies) de arriba a abajo!

Estas personas descienden por el río. El río fluye entre las empinadas paredes de un cañón.

cañón

Con el paso del tiempo, un río puede tallar la roca hasta crear un empinado cañón. Las capas de la superficie de la Tierra que han sido talladas quedan visibles en las paredes del acantilado.

Otros ríos fluyen por valles de suaves pendientes. Las laderas de estos valles no son tan empinadas como las de los cañones. Pero no todos los valles han sido creados por los ríos. A veces, el río aparece después de que se haya formado el valle.

valle

Identifica los accidentes geográficos

Usa tus conocimientos y tus observaciones para identificar cada accidente geográfico con su nombre.

meseta

cañon

valle

Escalar hasta el cielo

Subir a lo alto de la mayoría de colinas es fácil, si la colina no es demasiado alta o empinada. Pero escalar una montaña es otra cosa. Las grandes alturas y las cimas escarpadas dificultan mucho la ascensión.

Lectura con propósito Mientras lees, subraya una vez la causa. Subraya dos veces el efecto.

Las **montañas** son accidentes geográficos mucho más elevados que la tierra circundante. Cuando dos o más pedazos de la corteza terrestre se empujan entre sí, el resultado es una montaña o cordillera de montañas. Los volcanes también pueden formar montañas. Algunas de las montañas actuales, abruptas y agrestes, siguen creciendo. Las montañas viejas se vuelven pequeñas y redondeadas por el desgaste del viento, el hielo y el agua. Los accidentes geográficos redondeados pero de menor tamaño que las montañas se llaman *colinas*.

En las frías laderas de montaña puede nevar incluso cuando en las colinas o planicies de abajo tienen un tiempo cálido.

McKinley, Alaska
6,194 metros (20,320 pies) de altura

Mottarone, Italia
1,491 metros (4,890 pies) de altura

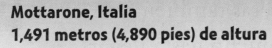

Colina en Barboursville, Virginia
366 metros (1,200 pies) de altura

▶ Dibuja una línea hasta la parte de la escala que se acerque más a la altura de cada uno de los accidentes geográficos.

6,500 metros

6,000 metros

5,500 metros

5,000 metros

4,500 metros

4,000 metros

3,500 metros

3,000 metros

2,500 metros

2,000 metros

1,500 metros

1,000 metros

500 metros

0 metros

Práctica matemática
Estima la diferencia

Estima la diferencia de altura entre el cerro Mottarone y la colina de Barboursville. Muestra tu trabajo con una oración numérica.

McKinly Alaska

Paseando por las planicies

Viajar por las planicies es mucho más fácil que escalar montañas. Son llanas así que puedes recorrerlas en bicicleta. Las mesetas también son llanas, ¡pero tendrás que subir mucho hasta llegar!

Lectura con propósito Mientras lees, encierra entre corchetes las palabras clave que indiquen que se están comparando o contrastando cosas.

Una **planicie** es una zona llana y extensa. Las planicies son amplios espacios abiertos y pueden haberse formado en lugares anteriormente ocupados por mares. Las **mesetas**, al igual que las planicies, también son llanas. Las mesetas, sin embargo, son más elevadas que la tierra que las rodea. Las mesetas se formaron en zonas planas a consecuencia del empuje hacia arriba de la corteza de la Tierra. Las mesetas se encuentran a veces próximas a las montañas.

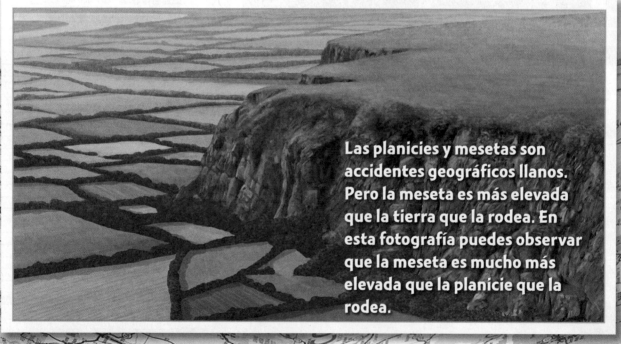

Las planicies y mesetas son accidentes geográficos llanos. Pero la meseta es más elevada que la tierra que la rodea. En esta fotografía puedes observar que la meseta es mucho más elevada que la planicie que la rodea.

En las planicies se suele practicar la agricultura. Las Grandes Praderas son unas enormes planicies del centro de de Estados Unidos.

planicies

mesetas

Estas mesetas están junto a las Montañas Rocosas, en Colorado.

¿Cuál es la diferencia?

Contrasta cómo sería ir a una planicie y a una meseta. Describe lo que podrías ver desde una y otra.

Montañas

Resúmelo

Cuando termines, lee la Clave de respuestas y corrige lo que sea necesario.

La parte azul de los resúmenes es incorrecta. Sustituye en el renglón la palabra azul con la palabra correcta.

1

Una planicie es un extensión de tierra montañosa.

_____

2

Las mesetas son diferentes a las planicies por que las mesetas son menos elevadas que la tierra que la rodea.

_____

3

Los valles se encuentran en zonas por encima de colinas o montañas.

_____

4

Los cañones se diferencian de los valles en que están rodeados de playas poco profundas.

_____

5

Las montañas suelen ser accidentes geográficos bajos y redondeados.

_____

6

Las colinas se diferencian de las montañas en que las colinas son más elevadas y escarpadas.

_____

Clave de respuestas: 1. llana 2. más elevadas 3. debajo 4. acantilados 5. altos y escarpados 6. más bajas y redondeadas

© Houghton Mifflin Harcourt Publishing Company (bl) ©FLonline digitale Bildagentur GmbH/Alamy Images; (br) ©Pat & Chuck Blackley/Alamy Images; (t) ©James Steinberg/Photo Researchers, Inc.; (tl) ©blickwinkel/Fockling/Alamy Images; (cl) ©Nature's Images/Photo Researchers, Inc.; (cr) ©Photolocation ltd/Alamy Images

Nombre _____

Juego de palabras

1   Rellena las letras que faltan en las palabras. Tienes que usar todas las letras de la casilla.

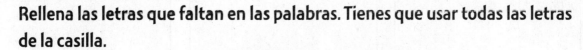

1. M O N T A Ñ A
2. M E S E T A
3. C A Ñ O N E S
4. V A L L E
5. P L A N I C I E S
6. A C C I D E N T E S G E O G R A F I C O S

Rellena los espacios en blanco con la palabra correcta de arriba

7.   Una ____montaña____ puede tener miles de pies de altura.

8.   Los acantilados de los ____cañones____ se alzaban a ambos lados del río.

9.   La ciudad se encontraba resguardada en medio de un ____valle____ profundo.

10. La tierra plana fue empujada hacia arriba, convirtiéndose en una amplia ____meseta____.

11. La corteza de la Tierra está cubierta de diferentes tipos de ____planice____.

12. Las ____Accidentes Geograficos____ pueden haber sido anteriormente un mar.

Aplica los conceptos

2 Haz un dibujo de los accidentes geográficos descritos y escribe su nombre.

Tierra baja entre montañas

_____

Tierra plana y elevada

_____

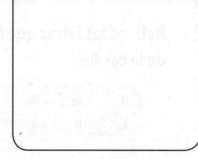

Lugar donde un río ha tallado acantilados

_____

3 Lee las descripciones de las capas de la Tierra. Luego, escribe los rótulos. Dibuja líneas hasta las capas correctas.

Capa de metal líquido: _____

Capa de metal sólido: _____

Roca sólida y fría: _____

Roca blanda y caliente: _____

Para la casa

Planifica una excursión a pie con tu familia. Piensa en dos accidentes geográficos distintos a donde puedan ir.

Pregunta esencial

¿Qué cambios ocurren lentamente en la superficie de la Tierra?

Ponte a pensar

Halla la respuesta a la siguiente pregunta en esta lección y escríbela aquí.

Este glaciar se mueve lentamente. ¿Qué efecto tiene sobre el terreno a su alrededor?

_____

_____

_____

Lectura con propósito

Vocabulario de la lección

Haz una lista de los términos. A medida que aprendes cada uno, toma notas en el Glosario interactivo.

1 meteorizan   _erosión_

glaciar

Palabras clave: Idea principal

Entre las palabras clave que indican la presencia de la idea principal están *lo más importante* y *en general*. Los buenos lectores recuerdan lo que leen porque identifican las palabras que anuncian una idea importante.

215

Lo que la meteorización puede hacer

Los animales, las plantas, el agua y la temperatura son solo algunas de las cosas que pueden cambiar la superficie de la Tierra.

Lectura con propósito Mientras lees estas dos páginas, subraya los detalles sobre lo que el agua hace sobre la superficie de la Tierra.

La **meteorización** es la degradación de una roca en trozos más pequeños. Esto puede ocurrir cuando las raíces de los árboles ejercen presión sobre la superficie de las rocas o cuando los animales escarban en el suelo.

La meteorización también suele ocurrir por el efecto de los patrones de congelación y deshielo. El tiempo se vuelve frío con la llegada del invierno. El agua de la lluvia se desliza entre las grietas de las rocas y se congela. Cuando el agua líquida se convierte en hielo, se expande. Esto aumenta el tamaño de las grietas. Cuando el hielo se derrite, la roca es más frágil. Algunos pedazos se parten y se desprenden de ella. Poco a poco, la forma de la roca va cambiando y los pequeños trozos desprendidos pasan a formar parte de la tierra.

El cambio es lento

El cambio de estaciones produce patrones de congelación y deshielo. Esta es una de las formas en que se produce la meteorización.

El agua se desliza entre las rocas y se deposita allí.

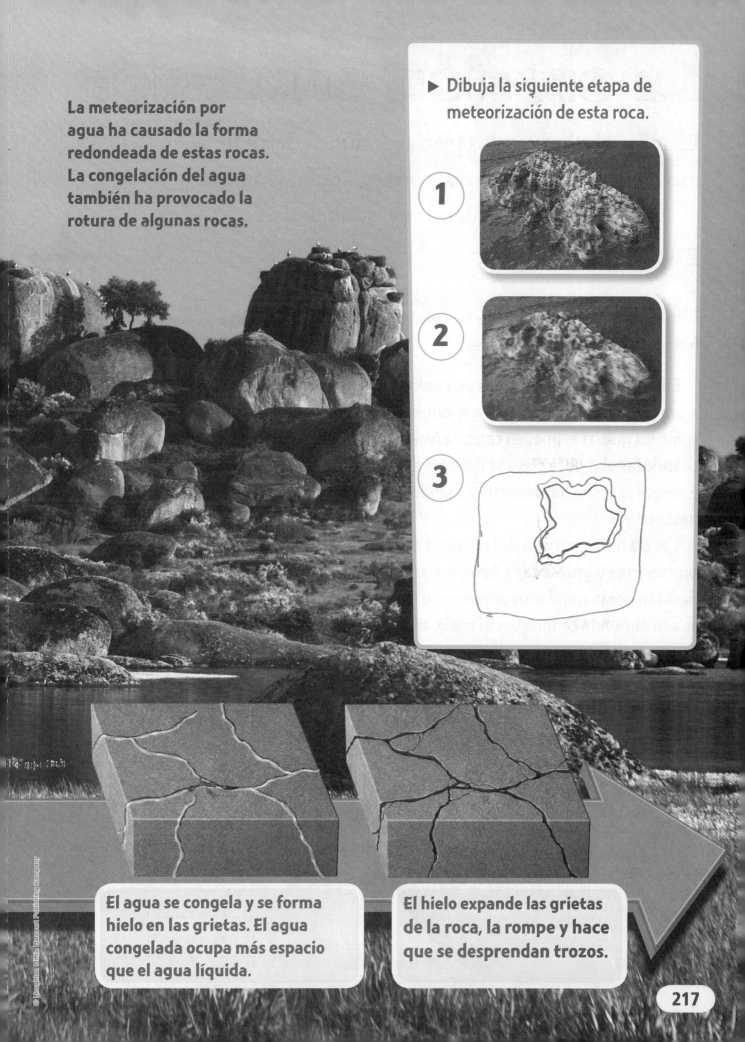

La meteorización por agua ha causado la forma redondeada de estas rocas. La congelación del agua también ha provocado la rotura de algunas rocas.

► Dibuja la siguiente etapa de meteorización de esta roca.

1

2

3

El agua se congela y se forma hielo en las grietas. El agua congelada ocupa más espacio que el agua líquida.

El hielo expande las grietas de la roca, la rompe y hace que se desprendan trozos.

La erosión en acción

El agua, el viento y los glaciares nunca dejan de moverse. Arrastran tierra, rocas y arena. Con el tiempo, este movimiento va cambiando el paisaje.

Lectura con propósito Mientras lees, encierra en un círculo la palabra o frase que indique la idea principal.

En general, la **erosión** ocurre cuando la tierra, las rocas y la arena son arrastradas de su lugar original. Tanto el viento, el agua como los glaciares pueden causar erosión. Se produce erosión cuando las olas de la playa se llevan la arena; cuando el viento sopla y mueve la arena del desierto, y cuando la lluvia arrastra barro hasta un río.

Los glaciares son otra de las causas de la erosión. Un **glaciar** es una enorme y gruesa capa de hielo en movimiento. Los glaciares se deslizan por la tierra muy lentamente. A medida que lo hacen, se van abriendo camino por el suelo, arrastrando con ellos pedazos de roca meteorizada, arena y tierra. A veces, los glaciares arrastran suficiente tierra como para formar una isla entera.

El viento y las olas producen meteorización al golpear las rocas. Esto hace que se rompan en pedazos más pequeños.

El viento y el agua mueven la arena. Esta erosión reduce el tamaño de la playa. Otra parte de la playa puede hacerse más grande cuando la arena erosionada se deposita allí.

La erosión ha producido muchos cambios con el paso del tiempo. El tamaño original de esta playa se ha reducido mucho.

Cuando se construyó este faro estaba muy lejos del borde del acantilado. Pero el viento y las olas han meteorizado y erosionado el terreno. Ahora, se debe trasladar el faro a un lugar más seguro.

Práctica matemática
Resolver un problema verbal

Un faro está a 60 metros del borde de un acantilado. El acantilado se erosiona y pierde 3 metros al año. ¿Cuánto tardará el borde del acantilado en llegar al faro? Muestra tu trabajo.

3 X 20

20 años

La arena, la tierra y las pequeñas rocas se erosionan. El material erosionado es arrastrado lejos de la orilla.

La tierra cambia de sitio

La erosión puede arruinar los campos y los bosques cuando se lleva la tierra que las plantas necesitan. Pero la tierra que es arrastrada de un sitio puede ayudar a las plantas de otro lugar.

Lectura con propósito Mientras lees, subraya los efectos dañinos y beneficiosos de la erosión.

A medida que fluye un río por su cauce va arrastrando tierra, rocas y arena que la corriente arranca de fondo y de las orillas. Ahora hay menos tierra en las orillas del río, y las raíces de los árboles pueden quedar desprotegidas. Las plantas que dependen de la tierra pueden verse afectadas. Sin el soporte de las raíces ancladas profundamente en la tierra, los árboles pueden desarraigarse y caer.

Pero la tierra que ha sido arrastrada de las orillas termina asentándose en otro sitio. A medida que el río se acerca al mar, la corriente del agua es más lenta. Las rocas y la tierra del río quedan depositadas en un proceso que produce un accidente geográfico llamado *delta*. El delta de un río es una zona de tierra muy rica.

El agua ha erosionado la tierra de esta orilla. Puede que estos árboles caigan pronto.

La corriente del agua transporta la tierra río abajo. Esto deja menos cantidad de tierra para las plantas que allí crecen.

Cuando el río se acerca al mar, la corriente se frena. Tierra y piedras se depositan en el fondo.

Con el tiempo, la tierra y las rocas forman un delta. La rica tierra del delta es ideal para el crecimiento de las plantas.

Causa y efecto

Completa los espacios en blanco indicando las causas y efectos de la erosión.

1. La corriente del agua arrastra rocas y _tierra_ río abajo.

2. Las _plantas_ que crecen por las orillas del río pueden quedar desarraigadas.

3. Las _____ de los árboles pueden quedar descubiertas, provocando la caída de los árboles.

4. La tierra y las rocas quedan depositas formando un _delta_.

Resúmelo

Cuando termines, lee la Clave de respuestas y corrige
lo que sea necesario.

Escribe las palabras que faltan en el resumen. Luego, completa el organizador gráfico de causa y efecto.

En pocas palabras

La meteorización y la erosión son dos procesos que (1) _cambian_ la forma de la superficie de la Tierra. La degradación o fractura de grandes trozos de roca en pedazos más pequeños se llama (2) _meteorización_. La erosión ocurre cuando el (3) _agua_, el viento o los glaciares arrastran esos pequeños pedazos de roca a otros sitios. La erosión puede cambiar la forma de las playas y las orillas de río al arrastrar la arena y (4) _tierra_. Pero también puede formar nuevos accidentes geográficos como los (5) _Altos deltas_ de río.

Causa	Efecto
Las olas se estrellan contra el acantilado.	6. _Las olas meteorizan y erosionan el acantilado._
7. _El tamaño del terreno disminuye cada año._	Se tiene que reubicar el faro.

Clave de respuestas: 1. cambian 2. meteorización 3. agua 4. tierra 5. altos deltas 6. Las olas meteorizan y erosionan el acantilado. 7. El tamaño del terreno disminuye cada año.

Nombre _____

Juego de palabras

1 Completa el crucigrama con las palabras de la casilla de abajo.

Horizontales

2. Gran masa de hielo en movimiento
4. Otro nombre para las piedras
8. Rotura de una roca en pedazos más pequeños
9. Cuando un sólido se convierte en líquido

Verticales

1. Derretirse después de congelarse
3. Cambio de líquido a sólido
4. Esta parte de la planta puede producir meteorización.
5. Un río transporta tierra hasta aquí.
6. Cuando el viento y el agua arrastran rocas, arena o tierra.
7. Cuando esto es arrastrado, las plantas no pueden crecer.

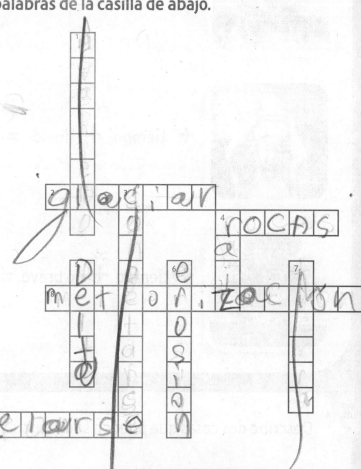

Crossword answers: glaciar, rocas, meteorización, congelarse, erosión

rocas	~~delta~~
~~deshielo~~	~~meteorización~~*
~~glaciar~~*	~~raíz~~
derretirse	~~erosión~~*
~~tierra~~	~~congelarse~~

*Vocabulario clave de la lección

2 Dibuja cómo cambiaría el objeto que aparece en cada una de las fotografías.

+ tiempo **+** olas **=**

+ tiempo **+** lluvia **=**

+ tiempo **+** río bravo **=**

3 Describe dos cosas que pueden suceder cuando el agua de un río erosiona la tierra.

_____

_____

_____

Para la casa

Habla con tu familia sobre la meteorización y la erosión.
Identifica alguna cosa en tu vecindario que haya cambiado con el tiempo como resultado de esos procesos.

224

Arena y oleaje:
Tecnología contra la erosión

Para cada problema de ingeniería suele haber más de una solución. Pero para seleccionar de entre todas la mejor, a veces hay que elegir la solución de compromiso. El compromiso implica renunciar a una de las características para hacer otra característica mejor. Lee sobre los compromisos de las soluciones contra la erosión de las dos playas.

Podemos controlar la erosión de las playas mediante la construcción de un espigón. El espigón comienza en la playa y se adentra en el mar, formando un ángulo recto con respecto a la costa.

Podemos controlar la erosión de las playas mediante la construcción de un arrecife. El arrecife se construye bajo el agua y va en la misma dirección que la costa.

Ventajas del espigón	Inconvenientes del espigón
Más fácil de construir sobre el agua	Erosiona la playa al otro lado del espigón
Se puede construir fácilmente	Cambia el aspecto natural de la playa

Ventajas del arrecife	Inconvenientes del arrecife
No erosiona las playas cercanas	Más difícil de construir bajo el agua
Disminuye la velocidad de las olas antes de llegar a la playa	El arrecife tarda tiempo en formarse

Analizar las soluciones de compromiso

A continuación se presentan dos soluciones contra la erosión del suelo. Completa las tablas e indica cúal eligirías y por qué.

Los fardos de heno están hechos de pasto seco prensado. Son pesados y grandes y se colocan sobre el suelo.

Ventajas de los fardos de heno	Inconvenientes de los fardos de heno

Los cercos de limo están hechos de plástico ligero. La parte inferior se entierra en el suelo.

Ventajas del cerco de limo	Inconvenientes del cerco de limo

¿Qué solución contra la erosión del suelo elegirías? ¿Por qué?

_____

_____

Parte de la base

Enfréntate al reto de diseño ingeniero: completa la sección de **Improvísalo: Reducir la erosión** del Rotafolio de investigación.

Nombre _____

Pregunta esencial

¿Cómo podemos representar la erosión?

Establece un propósito
¿Qué vas a aprender en esta actividad de representación?

_____

_____

_____

Piensa en el procedimiento
¿Qué representa la arena? ¿Qué representa el cubito de hielo?

_____

_____

_____

_____

¿Por qué vas a arrastrar el cubito de hielo sobre la arcilla primero antes de arrastrarlo sobre arena y arcilla?

_____

_____

_____

Anota tus datos
Muestra en palabras o dibujos la interacción del hielo y la arena.

	Vista	Tacto
Arcilla sin arena		
Arcilla con arena		

Saca tus conclusiones

¿Qué efecto tiene el glaciar sobre la tierra por donde se desplaza?

_____

_____

_____

_____

Analiza y amplía

1. ¿Qué fuerza causa el movimiento de los glaciares cuesta abajo?

_____

_____

_____

2. Arrastraste hielo sobre arcilla y arena para ver los efectos de un glaciar. En la naturaleza, los glaciares se mueven mucho más despacio. ¿Cómo podrías representar la manera en que los glaciares se desplazan en la naturaleza?

_____

_____

_____

_____

_____

3. A medida que los glaciares descienden por las pendientes hacia el mar, ¿producen meteorización, erosión o ambas cosas? Explica tu respuesta.

_____

_____

_____

_____

_____

_____

4. ¿Qué otras preguntas se te ocurren sobre los glaciares y sobre el efecto que provocan en la tierra?

_____

_____

_____

_____

_____

_____

228

Pregunta esencial

¿Qué cambios ocurren rápidamente en la superficie de la Tierra?

Ponte a pensar

Halla la respuesta a la siguiente pregunta en esta lección y escríbela aquí.

Esto que ves eran plantas vivas que ahora han muerto. El suelo está cubierto de ceniza. ¿Qué podría haber provocado estos cambios?

_____

_____

Lectura con propósito

Vocabulario de la lección

Haz una lista de los términos. A medida que aprendes cada uno, toma notas en el Glosario interactivo.

terremo

volcan

inundacion

Palabras clave: Secuencia

Las palabras clave muestran las relaciones que hay entre las ideas. Entre las palabras que indican secuencia están *ahora, antes, después, primero, luego* y *a continuación*. Los buenos lectores recuerdan lo que leen porque prestan atención a las palabras clave que indican secuencia.

¡Terremoto!
Ruge la Tierra

La superficie de la Tierra empieza a temblar. El suelo se abre, los edificios se agrietan y algunos se desploman. ¿Qué está pasando?

Lectura con propósito Mientras lees esta página, subraya la palabra clave que indica causa.

Un **terremoto** es un temblor que ocurre en la superficie de la Tierra que puede provocar la elevación o hundimiento del suelo. La mayoría de los terremotos es demasiado leve como para sentirlos, pero los terremotos más fuertes pueden provocar grandes cambios en la superficie de la Tierra. ¿Cuál es la causa de los terremotos?

Los terremotos se producen a consecuencia de los movimientos de la corteza terrestre. Suelen suceder en lugares donde las placas de la corteza entran en contacto. Éstas pueden empujarse, separarse o deslizarse una encima de otra. El mapa muestra las zonas donde hay más probabilidad de que se produzcan terremotos.

Los terremotos pueden causar grandes daños en zonas reducidas o extensas.

▶ La leyenda a la derecha del mapa muestra el riesgo de sufrir un terremoto de las distintas ciudades. Usa la leyenda para contestar las preguntas debajo del mapa.

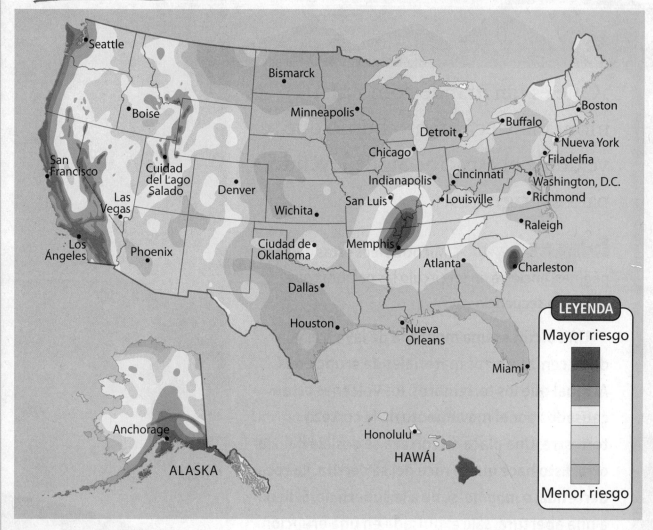

¿Qué ciudad tiene mayor riesgo de sufrir un terremoto, San Francisco o Boise?

San Francisco.

Ubica a Dallas y Miami en el mapa. ¿Qué ciudad tiene el menor riesgo de sufrir un terremoto?

Malami

¡Volcán!
Siente el calor

¿Qué es tan grande como una montaña y echa tanto humo que se ve desde el espacio? Sigue leyendo para averiguarlo.

Lectura con propósito Mientras lees estas dos páginas, encierra en un círculo las palabras que indiquen secuencia.

Un **volcán** es una montaña de lava fría y dura, ceniza y otros materiales de erupciones. Al igual que los terremotos, los volcanes están causados por el movimiento de la corteza terrestre. Una placa de corteza se desliza bajo la otra. Esto hace que la roca del se derrita. La roca derretida, o *magma*, sube a la superficie. Si llega a una abertura, sale expulsada en una erupción. Y entonces, el magma pasa a llamarse lava. A medida que se enfría, se endurece y aumenta el tamaño del volcán.

A veces la lava fluye despacio, pero otras veces los volcanes lanzan lava y rocas con violencia. Los volcanes que explotan pueden cambiar la superficie de la Tierra con gran rapidez.

El magma, o roca derretida, sale del subsuelo. Cuando llega a la superficie se le denomina lava.

En mayo de 1980, el volcán Saint Helens entró en erupción. Primero hubo un terremoto y, luego, el volcán comenzó a expulsar ceniza y lava. La erupción duró unas nueve horas, y cerca de 379 kilómetros cuadrados (230 millas cuadradas) de bosque fueron sepultados o derribados.

El volcán Saint Helens, antes de que entrara en erupción, medía 2,950 metros (9,677 pies) de altura. En la montaña vivían gran cantidad de animales y plantas.

La erupción del volcán Saint Helens expulsó más de un billón de libras de ceniza a lo largo de Estados Unidos. Muchos de los animales y plantas que vivían en la montaña murieron.

Años después, la montaña mide 305 metros (1,000 pies) menos de altura, pero la vida ha vuelto a su superficie. La montaña vuelve a ser el hábitat de muchas especies de animales y plantas.

¿Qué sucedió aquí?

Observa las imágenes de arriba. Describe los cambios ocurridos en el volcán Saint Helens y en la zona de alrededor.

La primera esta bien. Durante la erupcion, se a destruido Parte del volcan. Años despues se a echo mas corto.

Grandes cambios
Fuego, agua y barro

Un poco de fuego, agua o barro puede ser beneficioso. Pero, ¿y si hay demasiado?

Lectura con propósito Mientras lees esta página, subraya la idea principal sobre los grandes cambios, y encierra en un círculo los detalles adicionales sobre cada idea.

Los incendios forestales empiezan siendo pequeños. Pueden comenzar por la caída de un rayo, por un poco de lava o por el descuido de una persona. Para controlar los incendios forestales se tiene que actuar con rapidez.

Un exceso de lluvia en un período de tiempo demasiado corto puede provocar una inundación. Una **inundación** es un cambio que ocurre cuando los arroyos, ríos o lagos se llenan demasiado y se desbordan. Ciudades enteras pueden quedar arrasadas. Pueden morir muchas plantas y muchos animales tienen que buscar nuevos hábitats. Con el tiempo, las aguas se retiran, se evaporan o son absorbidas por el suelo.

Inundación en Nashville, Tennessee

De vez en cuando, las lluvias o las inundaciones sueltan la tierra de las laderas de colinas o montañas. La tierra se desliza en forma de avalancha y puede sepultar parte de una población.

Práctica matemática

Cuenta de 5 en 5

Cuando caen más de 30 centímetros de lluvia en un día, el río Smith se desborda. Están cayendo 5 centímetros de lluvia por hora. ¿Durante cuánto tiempo tendrá que llover para que se desborde el río?

6 horas

Prepárate y planifica

¿Cómo se prepara uno para una catástrofe? Hay que hacer un plan de emergencia y preparar la casa. ¡Y comprobar que las mascotas también estén salvo!

Hay muchas maneras de prepararse para las catástrofes. Los edificios se diseñan para soportar terremotos. Las orillas de los ríos se refuerzan para evitar inundaciones. Las noticias informan de incendios forestales y otras emergencias. En radio, televisión e Internet nos avisan de posibles tormentas.

Los planes de emergencia nos pueden mantener a salvo. Las familias pueden comentar sobre qué hacer en caso de una emergencia. La lista de la página siguiente es una buena ayuda.

First Aid Kit

Lo mejor es estar preparado antes de una posible catástrofe. Mantener algunos suministros en el auto puede ayudar a estar listo.

Lista de emergencia

✓ Botiquín de primeros auxilios

✓ Comida

✓ Agua embotellada

✓ Ropa protectora y de cama o sacos de dormir

✓ Radio

✓ Linterna

✓ Baterías de repuesto

✓ Guía de evacuación

Empacar para estar preparado

Dibuja y rotula algunos de los suministros que empacarías para una emergencia.

Resúmelo

Cuando termines, lee la Clave de respuestas
y corrige lo que sea necesario.

**Usa las palabras de la casilla para completar las oraciones.
Luego, traza una línea para emparejar las oraciones con las
fotografías.**

drenar   tierra   agua   lava   ceniza   volcán   inundación   terremoto

1 Durante las tormentas, el _____
puede desbordarse de los ríos y lagos.
A esto se le llama _____. Más
tarde, el agua se puede _____
o evaporarse.

2 La roca derretida llamada _____
explota hacia la superficie de la
Tierra y el cielo se llena de _____
Un _____ ha entrado en
erupción.

3 La _____
tiembla cuando las placas de la corteza
de la Tierra se deslizan entre sí. A esto se
le llama _____.

Clave de respuestas: 1. agua, inundación, drenar (foto inferior) 2. lava, ceniza,
volcán (foto superior) 3. tierra, terremoto (foto central)

Juego de palabras

Nombre _____

1 Completa el crucigrama con las palabras de la casilla.

Horizontales

2. Cuando un _____ entra en erupción, puede provocar muchos daños.

3. Cuando una gran cantidad de tierra mojada se desliza por la ladera de una colina, se produce

   una _____.

4. La roca fundida de debajo de la superficie de la Tierra se llama

   _____.

7. Un _____ puede producir el derrumbe de edificios.

8. La roca fundida que fluye hacia la superficie de la Tierra se

   llama _____.

Verticales

1. Demasiada lluvia puede provocar

   una _____.

5. El movimiento de la _____ de la Tierra puede provocar terremotos.

6. Un rayo puede causar un incendio

   _____.

inundación*	terremotos*
forestal	**avalancha**
volcán*	**lava**
magma	**corteza**

*Vocabulario clave de la lección

2 Describe el posible efecto de los sucesos mencionados sobre estos medioambientes.

Inundación		
Terremoto		
Incendio forestal		

Para la casa

Habla con tu familia sobre la los tipos de desastres naturales que podrían ocurrir en tu área. Comenten qué deben hacer para estar preparado.

240

Conoce a los geofísicos

Waverly Person 1927-

Antes de jubilarse en 2006, Waverly Person dirigía un centro de estudio de los terremotos. Cuando ocurría un terremoto, Person calculaba su magnitud o intensidad. Luego compartía la información sobre lo que había ocurrido con los medios de comunicación, e informaba sobre los posibles daños. A pesar de estar retirado, Person sigue siendo uno de los expertos a quien la gente acude para obtener información sobre los terremotos.

Hugo Delgado Granados 1957-

Hugo Delgado Granados estudia la relación entre los volcanes activos y el movimiento de la corteza terrestre. Delgado estudia el volcán Popocatépetl de México. La cima del volcán está cubierta de glaciares, o masas de hielo que se mueven lentamente. Granados usa un aparato de control remoto para medir los gases que salen del volcán. Los cambios en el hielo o en los gases le dan información sobre la actividad del volcán.

Instrumentos especiales detectan terremotos por todo el mundo. Una vez detectados, Person y su equipo enviaban equipos de emergencia a la zona.

La cima del Popocatépetl está cubierta de glaciares. Estos glaciares se miden para ver los cambios causados por la actividad volcánica.

¡Conviértete en un geofísico!

Para mostrar la magnitud de un terremoto se usa una escala como la de la izquierda. Para medir la fuerza de las erupciones volcánicas se usa la escala de la derecha. Usa las escalas para contestar las preguntas.

En esta escala, los números más altos indican terremotos más fuertes.

Magnitud de los terremotos
Escala (1–8)

10	Extraordinario
9	Sobresaliente
8	Muy grave
7	Alto
6	Notable
5	Intermedio
4	Moderado
3	Menor
2	Bajo
1	Insignificante

En esta escala, los números más altos indican erupciones volcánicas más fuertes.

Explosividad volcánica
Índice (0–8)

IEV	Descripción
0	no explosiva
1	leve
2	explosiva
3	severa
4	cataclísmica
5	paroxística
6	colosal
7	súper colosal
8	mega colosal

1 Ha ocurrido un terremoto con una magnitud de 1 en la escala. ¿Por qué no harán falta equipos de emergencia? _____

2 Un terremoto mayor mide un _____ en la escala.

3 ¿Qué tipo de erupción es mayor, una colosal o una severa? _____

4 ¿Qué mide una erupción explosiva en la escala volcánica? _____

Repaso de vocabulario

Usa los términos de la casilla para completar las oraciones.

cañón
erosión
montaña
volcán
meteorización

1. Cuando dos o más placas de la corteza terrestre se empujan entre sí, forman una _____.

2. Cuando un río fluye por un sitio durante mucho tiempo, puede formar un profundo surcos con altas paredes llamado _____.

3. La lava puede rezumar o salir durante la erupción de un _____.

4. La arena de la playa arrastrada por las olas es un ejemplo de _____.

5. Una roca se rompe después de sufrir congelación y deshielo muchas veces. Esto es un ejemplo de _____.

Conceptos científicos

Rellena la burbuja con la letra de la mejor respuesta.

6. ¿Cómo pueden provocar erosión los glaciares?

   (A) Pueden ejercer fuerza sobre la superficie de la Tierra y formar montañas.

   (B) Pueden causar vibraciones que fracturan la corteza terrestre.

   (C) Pueden acumular pedazos de roca y tierra, y arrastrarlos mientras se mueven.

   (D) Pueden llenar las grietas de las rocas y romperlas.

7. La Tierra tiene diferentes capas. ¿Cuál es la mejor descripción del manto?

   (A) sólido

   (B) capa delgada

   (C) roca blanda y caliente

   (D) roca densa y metal

Conceptos científicos

Rellena la burbuja con la letra de la mejor respuesta.

8. ¿Cuál de estos es un cambio repentino de la superficie de la Tierra que puede ser dañino para los seres vivos?

Ⓐ la erosión

Ⓑ un incendio forestal

Ⓒ un glaciar

Ⓓ la meteorización

9. La siguiente ilustración representa el movimiento de dos placas de la corteza terrestre.

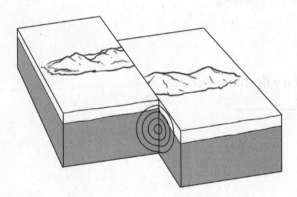

¿Qué representa la ilustración?

Ⓐ un terremoto

Ⓑ una inundación

Ⓒ un incendio

Ⓓ una erupción volcánica

10. Con el paso de los años, una montaña sufre meteorización y erosión. ¿En qué accidente geográfico se convertirá gradualmente una montaña?

Ⓐ en un cañón

Ⓑ en una colina

Ⓒ en un volcán

Ⓓ en un valle

11. ¿Qué enunciado describe la meteorización causada por el agua?

Ⓐ Los ríos fluyen por un cañón. El agua arrastra rocas por su cauce que hacen el cañón más abrupto.

Ⓑ El agua entra en las grietas de las rocas. Luego, el agua se congela, lo que aumenta el tamaño de las grietas y parte las rocas.

Ⓒ Los glaciares están compuestos de hielo. Al deslizarse, van reuniendo pedazos de roca y tierra que arrastran a su paso.

Ⓓ Durante las tormentas cae mucha agua en poco tiempo. Esto hace que las laderas de las colinas se desprendan y se deslicen cuesta abajo.

12. Observa el siguiente accidente geográfico.

¿Qué enunciado describe mejor como se formó?

Ⓐ Una placa de la corteza se deslizo por debajo de otra. Luego, la lava comenzó a subir y a salir por las grietas.

Ⓑ Dos placas de la corteza comenzaron a empujarse entre sí, forzando hacia arriba una parte de la corteza hasta crear esta formación.

Ⓒ Dos placas de la corteza comenzaron a separarse, lo que provocó vibraciones y una gran fractura en la tierra.

Ⓓ Un río arrastró rocas y tierra hasta aquí. Con el paso del tiempo, las rocas y tierra formaron capas que fueron aumentando.

13. La clase de Juan visita un delta para hacer observaciones. Los estudiantes observan la fértil tierra. ¿Cuál es la razón más probable de que la tierra sea fértil en los deltas?

Ⓐ Las rocas que había en el delta se fueron triturando en la tierra fértil.

Ⓑ La tierra fértil fue transportada hasta el delta por el viento.

Ⓒ La tierra fértil fue transportada al delta por la corriente de un río.

Ⓓ Las rocas del mar fueron trituradas por las olas del océano.

14. Keesha pone unos pedazos de ladrillo, arena y agua en un frasco. Luego, agita el frasco todos los días durante dos semanas y observa lo que le sucede a los pedazos de ladrillo en el agua. ¿Qué está representando?

Ⓐ cómo entra en erupción un volcán

Ⓑ cómo la meteorización forma la tierra

Ⓒ cómo se absorbe el agua de las inundaciones

Ⓓ cómo cambian las rocas los terremotos

15. ¿En qué capa de la Tierra encontrarás los océanos, las montañas y los valles?

Ⓐ en la corteza

Ⓑ en el núcleo interno

Ⓒ en el manto

Ⓓ en el núcleo externo

Aplica la investigación y repasa La gran idea

Escribe las respuestas a estas preguntas.

16. Tomás hizo una foto del siguiente accidente geográfico y la mostró a la clase.

Di de qué accidente geográfico se trata. ¿En qué se parece a una planicie?
¿En qué se diferencia?

_____

_____

_____

17. Drew fue de acampada al desierto. Vio las siguientes estructuras de arena y se preguntó cómo se habrían formado.

Explica cómo se formaron probablemente estas estructuras de arena.

_____

_____

_____

18. Sari tiene una cacerola grande, un poco de tierra, rocas, un libro, una regadera y agua. ¿Cómo podría usar esos artículos para mostrar lo que ocurre durante una avalancha de tierra?

_____

_____

_____

Las personas y los recursos

La gran idea

Los seres vivos usan los recursos de la Tierra para cubrir sus necesidades. Algunos de estos recursos se pueden reciclar o reutilizar.

Represa de Hoover, Nevada

Me pregunto por qué

¿Por qué se construyó una represa gigantesca como esta? ¿Qué recursos usan? *Da vuelta a la página para descubrirlo.*

Por esta razón Las represas aprovechan el poder del agua en movimiento para producir electricidad con generadores.

En esta unidad vas a aprender más sobre La gran idea, y a desarrollar las preguntas esenciales y las actividades del Rotafolio de investigación.

Niveles de investigación ■ Dirigida ■ Guiada ■ Independiente

La gran idea Los seres vivos usan los recursos de la Tierra para cubrir sus necesidades. Algunos de estos recursos se pueden reciclar o reutilizar.

Preguntas esenciales

¡Ya entiendo La gran idea!

Cuaderno de ciencias

No olvides escribir lo que piensas sobre la Pregunta esencial antes de estudiar cada lección.

Pregunta esencial

¿Cuáles son algunos de los recursos naturales?

Ponte a pensar

Halla la respuesta a la siguiente pregunta en la lección y escríbela aquí.

¿Cómo se aprovecha un recurso natural en esta central eólica?

_____

_____

_____

Lectura con propósito

Vocabulario de la lección
Haz una lista de los términos. A medida que aprendes cada uno, toma notas en el Glosario interactivo.

Polución ✓

recurso natural ✓
recurso renovable ✓
recurso norenovable ✓

Combustibles
Combustibles fosiles ✓
Conservación ✓

Comparar y contrastar
Muchas ideas de esta lección están relacionadas mediante comparaciones y contrastes, o sea: en qué se parecen y en qué se diferencian las cosas. Los buenos lectores se fijan en las comparaciones y los contrastes, y se preguntan: ¿en qué se parecen estas cosas? ¿en qué se diferencian?

Recursos naturales

La mayoría de las cosas que usas cada día vienen de la naturaleza. ¿Pero cómo obtenemos esas cosas? ¿Cómo las usamos?

Lectura con propósito Mientras lees esta página, subraya las definiciones de *recurso natural* y *recurso renovable*.

Un **recurso natural** es algo que viene de la naturaleza que la gente puede usar. El aire que respiras y el suelo en el que crecen los cultivos son recursos naturales. Con otros recursos naturales se hacen productos que puedes usar. ¿Puedes adivinar con qué recurso natural se hace el papel y los lápices?

El papel y los lápices obtienen de los árboles. Los árboles son un **recurso renovable**, un recurso que se puede reemplazar fácilmente. Podemos plantar más árboles para producir más papel y lápices.

Este bate se hizo con madera de un árbol. Si bien los árboles se pueden reemplazar, debemos tener cuidado de no usarlos demasiado rápido. Los árboles nuevos tardan un tiempo en crecer.

Los alimentos que comemos vienen de la naturaleza. El pescado que se captura en el océano se vende a las personas en tiendas y mercados.

El pescado es una fuente renovable. Los peces jóvenes reemplazan a los que se pescan. Otros animales también comen peces. Debemos tener cuidado de no comer el pescado más rápido de lo que se puede reemplazar.

El agua es un recurso importante. Tomamos agua y también la usamos para muchas otras cosas. Podemos usar el agua que cae para producir energía. Si limpiamos el agua, podemos volver a usarla.

Algunos recursos naturales se aprovechan para hacer productos reutilizables. Puedes usar esta botella de plástico muchas veces.

¿Qué recursos usas?

Haz una lista con tres recursos naturales que veas en esta página. Elige un recurso y describe cómo usarlo.

agua, Arboles y arre.

Se acaba, se acaba, se acabó

No todos los recursos son renovables. Algunos recursos naturales se agotarán y desaparecerán con el tiempo.

Lectura con propósito Mientras lees, subraya la oración en la que se comparan tres recursos no renovables.

El carbón es un recurso no renovable que se quema para producir electricidad. Las computadoras, luces y estufas eléctricas usan electricidad.

Muchos recursos se hallan bajo la tierra. En esta mina las personas excavan para sacar cobre. El petróleo, el carbón y el gas natural también se hallan bajo tierra.

Un **recurso no renovable** es un recurso natural que se puede agotar. El petróleo, el carbón y el gas natural son recursos no renovables con los que producimos diferentes tipos de energía, incluyendo la electricidad. Son **combustibles fósiles**, combustibles que tardan muchos años en formarse a partir de los restos de seres vivos.

¿Cómo podemos evitar que estos recursos no desaparezcan rápidamente? Debemos conservarlos. La **conservación** consiste en usar los recursos con prudencia para protegerlos. ¿Cómo puedes usar recursos no renovables con prudencia? Para empezar, apaga las luces que no estés usando.

Las piedras preciosas como este rubí se extraen del suelo. Las piedras preciosas son un recurso no renovable que se usan para hacer joyas.

¿Renovable o no renovable?

Decide si cada recurso es renovable o no renovable. Marca con una X la columna correcta.

Recurso	Renovable	No renovable
Viento	X	
Gas natural		X
Maíz	X	
Diamante		X
Petróleo		X
Agua	X	

¿Cómo lo usamos?

Alimentos. Electricidad. Gasolina. Agua. Todo lo que usamos viene de una forma u otra de la naturaleza.

Lectura con propósito Mientras lees estas dos páginas, subraya ejemplos de productos que provienen de recursos naturales.

Una torre petrolera extrae petróleo, un combustible fósil, desde la profundidad de la Tierra.

cobre en bruto

cable de cobre

¿Alguna vez te has preguntado que hay dentro de un cable de computadora? ¡Cobre! La electricidad se mueve fácilmente a través de este recurso no renovable.

mueble de madera

tronco de madera

Durante cientos de años la gente ha hecho toda clase de productos de madera. Con la madera se fabrica papel, algunas herramientas y muebles.

Mira el salón. Todo lo que ves proviene de recursos naturales. Libros, estantes, pupitres, juguetes: todos provienen de materiales de la Tierra.

Incluso los materiales que componen una computadora provienen de la Tierra. Tanto el interior como el exterior de una computadora están hechos de recursos naturales. El vidrio de las pantallas de computadora se hace con arena. Las partes de plástico se pueden producir con petróleo. Las computadoras también requieren electricidad de combustibles fósiles para funcionar.

También dependemos de recursos renovables. Imagina que estás afuera. Sientes el sol y el viento. Estas son dos fuentes de energía renovable muy importantes.

Las células solares como las que contienen estos paneles solares convierten la energía renovable en energía que podemos aprovechar.

planta de algodón

prendas de algodón

Muchas de las prendas que usamos están hechas de materiales naturales como el algodón. El algodón proviene de una planta.

¿De dónde proviene?

Con los árboles se construyen casas. ¿Qué pasos son necesarios para que la madera de los árboles se use en las casas?

_____

_____

_____

_____

Los efectos de la polución

¿Qué es ese olor? La polución puede hacer que el aire, la tierra y el agua apesten. Algunas de las maneras en que usamos los recursos naturales pueden causar muchos daños.

Lectura con propósito Mientras lees estas páginas, subraya todas las causas de la polución.

El humo de esta fábrica se mezcla con el aire. Esto hace que sea perjudicial respirar el aire.

¿Qué es la polución? La **polución** son sustancias dañinas en el medio ambiente. El humo en el aire es polución. También lo son los productos químicos en el agua y la basura en tierra firme.

¿Qué causa la polución? La polución suele ser producida por la forma en que las personas usan los recursos naturales. Quemar combustibles fósiles, como la gasolina de los autos, y el carbón para obtener energía puede causar polución del aire. La polución de la tierra se produce cuando la gente no pone la basura donde corresponde. Cuando los productos químicos y desechos llegan al agua, causan la polución del agua.

¿Cuál es la causa?

Escribe una oración que explique cómo las personas causaron cada tipo de polución.

Polución de la tierra

personas que
tiran basura en
el lugar que no
deben.

Polución del agua

tiran cosas
toxicas para
que se contamine.

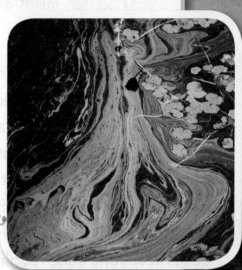

Polución del aire

las personas
de jan gas en
el aire para
respirar.

Las personas necesitamos recursos naturales para sobrevivir, pero debemos usarlos con prudencia. Tú también puedes ayudar si recuerdas las "tres erres": reducir, reutilizar y reciclar.

Lectura con propósito Mientras lees esta página, subraya formas de reducir, reutilizar y reciclar.

Reducir significa consumir menos de algo. Hay muchas formas de consumir menos recursos naturales. Por ejemplo, puedes usar ambos lados de una hoja de papel. Para conservar combustibles fósiles puedes ir en bicicleta en lugar de en auto. Y puedes apagar las luces cuando sales de una habitación.

Cuando *reutilizas* algo, vuelves a usarlo. Puedes llevar una bolsa reutilizable a la tienda. Y puedes usar una botella de agua rellenable.

Cuando *reciclas* algo, se convierte en un nuevo producto. El vidrio, las latas, el papel, las botellas de plástico y las hojas del jardín se pueden reciclar. ¡Hasta el aceite de los carros se puede reciclar!

Gracias al reciclaje, se evita tirar miles de millones de libras de materiales a la basura.

AQUÍ RECICLAMOS

y recicla

El vidrio se puede reciclar. Una vez reciclado, el vidrio se puede volver a usar.

El vidrio triturado de la botella azul se combina con más vidrio triturado. Este vidrio luego se calienta para volver a darle forma.

Cuando el vidrio se recicla, no siempre se vuelve a usar de la misma manera. Parte del vidrio en este florero vino de la botella azul.

Práctica matemática

Resuelve un problema

Akeem usa 9 hojas de papel al día. Para reducir, decide usar cada hoja 3 veces en lugar de solo 1 vez. ¿Cuántas hojas de papel usará al día?

_____

Resúmelo

Cuando termines, lee la Clave de respuestas y corrige lo que sea necesario.

Cambia la parte encerrada en un círculo de cada enunciado para que sea correcto.

1

Los recursos renovables son recursos que ~~se agotarán.~~

se pueden replasar

2

Debemos conservar ~~los combustibles de piedras preciosas~~ como el petróleo.

conbustibles fosiles

3

El carbón es un ~~recurso renovable~~ que se quema para producir la electricidad con la que funcionan las computadoras.

recurso no renovable

4

El humo de los autos y las fábricas causa polución ~~de la tierra.~~

polucion de el aire

5

Al derretir latas de aluminio podemos ~~reducirlas~~ para hacer nuevos productos de aluminio.

reciclarlas

Clave de respuestas: 1. se pueden reemplazar fácilmente 2. los combustibles fósiles 3. recurso no renovable 4. polución del aire 5. reciclarlas

Juego de palabras

1 Completa el crucigrama con las palabras de la casilla

Horizontales

2. La práctica de usar prudentemente los recursos para ahorrarlos se llama_____

3. Cuando_____reciclas_____ algo, se deshace y se convierte en algo nuevo.

4. Los recursos naturales que no pueden reutilizarse o renovarse se llaman recursos _____.

5. Para ayudar a conservar los combustibles fósiles debes_____ su uso.

6. Las fuentes de energía que se forman con los restos de organismos que vivieron hace mucho tiempo se llaman_____combustibles fosiles_____.

Verticales

1. Introducir materiales dañinos en el medio ambiente causa_____polucion_____.

3. Las cosas que son útiles para los seres humanos que vienen de la naturaleza se llaman _____recursos naturales_____.

7. Los recursos naturales que se pueden reemplazar fácilmente son recursos _____.

8. _____ algo consiste en usarlo más de una vez.

Crucigrama:

2 (horizontal): c o n s e r v a c i o n
1 (vertical): p o l u c i o n
3 (horizontal): r e c i c l a s
3 (vertical): r e c u r s o s   n a t u r a l e s
4 (horizontal)
5 (horizontal)
6 (horizontal): c o m b u s t i b l e s f o s i l e s
8, 7 (verticales)

---

recursos naturales*	renovables*	no renovables*	combustibles fósiles*	**reducir**
conservación*	**reutilizar**	**polución***	**reciclas**	

*Vocabulario clave de la lección

Aplica los conceptos

2 Encierra en un círculo los recursos renovables. Tacha con una X los recursos no renovables.

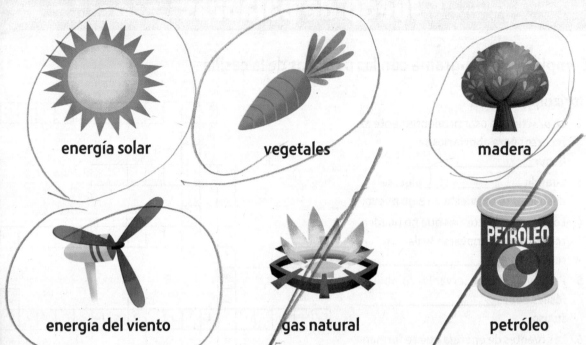

energía solar

vegetales

madera

energía del viento

gas natural

petróleo

PETRÓLEO

3 Identifica cada situación como un ejemplo de reducir, reutilizar o reciclar.

1. Jake usa una bolsa de plástico de compras para tirar la basura. _Reutilizar_

2. Las latas de aluminio se funden para fabricar otras latas de aluminio.
reziclar

3. Rei camina a la escuela en vez de ir en auto. _reducir_

4. Terry envuelve un regalo con papel de regalo viejo. _reutilizar_

Para la casa

Comparte lo que has aprendido sobre los recursos con tu familia. Busca ejemplos de recursos que has visto o que usas en la casa con un miembro de tu familia.

Nombre _____

Pregunta esencial

¿Cómo podemos conservar los recursos?

Establecer un propósito
¿Qué aprenderás en esta actividad?

_____

_____

Piensa en el procedimiento
¿Por qué te piden que guardes todo el papel que normalmente tiras a la basura?

_____

_____

_____

¿Por qué crees que debes pesar el papel en esta actividad?

_____

_____

_____

_____

_____

Anota tus resultados
Anota el peso del papel recolectado cada día durante 3 semanas.

	Semana 1	Semana 2	Semana 3
L			
Ma			
Mi			
J			
V			
Total			

Haz una gráfica de barras para comparar el peso total del papel para cada semana.

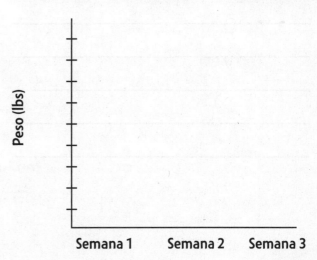

Saca conclusiones

¿Cómo cambió la cantidad de papel que recolectaron cada semana? ¿Por qué?

_____

_____

_____

_____

Analiza y amplía

1. ¿Qué aprendiste de recolectar papel durante tres semanas?

_____

_____

_____

_____

2. ¿Cómos se pueden reutilizar los distintos tipos de papel para que no acaben en la basura?

_____

_____

_____

_____

3. ¿Cuántas libras de papel recolectaron en total?

_____

_____

4. ¿De qué maneras se te ocurre que se puede reducir la cantidad de papel desperdiciado en tu comunidad y aumentar la cantidad de papel que se recicla?

_____

_____

_____

_____

_____

5. Piensa en otra pregunta que te gustaría responder sobre el reciclaje del papel.

_____

_____

_____

Pregunta esencial

¿Qué es el suelo?

Ponte a pensar

Halla la respuesta a la siguiente pregunta en esta lección y escríbela aquí.

¿Por qué es importante la tierra del suelo para estos árboles de duraznos y para la gente?

_____

_____

_____

Lectura con propósito

Vocabulario de la lección

Haz una lista con los términos. A medida que aprendes cada uno toma notas en el Glosario interactivo.

suelo	humus
arena	limo
arcilla	nutrientes

Comparar y contrastar

Muchas ideas en esta lección están conectadas porque explican comparaciones y contrastes, o sea: dicen en qué se parecen y diferencian las cosas. Los buenos lectores se concentran en las comparaciones y los contrastes, y se preguntan: ¿En qué se parecen estas cosas? ¿En qué se diferencian?

El suelo no solo es tierra

El suelo es importante. ¿Por qué? La mayoría de las plantas necesitan suelo para crecer. Sin plantas no habría alimentos para los animales o las personas.

Lectura con propósito Mientras lees estas dos páginas, haz una estrella junto a la que crees que es la oración más importante. Prepárate para explicar por qué crees que es así.

¿Qué tienes debajo de los pies cuando estás en un bosque o en un jardín, o incluso en un estacionamiento? Debajo de las ramas, rocas, plantas y el pavimento hay suelo. El **suelo** es una mezcla de agua, aire, pequeños trozos de roca y humus. El **humus** es una mezcla espesa de restos de animales y plantas degradados, o deshechos.

Hay muchos tipos de suelo. El suelo puede ser negro, rojo, marrón, gris y hasta blanco. El suelo puede ser húmedo o seco. Puede contener diferentes tipos de minerales, ¡incluso oro!

El suelo es una mezcla de plantas y animales en descomposición, pequeños trozos de roca, aire y agua.

Algunos tipos de suelo son mejores para que crezcan las plantas que otros. Cuando el suelo es bueno para que crezcan las plantas decimos que es *fértil*. Este suelo fértil puede tardar cientos o hasta miles de años en formarse. Como el suelo es un recurso natural tan importante, es necesario conservarlo

Las hojas muertas en la superficie de este bosque se descompondrán y se formarán parte del suelo.

Los agricultores deben cuidar el suelo para que siga siendo fértil.

El suelo es un recurso natural

¿Por qué el suelo es importante para las personas y los animales?

Porque la mayoría de las plantas necesitan el suelo para alimento

¿Cómo se forma el suelo?

Si cavas profundo en el suelo, verás que tiene diferentes capas.

Lectura con propósito Mientras lees estas dos páginas, subraya un causa con una línea. Subraya con dos líneas el efecto.

La capa superior del suelo se llama *mantillo*. Es la capa más fértil del suelo. En el mantillo crecen las plantas. El mantillo es fértil porque contiene humus. El humus hace que el suelo sea oscuro.

La capa debajo del mantillo se llama *subsuelo*. El subsuelo no tiene mucho humus pero tiene pequeños trozos de roca. Si cavas aún más profundo en el suelo, llegarás a una capa de roca maciza. Esto es el *roca madre*.

¿Cómo se forma el suelo? Se forma a partir de la roca madre. Cuando la roca madre está en la superficie de la Tierra, la meteorización la deshace. La lluvia, el viento y otros agentes desgastan la roca madre, y entonces los grandes trozos de roca se hacen cada vez más pequeños. Con el tiempo la roca madre se deshace en pequeños trozos de roca. Estos se mezclan con el aire, el agua y el humus para formar el suelo.

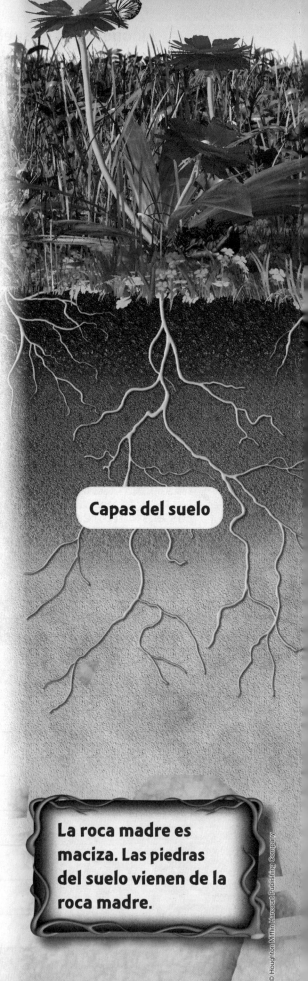

Capas del suelo

La roca madre es maciza. Las piedras del suelo vienen de la roca madre.

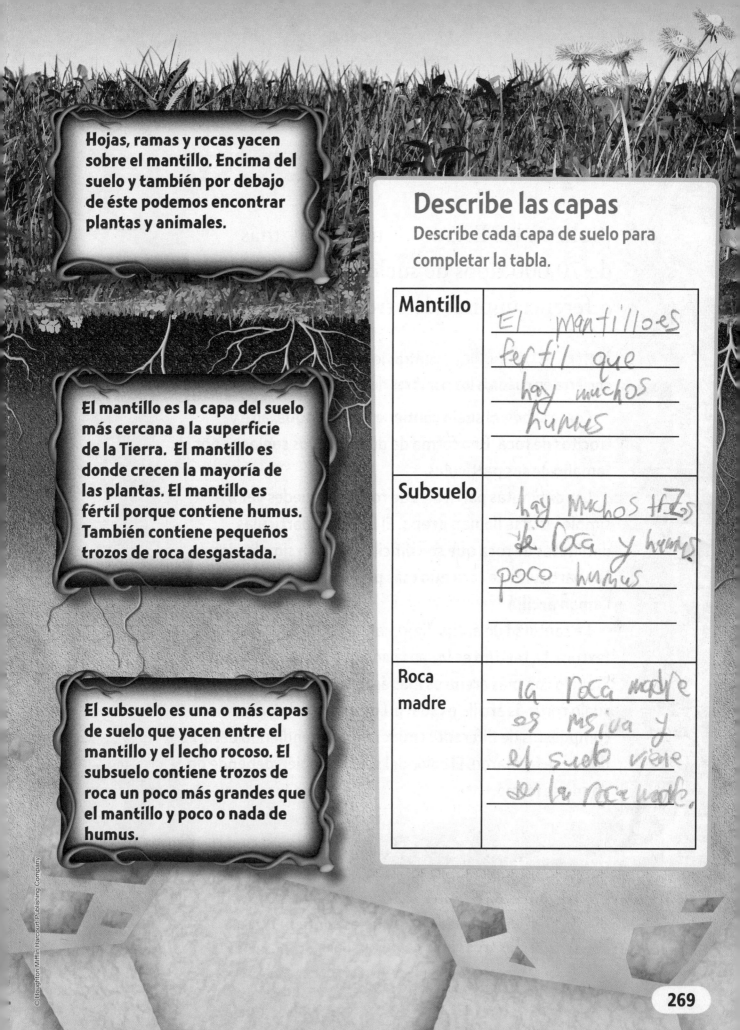

Hojas, ramas y rocas yacen sobre el mantillo. Encima del suelo y también por debajo de éste podemos encontrar plantas y animales.

El mantillo es la capa del suelo más cercana a la superficie de la Tierra. El mantillo es donde crecen la mayoría de las plantas. El mantillo es fértil porque contiene humus. También contiene pequeños trozos de roca desgastada.

El subsuelo es una o más capas de suelo que yacen entre el mantillo y el lecho rocoso. El subsuelo contiene trozos de roca un poco más grandes que el mantillo y poco o nada de humus.

Describe las capas

Describe cada capa de suelo para completar la tabla.

Mantillo	El mantillo es fertil que hay muchos humus
Subsuelo	hay muchos trozos de roca y humus poco humus
Roca madre	la roca madre es msiua y el suelo viene de la roca made.

Tipos de suelo

¡Solo en los Estados Unidos hay más de 70,000 tipos de suelo! ¿Cómo se diferencian unos de otros?

Lectura con propósito Mientras lees estas dos páginas, encierra en cuadros los nombres de cosas contrastadas.

Como sabes, el suelo contiene humus, agua, aire y trocitos de roca. Una forma de distinguir los suelos es por el tamaño de sus partículas.

Las diminutas partículas de roca que puedes ver a simple vista se llaman **arena**. El **limo** son partículas diminutas de roca que son difíciles de ver a simple vista. Las partículas de roca aún más pequeñas que el limo se llaman **arcilla**.

La cantidad de arena, limo y arcilla en el suelo le dan su textura. La textura es la sensación que produce al tacto. El suelo con más arena es más áspero, mientras que el suelo con más arcilla es suave. Los suelos pueden estar compuestos de diferentes minerales, dependiendo del área donde se formaron. El color del suelo también depende de dónde se formó.

La mayoría de los suelos contienen los tres tipos de partículas.

Los suelos con muchas partículas de arcilla son fértiles pero pesados y pegajosos. Almacenan bien la humedad. En invierno se enfrían mucho pero en verano se secan y endurecen.

Los suelos arenosos permiten que el agua se filtre a través de ellos. Se secan rápido. Los suelos arenosos suelen ser ligeros y fáciles de excavar.

Los suelos con mucho limo se sienten resbalosos cuando se mojan. Almacenan la humedad durante mucho tiempo. También almacenan bien los nutrientes.

▶ ¿Por qué el agua pasa más rápido a través de los suelos arenosos que de los suelos que contienen más limo o arcilla?

porque la arena es mes lijda menos pesda

Las plantas necesitan el suelo

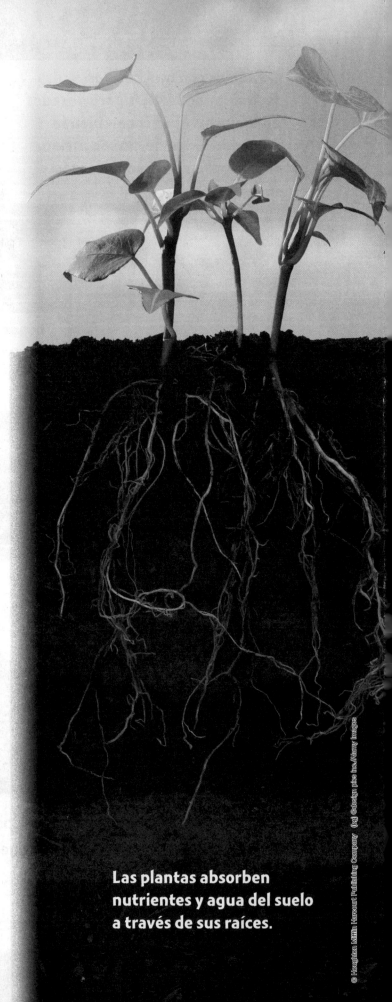

¿Qué obtienen las plantas del suelo? Nutrientes, agua y un lugar donde vivir.

Lectura con propósito Mientras lees estas dos páginas, busca y subraya la definición de *nutrientes*.

Las plantas necesitan agua y luz para crecer. También necesitan nutrientes. Los **nutrientes** son sustancias que las plantas absorben del suelo a través de sus raíces para poder vivir y crecer.

El mejor tipo de suelo para la mayoría de las plantas se llama *marga*. La marga tiene una proporción adecuada de limo, arena y arcilla. Es rica en nutrientes y humus, y se mantiene húmeda, lo que hace que sea fácil excavarla. Sin embargo algunas plantas crecen mejor en otros tipos de suelo.

Las plantas absorben nutrientes y agua del suelo a través de sus raíces.

El repollo crece bien en suelos de arcilla.

La uva de mar y la uniola crecen en playas arenosas.

¿Qué suelo va con cada planta?

Mira las imágenes de arriba. ¿A qué conclusión puedes llegar sobre las necesidades de suelo de estas plantas?

_____

_____

_____

¿En cuál de estos suelos crecen la mayoría de los cactos? ¿Qué te dice esto sobre los cactos?

_____

_____

Compost

¡No tires esa cáscara de banana! Puedes usar cáscaras de frutas y otros desechos de cocina para ayudar a crecer a las plantas.

Lectura con propósito Mientras lees estas dos páginas, busca y subraya dos hechos sobre el compost.

El *compost* es humus que puedes hacer tú mismo. Apila partes de plantas, como hojas muertas y pasto, en un recipiente grande. Luego agrega restos de frutas y verduras. Unos organismos tan diminutos que no pueden verse a simple vista descompondrán esos restos para hacer humus. Esparce el compost sobre tus plantas para que crezcan rápido y se mantengan saludables.

El compost no solo ayuda a la plantas en tu jardín. Hacer compost significa que no tiras tanta basura. ¡Cuando la gente tira menos basura es bueno para todos!

Agrega al compost cosas como cáscaras de huevo, y restos de frutas y verduras. También puedes poner papel de periódico. No pongas productos animales como carnes o queso.

Práctica matemática
Usa la resta

Pueden pasar 850 años para que se formen 2 cm de suelo. Hacer 2 cm de compost para tu jardín puede tardar 6 meses. ¿Cuánto tiempo más tarda en formarse el suelo que el compost?

_____

_____

Resúmelo

Cuando termines, lee la Clave de respuestas y corrige
lo que sea necesario.

**Las palabras en azul de cada enunciado no están correctas.
Escribe la palabra correcta en el renglón de abajo.**

1
El compost es un material
bueno para las plantas
por que su alto contenido en arcilla.

_____

2
El suelo se forma
rápidamente en la naturaleza.

_____

3
Las plantas necesitan
el suelo para sustentarse y obtener luz.

_____

4
La meteorización causa
que el humus bajo el suelo se rompa
en trozos más pequeños.

_____

5
El suelo de limo contiene
las partículas de roca más grandes.

_____

6
El mantillo es tan importante para el
crecimiento de las plantas del mundo
que la gente no debe conservarlo.

_____

Clave de respuestas: 1. humus 2. lentamente 3.
nutrientes 4. lecho rocoso 5. arena 6. debe

© Houghton Mifflin Harcourt Publishing Company   (br) ©AGStockUSA/Alamy Images; (tr) ©L. Clarke/Corbis; (bl) ©Patrick Lynch/Alamy Images; (cl) ©Peter_Widmann/Alamy Images

Nombre _____

Juego de palabras

1 Completa el crucigrama con las palabras de la casilla.

~~suelo*~~   ~~humus*~~   ~~arena*~~   limo*   ~~arcilla*~~   ~~nutrientes*~~

~~roca madre~~   marga   ~~compost~~   ~~plantas~~   *Vocabulario clave

Horizontales

1. El tipo de suelo por el que el agua se escurre más rápido. _arena_

5. El agua y el viento lo desgastan para formar el suelo. _roca madre_

7. Sustancias que hay en el suelo que las plantas necesitan para sobrevivir. _nutrientes_

9. Suministra el agua y nutrientes que las plantas necesitan para sobrevivir _suelo_

Verticales

2. Este es el mejor tipo de suelo para las plantas. Está compuesto de los tres tipos de suelo. _marga_

3. Seres vivos que necesitan el soporte del suelo. _plantas_

4. El tipo de suelo que conserva el agua durante más tiempo. _arcilla_

6. Algo que se halla en el suelo y está compuesto de plantas y animales muertos. _humus_

8. Se puede hacer con restos de la cocina y plantas muertas. _compost_

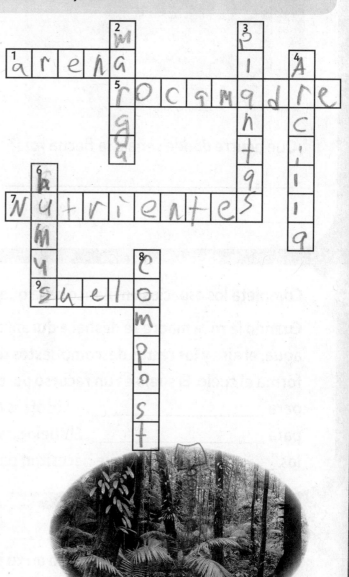

Aplica los conceptos

2 Responde a las preguntas sobre la ilustración.

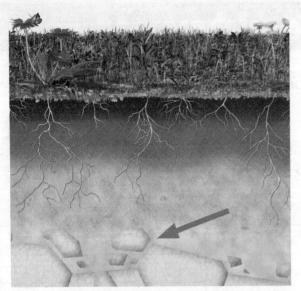

Explica por qué el suelo es más oscuro en las capas de suelo superiores.

Se encuentra la
mejor cantidad dee
humuse

¿Qué ocurre donde señala la flecha roja?

roca madre se esta rompiendo en trozos
mas pequeños

3 Completa los espacios en blanco para que los enunciados sean verdaderos.

Cuando la roca madre se deshace durante mucho tiempo y se mezcla con el agua, el aire y los restos descompuestos de ___Plantas y anchuos___, se forma el suelo. El suelo es un recurso porque las plantas lo necesitan para ___crecer___, y nosotros dependemos de las plantas para ___Sobre vivir___. El suelo sirve de soporte a las plantas y les da los ___Nutrientes___ que necesitan para crecer.

Para la casa

Mira con un adulto el suelo en tu jardín o en un parque. ¿Qué tipo de suelo es? ¿Es una mezcla? Anota tus observaciones y compártelas con la clase.

Conoce a los científicos del medio ambiente

Noah Idechong

Noah Idechong creció en un pequeño pueblo de pescadores en la nación isleña de Palaos. Los niños de Palaos aprenden a cuidar del océano. El océano suministra de alimento a sus familias. Idechong trabaja en la conservación de la vida oceánica. Los barcos pueden dañar los corales en la costa. Cuando los corales mueren, muchos peces se van y las poblaciones de peces disminuyen. Idechong ayuda a establecer reglas para cuidar el medioambiente de la costa.

En las aguas de las islas nadan muchos tipos de peces. Al poner límites a la pesca en ciertas áreas, más peces pueden sobrevivir y reproducirse.

Lena Qiying Ma

Lena Qiying Ma es una científica del suelo. Estudia el efecto del arsénico en las plantas. El arsénico se usa como veneno para evitar que las hierbas invadan los cultivos. En su investigación Ma encontró un helecho en una zona industrial. A pesar de que el suelo estaba contaminado con arsénico, el helecho estaba verde. Descubrió que el helecho absorbe el arsénico del suelo y está estudiando cómo limpiar la contaminación del suelo y del agua subterránea con la ayuda de estos helechos.

El científico mide una propiedad del suelo llamada pH. Diferentes tipos de plantas crecen mejor con diferentes niveles de pH. Esta propiedad es importante para los helechos porque el pH afecta a la cantidad de arsénico que puede absorber la planta.

¡Hazte científico de suelo!

Un agricultor siembra sus plantas y hace pruebas de pH en sus campos. Quiere saber qué debe plantar en cada campo.

Las remolachas azucareras crecen mejor en un suelo con pH alrededor de 8.

Los arándanos crecen mejor en un suelo con pH alrededor de 4.

El brócoli crece mejor en un suelo con pH alrededor de 6.

Con esta escala de pH, empareja el suelo de cada campo con el cultivo más adecuado para plantar allí. Escribe el nombre del cultivo en el renglón del suelo que corresponda.

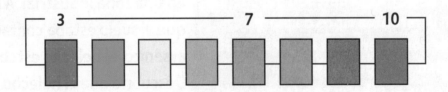

3   7   10

Tecnología en acción:

Problemas y soluciones

En el pasado muchas bebidas venían en botellas de vidrio. Hoy en día, la mayoría de los refrescos vienen en latas de aluminio. Las latas de aluminio son más livianas que el vidrio y no se rompen. Pero el aluminio es un recurso no renovable. La tecnología de reciclaje ayuda a resolver este problema.

Las latas van del cubo de reciclaje a centros de reciclaje.

Unas máquinas aplastan las latas. Las latas aplastadas forman bloques de aluminio.

Los bloques se derriten y se enrollan en hojas muy finas. Luego con el aluminio se hacen latas nuevas y otros objetos. El aluminio se puede reciclar una y otra vez.

¿Cómo ayuda el reciclaje con algunos de los problemas que causan las latas de aluminio?

_____

_____

_____

S.T.E.M.
continuación

Resuelve el problema

La tecnología puede resolver problemas. También puede causar problemas. Hoy en día millones de productos están hechos de plástico, incluyendo botellas de agua, bolígrafos, juguetes y bolsas. Pero el plástico está hecho de combustibles fósiles, que son recursos no renovables. Además el plástico no se degrada fácilmente.

Los autos ayudan a la gente a trasladarse pero contaminan el aire.

Piensa en un producto de plástico que uses a diario. Dibújalo a continuación.

¿Qué problemas causa tu producto? ¿Cómo ayuda la tecnología a resolver este problema?

_____

_____

_____

Parte de la base

Proceso de diseño

Anímate al desafío de ingeniería y diseño: completa **Modifica el diseño: Reduce los envoltorios** en el Rotafolio de investigación.

Repaso de vocabulario

Completa las oraciones con las palabras de la casilla.

~~conservación~~
~~humus~~
~~nutrientes~~
~~polución~~
~~suelo~~

1. La parte del suelo con una mezcla rica en plantas y animales en

   descomposición es el _____ humus _____.

2. Apagar las luces y reciclar son ejemplos de

   _____ conservacion _____.

3. A la mezcla de minerales, aire, agua y humus se le llama

   _____ suelo _____.

4. La basura en la tierra y los agentes químicos en el aire son tipos de

   _____ suelo _____.

5. Las plantas necesitan agua, luz y _____ nutrientes _____ del
   suelo para crecer.

Conceptos científicos

Rellena la letra de la opción que responde mejor la pregunta.

6. ¿Cuál de estas fuentes de energía es un recurso renovable?

   Ⓐ carbón

   Ⓑ gas natural

   Ⓒ petróleo

   Ⓓ viento

7. ¿Cómo puedes reducir tu consumo de recursos naturales?

   Ⓐ poniendo tu caja de cereales en el cubo de reciclaje

   Ⓑ llevando tu almuerzo en una caja reutilizable, en vez de llevarlo en una bolsa de papel

   Ⓒ plantando un árbol para reemplazar la madera que se usa para el fuego

   Ⓓ llevando las hojas viejas al basurero

Conceptos científicos

Rellena la letra de la opción que responde mejor la pregunta.

8. Héctor quiere poner tierra en una maceta que permita drenar el agua rápidamente. ¿Qué partícula debe componer la mayor parte de su suelo?

- Ⓐ arcilla
- Ⓑ humus
- Ⓒ arena
- Ⓓ limo

9. La gráfica siguiente muestra el porcentaje de latas de aluminio que se reciclan.

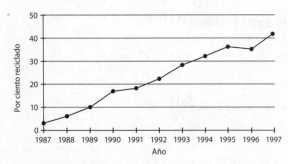

¿Cuál de las siguientes explica **mejor** los datos en la gráfica lineal?

- Ⓐ El número de cubos de reciclaje está aumentando.
- Ⓑ El número de latas que se consumen está aumentando.
- Ⓒ El número de latas recicladas está aumentando.
- Ⓓ El número de gente que recicla latas está aumentando.

10. Tyrone quiere asegurarse de que su suelo está compuesto mayormente por partículas de arcilla. ¿Qué debe buscar?

- Ⓐ El suelo se secará rápido.
- Ⓑ El suelo será pesado y pegajoso.
- Ⓒ El suelo será resbaloso cuando se moje.
- Ⓓ El suelo tendrá partículas pequeñas que se ven a simple vista.

11. ¿Cuál es un ejemplo de reutilizar?

- Ⓐ compartir un auto para ir a los entrenamientos de fútbol
- Ⓑ apagar las luces que no se usan
- Ⓒ llevar bolsas de tela a la tienda para llevar las compras a casa
- Ⓓ poner una botella de plástico en el cubo de reciclaje

12. Abby y su familia recogieron periódicos en este recipiente.

¿Qué palabra describe **mejor** lo que hacen?

- Ⓐ nutrientes
- Ⓑ Polución
- Ⓒ reciclar
- Ⓓ renovar

13. ¿Cuál es un efecto de quemar combustibles fósiles?

(A) conservación

(B) polución

(C) reciclar

(D) reutilizar

14. Giorgio hizo el modelo de suelo a continuación.

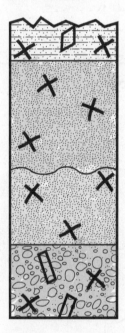

¿Cómo se llama la capa superior de su dibujo?

(A) roca madre

(B) limo

(C) subsuelo

(D) mantillo

15. ¿Por qué la marga es el mejor tipo de suelo para las plantas?

(A) Es rico en nutrientes que ayudan a crecer a las plantas.

(B) Es pesado y espeso, y sostiene mejor a las plantas.

(C) Tiene la mayor cantidad de arena, por lo tanto el agua se escurre rápido.

(D) Tiene más bolsas de aire, por lo tanto permite que la luz llegue a las raíces.

16. ¿Cuál de estos recursos es un combustible fósil?

(A) carbón

(B) papel

(C) madera

(D) sol

17. Mira la ilustración de abajo.

¿Estos son ejemplos de qué?

(A) conservación

(B) humus

(C) recursos no renovables

(D) polución

Aplica la investigación y repasa La gran idea

Escribe las respuestas a estas preguntas.

18. Observa este dibujo.

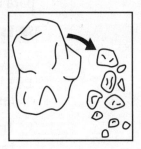

¿Qué proceso representa la ilustración? ¿Cómo puede formarse el suelo a partir de este proceso?

La ilustracion demostra el proceso de meotreonitegilos
LaS rocas pequeñas se mecclan con agua
alle plantas y animales en descomponecion

19. La clase de la señora Gómez realiza trabajos comunitarios.

¿Qué recurso natural conservan? ¿De qué otra forma pueden conservar este recurso natural?

Estan conservando arboles. No cortar arboles y
reciclar.

El agua y el tiempo atmosférico

La gran idea

El agua es importante para todos los seres vivos por muchas razones. El sol es la fuente de energía del ciclo hidrológico y del tiempo.

catarata helada con carámbanos

Me pregunto por qué

¿Por qué una catarata helada comienza a fluir cuando sale el sol? *Da vuelta a la página para descubrirlo.*

Por esta razón La catarata fluirá cuando salga el sol. Esto se debe a que la energía del sol transmite calor al hielo. El hielo cambia su estado de sólido a líquido. El agua líquida fluye.

En esta unidad vas a aprender más sobre La gran idea, y a desarrollar las preguntas esenciales y las actividades del Rotafolio de investigación.

Niveles de investigación ■ Dirigida ■ Guiada ■ Independiente

Comprueba tu progreso

La gran idea El agua es importante para todos los seres vivos por muchas razones. El sol es la fuente de energía del ciclo hidrológico y del tiempo.

Preguntas esenciales

Cuaderno de ciencias

No olvides escribir lo que piensas sobre La gran idea antes de estudiar cada lección.

Pregunta esencial

¿Qué es el ciclo hidrológico?

Ponte a pensar

Halla la respuesta a la siguiente pregunta en la lección y escríbela aquí.

Puedes ver la neblina sobre la superficie del lago. ¿De dónde viene?

_____

_____

_____

Lectura con propósito

Vocabulario de la lección
Haz una lista con los términos. A medida que aprendes cada uno, toma notas en el Glosario interactivo.

agua salada   agua dulce
evaporación   conDesación
precipitacion hidrologico

Comparar y contrastar
Muchas ideas en esta lección están conectadas porque explican cómo se comparan y contrastan las cosas. Los buenos lectores se concentran en las comparaciones y los contrastes cuando se preguntan: ¿en qué se parecen estas cosas? ¿en qué se diferencian?

El agua se mueve por todas partes

Si miraras desde una nave espacial hacia la Tierra, verías que la mayor parte de su superficie está cubierta de agua.

Lectura con propósito Mientras lees esta página, busca y subraya dos ejemplos de agua dulce.

Casi toda el agua de la Tierra se encuentra en los océanos. El agua de los océanos es **agua salada**, que contiene sal, ¡por supuesto! Es demasiado salada para que la podamos beber. Sin embargo, hay muchos tipos de seres vivos que viven en el agua salada.

Sólo una pequeña parte del agua de la Tierra es **agua dulce**. El agua dulce tiene muy poca sal. Necesitamos el agua dulce para beber. Muchas plantas y animales también necesitan agua dulce. Los ríos y lagos contienen agua dulce pero la mayor parte del agua dulce de la Tierra ¡está congelada!

El agua del océano

El agua es necesaria para la vida. Cerca de tres cuartos de la Tierra está cubierta de agua. La mayor parte de esa agua está en los océanos.

Icebergs en el océano

Los icebergs están hechos de agua dulce. La mayor parte del agua dulce de la Tierra se encuentra congelada en glaciares en el Polo Sur. Por eso es importante conservar el agua dulce que no está congelada.

Catarata

El agua dulce fluye por esta catarata. Gran parte del agua dulce de la Tierra está sobre la superficie pero también hay agua dulce bajo la superficie.

Lago

Este lago contiene agua dulce. Los lagos suministran agua potable a muchos animales. La mayoría de las plantas necesitan agua dulce. Dentro y alrededor del agua dulce viven muchas especies de peces, ranas, caracoles y otros animales.

Práctica matemática
Halla la fracción

Sólo 3 de cada 100 litros de agua de la Tierra son de agua dulce. ¿Qué fracción del agua de la Tierra es agua dulce?

_____

Tres formas de agua

El agua es un tipo de materia. Puede existir en estado sólido, líquido o gaseoso.

Lectura con propósito Cuando contrastas cosas, buscas las diferencias entre ellas. Encierra en un recuadro las tres cosas que se están contrastando.

El hielo es agua sólida. Los icebergs son pequeños trozos de hielo en el océano. Los glaciares son bloques enormes de hielo. ¡Algunos glaciares son tan grandes como un país entero! La mayor parte del agua dulce de la Tierra es hielo.

Cuando el hielo se funde pasa a ser agua líquida. El agua líquida se encuentra en océanos, ríos, arroyos, lagunas y hasta bajo la superficie.

Cuando el agua existe como un gas, se llama *vapor de agua*. El vapor de agua está en el aire que respiramos. El vapor de agua es invisible.

El agua puede existir como un sólido, líquido o gas.

Estados del agua

Vapor de agua

El aire es una mezcla de gases. Uno de esos gases es el vapor de agua. El vapor de agua es invisible. El espacio entre las nubes contiene vapor de agua.

Agua líquida

El agua líquida llena océanos, lagos y ríos. Las nubes están compuestas de pequeñas gotitas de agua líquida. La niebla, la neblina y la lluvia también son de agua líquida.

Hielo

Este glaciar es un ejemplo de hielo, que es el agua sólida de la Tierra. Los glaciares cubren los territorios próximos al Polo Norte y al Polo Sur, y las cimas de algunas montañas.

¿Dónde está el agua?

1. ¿Dónde puedes hallar vapor de agua en la naturaleza?

   El vapor de agua se encuentra en el aire

2. ¿Dónde puedes hallar agua líquida en la naturaleza?

   oceanos, lagos y rios

3. ¿Dónde puedes hallar agua sólida en la naturaleza?

   glasiares

Cambiar de estado

El agua cambia de estado. Por ejemplo el agua líquida puede cambiar a hielo y a vapor de agua. ¿Qué causa los cambios de estado del agua?

Lectura con propósito Busca oraciones que contrasten dos cosas. Dibuja una línea debajo de cada oración.

El agua cambia de estado cuando se calienta o se enfría. Cuando se le agrega suficiente agua al hielo, este se convierte en agua líquida. A este cambio de estado se le llama *derretir*. Lo opuesto de derretir es *congelar*.

Cuando el agua líquida se calienta lo suficiente, se evapora y se convierte en vapor de agua. La **evaporación** es el cambio de estado de líquido a gas.

Cuando el vapor de agua pierde el calor, se vuelve a convertir en agua líquida. El cambio de estado de gas a líquido se llama **condensación**. La condensación y la evaporación son procesos opuestos.

Para que el vapor de agua se condense, necesita algo sobre lo que condensarse. El agua de las nubes, por ejemplo, necesita diminutas partículas de polvo para condensarse.

Cuando el vapor en el aire toca el vaso frío, pierde calor y forma gotitas de agua líquida en el vaso.

Las huellas mojadas de esta foto se convertirán en vapor de agua a medida que la energía del Sol las caliente.

Hallar la evaporación y la condensación

Observa las fotos de estas páginas. Escribe condensación o evaporación para describirlas.

_____

Después de una noche fresca verás pequeñas gotitas de agua llamadas rocío cubriendo el pasto. Esto ocurre cuando el vapor de agua en el aire que flota sobre el suelo frío cambia de estado y aparece en forma de gotitas.

El ciclo hidrológico

El agua siempre se está moviendo. Nunca deja de viajar desde la superficie de la Tierra hasta la atmósfera y, luego, regresa a la superficie.

Una causa dice por qué ocurre algo. Subraya cada causa.

El Sol calienta el océano. Esto causa que el agua se evapore y se convierta en vapor de agua. El vapor de agua se mezcla con otros gases y sube por el aire a gran altura.

A medida que sube, el vapor de agua se enfría. Si pierde suficiente energía, se condensa y forma gotitas de agua en las nubes. Este agua puede volver a caer en la Tierra en forma de **precipitación.** La precipitación puede ser lluvia, aguanieve, nieve o granizo. El tipo de precipitación depende de la temperatura del aire que la rodea.

Después de caer, el agua se mueve por la la tierra. Parte del agua se filtra al subsuelo. Esa es la llamada *agua subterránea*. El agua subterránea y el agua de la superficie fluyen de regreso al océano. En el océano el agua se vuelve a calentar y a evaporarse. Este movimiento constante del agua entre la superficie de la Tierra y el aire se llama ciclo **hidrológico.**

La energía del Sol calienta la superficie del océano y otros cuerpos de agua. Parte del agua se evapora y entra al aire en forma de vapor de agua.

296

A medida que el vapor del agua se eleva y se enfría, se condensa en forma de nubes. Las gotitas de agua diminutas en las nubes chocan unas con otras para formar gotitas más grandes.

Cuando las gotitas se hacen demasiado pesadas para mantenerse un el aire, caen a la Tierra en forma de precipitación.

Parte de la precipitación es absorbida por el suelo. Las precipitaciones también pueden correr sobre la superficie y fluir en arroyos, ríos, lagos y, finalmente, en el océano.

El Sol y el ciclo hidrológico

¿Qué papel cumple el Sol en el ciclo hidrológico?

_____

_____

_____

_____

Resúmelo

Cuando termines, lee la Clave de respuestas y corrige lo que sea
necesario.

Completa el organizador gráfico usando detalles del siguiente resumen.

El agua es materia. Puede existir como sólido, líquido o gas. Cuando el agua
está en estado sólido se llama hielo. Cuando el agua es líquida se llama agua.
Cuando está en estado gaseoso se llama vapor de agua.

El agua cambia de estado cuando se calienta o se enfría. Por ejemplo, cuando
al hielo se le agrega calor, cambia de estado para convertirse en agua líquida.
Si se agrega aún más calor, el agua líquida se convierte en vapor de agua.

Idea principal
El agua puede existir en tres
estados: sólido, líquido y
gaseoso.

1 Detalle: _Solido,_
helo o nieve

2 Detalle: _liquido_
agua

3 Detalle: _gaseoso_
Evapora

Clave de respuestas: 1. El agua puede ser un sólido llamado hielo. El hielo puede cambiar y
convertirse en agua líquida cuando se calienta. 2. El agua líquida suele llamarse
simplemente agua. El agua líquida puede convertirse en hielo o en vapor de agua. 3. El
agua puede ser un gas llamado vapor. El vapor de agua puede convertirse en agua líquida
cuando pierde su energía.

🧠 Ejercita tu mente

Juego de palabras

Nombre _____

1 Ordena cada palabra y escríbela en los recuadros.

1. **UGAA DLAAAS**
   Pista: Cubre la mayor parte de la Tierra.

   | a | g | u | a | | s | a | l | a | d | a |

2. **NOCENDASNOIC**
   Pista: Cuando el vapor de agua se hace líquido

   | C | o | n | d | e | n | s | a | c | i | o | n |

3. **PORAV ED GAAU**
   Pista: En lo que se convierte el agua que se evapora.

   | V | a | p | o | r | | d | e | | a | g | u | a |

4. **ILCCO LOHICODGIRO**
   Pista: El movimiento del agua del océano a tierra firme y viceversa.

   | | | | ○ | | | | ○ | | | ○ | | ○ | | ○ |

5. **CIPERNÓITICA**
   Pista: El agua que cae del cielo

   | P | r | e | c | i | p | i | t | a | c | i | o | n |

6. **UGAA CLEUD**
   Pista: Se encuentra en ríos y lagos

   | a | g | u | a | | D | u | l | c | e |

7. **AGAU RANERBUTESÁ**
   Pista: Fluye debajo de la superficie

   | a | g | u | a | | s | u | b | t | e | r | R | A | N | e | A |

Escribe las letras de los círculos en los renglones siguientes. Ordénalas para formar otras dos palabras.

_____

8. Pista: Una forma de agua congelada en el Polo Sur

   | g | l | a | c | i | a | r |

9. Pista: Cuando el agua líquida se convierte en vapor

   | E | v | a | p | o | r | a | c | i | o | n |

Aplica los conceptos

2 Mira la ilustración del ciclo hidrológico. Agrega rótulos para representar los tres procesos del ciclo hidrológico. Escribe cuál es el agua salada y cuál la dulce.

2. _Condensacion_

3. _precipitacion_

1. _Evaporacion_

4. _agua dulce_

5. _Agua Salada_

3 ¿Qué le proporciona al agua la energía necesaria para moverse alrededor del mundo en el ciclo hidrológico?

El sol

Comparte lo que has aprendido sobre el ciclo hidrológico con tu familia. Busca lugares donde estén ocurriendo los procesos del ciclo hidrológico con un miembro de tu familia.

6

Cosas
que debes saber sobre los
hidrólogos

1 Los hidrólogos estudian la calidad y el movimiento del agua en la Tierra.

2 Cuidan y protegen el agua en ríos, arroyos y océanos.

3 Los hidrólogos examinan el agua para saber si es seguro beberla o bañarse en ella.

4 Trabajan para que ciudades y granjas tengan el agua que necesitan.

5 También ayudan a prevenir problemas causados por inundaciones y sequías.

6 Ayudan a diseñar represas para producir electricidad y desagües para drenar el agua.

¡Hazte hidrólogo!

Responde estas cinco preguntas sobre los hidrólogos.

1

¿Qué estudian los hidrólogos?

_____

_____

_____

_____

2

¿Por qué los hidrólogos examinan el agua que bebemos?

_____

_____

_____

_____

3

¿Cómo ayudan los hidrólogos a los agricultores?

_____

_____

_____

_____

4

¿Cómo ayudan los hidrólogos a las ciudades?

_____

_____

_____

_____

5

Escribe y responde tu propia pregunta sobre los hidrólogos.

_____

_____

_____

_____

Pregunta esencial

¿Qué es el tiempo atmosférico?

Ponte a pensar

Halla la respuesta a la siguiente pregunta en la lección y escríbela aquí.

¿Cómo se puede medir el tiempo en esta ciudad?

_____

_____

_____

_____

_____

Lectura con propósito

Vocabulario de la lección

Haz una lista con los términos. A medida que aprendes cada uno toma notas en el Glosario interactivo.

atmósfera   oxígeno
tiempo   temperatura

Usar los títulos

Los buenos lectores echan un vistazo previo a los títulos y se hacen preguntas para estabelcer un propósito de lectura. Leer con un propósito te ayuda a concentrarte en comprender y recordar lo que lees para cumplir con ese propósito.

El mundo del tiempo

La energía del Sol causa el ciclo hidrológico. También afecta al tiempo. A medida que el sol calienta la Tierra, las temperaturas cambian. ¡El cambio de temperatura significa cambio de tiempo!

Lectura con propósito Mientras lees estas dos páginas, subraya el vocabulario de la lección cada vez que aparezca.

La Tierra esta rodeada por una capa de gases. Esta capa de gases es la **atmósfera** terrestre. El **oxígeno** es uno de los gases en la atmósfera de la Tierra. La mayoría de los seres vivos necesitan oxígeno para sobrevivir. El vapor de agua es otro de los tipos de gases en la atmósfera terrestre.

Las condiciones en la atmósfera pueden cambiar. El **tiempo** es la condición de la atmósfera en un lugar y momento determinado. Si la atmósfera sobre tu escuela es cálida y seca por la mañana, el tiempo es cálido y seco. Pero la atmósfera y el tiempo pueden cambiar. El tiempo podría ser fresco y lluvioso por la tarde.

Esta nube es un *cumulonimbo*. Estas nubes suelen ser altas y planas por arriba. A veces parecen setas y suelen producir tormentas.

Tipos de nubes

Hay muchos tipos de nubes. Cada tipo de nube tiene una forma diferente. Los tipos de nubes en el cielo te pueden anunciar qué tipo de tiempo se avecina.

Los *cirros* son nubes finas y con forma de pluma. Los cirros se forman a mucha altura en la atmósfera, donde las temperaturas son frías. Suelen ser una señal de que el tiempo va a cambiar.

Los *cúmulos* son nubes planas por debajo y mullidas por arriba. Parecen pilas de algodón. Los cúmulos suelen anunciar tiempo bueno, pero se pueden convertir en cumulonimbos.

Los *estratos* parecen sábanas delgadas. Suelen estar bastante bajas en la atmósfera. Los estratos suelen anunciar lluvia o nieve moderada.

► Supón que el tiempo es bueno. ¿Qué tipos de nubes puedes ver en la atmósfera? Dibújalas y escribe sus nombres.

Cumulos

Medir el tiempo

Puedes decir "hace frío y llueve". Pero cuando necesitamos saber exactamente qué tiempo hace, debemos medirlo.

Lectura con propósito A medida que lees, convierte el título en una pregunta y encierra en un círculo las oraciones que responden a la pregunta.

La **temperatura** es una medida de lo caliente o frío que está algo. El instrumento con el que medimos la temperatura se llama *termómetro*. La temperatura del aire se mide en grados Celsius (°C) o grados Fahrenheit (°F).

La temperatura de la atmósfera afecta al tipo de precipitación. Por encima de 0° C, es probable que llueva. A menos de 0° C el aire está tan frío que puede caer lluvia, aguanieve o nieve.

A veces llueve tanto que casi no se puede ver. Un *pluviómetro* es un instrumento que recoge la lluvia y muestra cuánta agua ha caído. Si sopla el viento podemos saber de qué dirección viene con una *veleta*. Un *anemómetro* nos dice a qué velocidad sopla el viento.

Termómetro

Un termómetro es un tubo lleno de líquido. Cuando el aire se calienta, el líquido sube por el tubo. Cuando el aire se enfría, el líquido baja por el tubo. Para hallar la temperatura, lee el número junto a la parte superior del líquido.

67°F

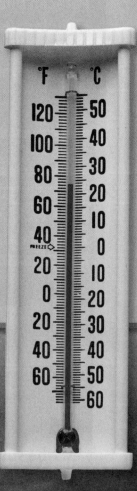

Pluviómetro

Un pluviómetro mide las precipitaciones. ¿Cómo se lee un pluviómetro? Mira el agua en el indicador. Lee el número de la escala hasta donde llega el agua. La lluvia se puede medir en centímetros o pulgadas. El pluviómetro se vacía después de cada uso para medir más precipitaciones.

4 cen.
_____

Veleta

Una veleta muestra en qué dirección sopla el viento. El gallo de la foto mira en la dirección de donde viene el viento. El viento puede venir del este, oeste, norte, sur o de cualquier punto intermedio.

_____

Anemómetro

Un anemómetro sirve para medir a qué velocidad sopla el viento.

► Lee los instrumentos y anota la temperatura, la cantidad de lluvia y la dirección del viento en las líneas correspondientes.

Práctica matemática
Resuelve un problema

A las 9:00 a.m. la temperatura del aire era de 18° C. A las 4:00 p.m. había subido a 32° C. ¿Cuánto más calor hace a las 4:00 p.m. que a las 9:00 a.m.?

_____

Prepararse para el tiempo

El tiempo nos afecta de muchas maneras. Tenemos que considerar el tiempo cuando elegimos qué ropa ponernos, qué accesorios llevar y adónde ir.

Para mantenernos cómodos y a salvo, usamos la ropa adecuada para cada tipo de tiempo. Cuando llueve, evitamos mojarnos con un impermeable, botas y paraguas.

El tiempo atmosférico también afecta las actividades que podemos realizar. Cuando hace calor podemos nadar. Podemos esquiar solamente cuando hace suficiente frío para que haya nieve.

Los científicos intentan predecir el tiempo. Cuando sabemos el tipo de tiempo que se avecina, podemos planear para vestirnos de forma adecuada y elegir el tipo de actividades adecuado.

Este niño lleva la ropa adecuada y un paraguas para estar cómodo y seguro bajo la lluvia.

Esta niña lleva la ropa y los accesorios adecuados para estar cómoda y segura en un día caluroso y soleado en la playa.

Qué ponerse

Mira cada objeto. ¿En qué tipo de tiempo puedes necesitar cada uno?
¿Cómo te protegen del tiempo?

gorro de lana

En el invierno
para que no tengas frío

gafas de sol

Para el verano
par proteger ojos

¡Ojo con el tiempo!

    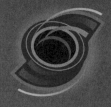

El tiempo puede ser extremo y hasta peligroso. Los huracanes, las tormentas eléctricas, los tornados y las tempestades de nieve son ejemplos de estados extremos del tiempo.

Lectura con propósito A medida que lees esta página, busca y subraya ejemplos de tiempo extremo.

Un *huracán* es una tormenta tropical con vientos de, al menos, 119 kilómetros (74 millas) por hora. Los huracanes se forman sobre aguas oceánicas cálidas. Apenas llegan a tierra firme se convierten en grandes tormentas que avanzan con lentitud. Los huracanes pueden arrancar árboles e inundar grandes áreas.

Las *tormentas eléctricas* son tormentas fuertes con rayos y truenos. Suelen estar acompañadas de fuertes lluvias y viento.

Los *tornados* son pequeñas columnas giratorias de viento muy fuerte.

Una *ventisca* es una tormenta de nieve con vientos fuertes y temperaturas muy bajas.

Para estar seguro cuando el tiempo se pone feo, sigue las indicaciones de tus padres, maestros u otros adultos que sepan qué hacer.

Tornado

Los tornados son más comunes en estados como Texas y Kansas, donde hay grandes praderas. Los vientos de los tornados son tan fuertes que pueden arrancar un árbol de cuajo y levantar un auto por los aires.

Ventisca

Durante las ventiscas, la nieve sopla tan fuerte que casi no se ve. ¡Salir durante una ventisca puede ser peligroso!

Tormenta eléctrica

Los rayos son un destello de electricidad que se produce durante las tormentas eléctricas. Los rayos pueden matar a las personas. Nunca salgas durante una tormenta eléctrica.

Huracán

Como los huracanes se forman sobre las aguas cálidas del océano, su fuerza disminuye rápidamente al llegar a tierra firme. Aún así, los huracanes causan muchos daños al llegar a tierra.

La seguridad es lo primero

Sara cree que las tormentas eléctricas son emocionantes. Quiere salir afuera durante una de ellas. Sara le pide a su madre que la acompañe. ¿Qué debería decirle su madre?

Si pero cuidado

Resúmelo

Cuando termines, lee la Clave de respuestas y corrige lo que sea necesario.

Escribe el término del vocabulario que corresponde con cada foto y descripción.

1 Este instrumento se usa para medir cuánta lluvia cayó.

Plubiometro

2 Este instrumento se usa para medir la dirección del viento.

veleta

3 Este instrumento se usa para medir la temperatura del aire.

termometro

En pocas palabras

Completa las palabras que faltan para hablar sobre el tiempo.

Puedes reconocer las nubes por su __forma__ (4). Los (5) __cirros__ son

unas nubes finas y deshilachadas. Las nubes que se extienden como una

manta se llaman (6) __Estratos__. Las nubes que parecen pilas de algodón se

llaman (7) __Cumulos__. Cada tipo de nube anuncia un tipo de tiempo distinto.

Los estratos suelen anunciar (8) __lluvia__ suave o nieve. Si ves un cúmulo,

sabrás que se avecina (9) _____ tiempo. El tiempo puede ser extremo.

Los (10) _____ se forman sobre el agua del océano. Durante

una (11) _____ se registran vientos fuertes y mucha nieve.

Clave de respuestas: 1. pluviómetro 2. veleta 3. termómetro 4. forma 5. cirros 6. estratos 7. cúmulos 8. lluvia 9. buen 10. huracanes 11. ventisca

© Houghton Mifflin Harcourt Publishing Company   (bl) ©Brand X Pictures/Getty Images; (tr) ©Houghton Mifflin Harcourt; (br) ©Icon Digital Featurepix/Alamy Images

Juego de palabras

1

Lee las pistas. Ordena las palabras para completar la oración.

1. Con un termómetro mides la temperatura.	pratauemer
2. Los gases que rodean a la Tierra forman la Admosfera.	seftmaróa
3. Un tipo de gas en la atmósfera es el Oxigeno.	neogíxo
4. La condición de la atmósfera en un momento y lugar determinado es el tiempo.	piomet
5. El viento rápido que se mueve en espiral es un tornado.	dranoto
6. Mides la dirección del viento con una veleta.	alvete

Aplica los conceptos

2 Dibújate a ti misma midiendo el tiempo. Muestra qué instrumento o instrumentos usas. Describe cómo usar los instrumentos que dibujaste.

pibliometro

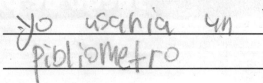
→yo usaria un
pibliometro

3 Escribe el nombre de cada uno de los siguientes estados del tiempo. Conecta con una línea cada descripción con su nombre e imagen correspondientes.

vturacan

Ventescalica

tormenta electrica

| Comienza sobre el océano; vientos y lluvias fuertes | Truenos, rayos y normalmente lluvia | Mucha nieve y viento; muy frío |

Para la casa

Mira el pronóstico del tiempo para la semana próxima con un adulto. Comprueba y mide qué tiempo hace durante la semana. Comenten si el pronóstico fue correcto.

Nombre ___Estefano___

Pregunta esencial

¿Cómo podemos medir el tiempo?

Establece un propósito

¿Qué aprenderás en esta investigación?

_____

_____

_____

Piensa en el procedimiento

¿Qué instrumentos miden la temperatura del aire, la dirección del viento y las precipitaciones? ¿Qué condición del tiempo no se puede medir con estos instrumentos?

_____

_____

_____

_____

_____

¿Qué puede hacer que tus mediciones no sean correctas?

_____

_____

_____

_____

Anota tus resultados

Anota en la tabla los datos del tiempo de la primera semana. Haz tablas similares en tu Cuaderno de ciencias para anotar los datos de las semanas dos y tres.

	Temperatura	Dirección del viento	Cantidad de lluvia
~~Lunes~~ viernes	25 °F	N	0
Martes			
Miércoles			
Jueves			
Viernes			

Saca conclusiones

¿Cómo cambió el tiempo durante el periodo de tres semanas? Usa tus tablas de datos como referencia.

_____

_____

_____

_____

_____

Analiza y amplía

1. Compara tus datos con los de otro grupo de estudiantes. ¿Son iguales? Si no, ¿cómo justificas las diferencias?

_____

_____

_____

2. Haz una predicción del tiempo para los próximos dos días.

_____

_____

_____

3. ¿Cómo usaste los datos que recolectaste para hacer tu predicción del tiempo?

_____

_____

_____

_____

_____

4. ¿De qué te puede servir una medición de temperatura, dirección del viento o precipitaciones?

_____

_____

_____

_____

5. Piensa en otras preguntas que te gustaría responder sobre las mediciones y predicciones del tiempo.

_____

_____

_____

_____

Mantenerse seco:

Impermeable contra poncho

A veces, más de un diseño cubre la misma necesidad. Cada diseño puede tener características distintas. Compara las características de este impermeable y este poncho.

Un impermeable con botones es más ajustado y no se vuela con el viento.

El poncho tiene un corte amplio. Cabe fácilmente sobre cualquier prenda.

El material es liviano. Se pliega en un paquete pequeño. Es fácil de transportar.

Los botones ajustan los puños de las mangas. Esto evita que entre el agua.

Los bolsillos mantienen objetos secos en la lluvia.

¿Cuándo es mejor el impermeable? ¿Cuándo es mejor el poncho? Explica tu respuesta.

_____

_____

_____

S.T.E.M.
continuación

Diseña un producto mejor

Piensa en las mejores partes de un impermeable y un poncho. Luego crea un nuevo diseño con características de ambos. Dibuja tu diseño abajo.

Las botas son otra herramienta para no mojarnos.

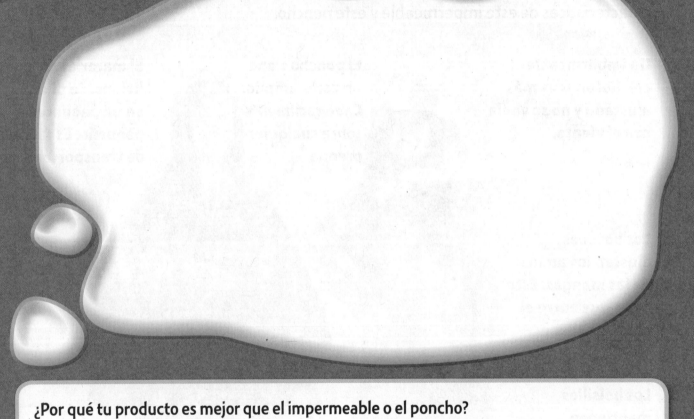

¿Por qué tu producto es mejor que el impermeable o el poncho?

_____

_____

_____

Parte de la base

Acepta al desafío de ingeniería y diseño. Completa **Diséñalo: Construye una banderola** en el Rotafolio de investigación.

318

La Tierra y su Luna

La gran idea

El movimiento de la Tierra y de la Luna causan ciclos que se repiten, como el día y la noche, las estaciones y otros fenómenos de la naturaleza.

día y noche en la Tierra

Me pregunto por qué

¿Por qué de un lado de la Tierra es de noche mientras que del otro es de día? *Da vuelta a la página para descubrirlo.*

Por esta raz... ...ra está siempre girando. A medida que gira, una p... ...ierra está a la luz del Sol mientras que la otra parte q... ...na oscura sombra.

En esta unida... ...prender más sobre La gran idea, y a desarrollar la... ...ntas esenciales y las actividades del Rotafolio de... ...igación.

... de investigación ■ Dirigida ■ Guiada ■ Independiente

La gran idea El movimiento de la Tierra y de la Luna causan ciclos que se repiten, como el día y la noche, las estaciones y otros fenómenos de la naturaleza.

Preguntas esenciales

Cuaderno de ciencias

No olvides escribir lo que piensas sobre la Pregunta esencial antes de estudiar cada lección.

© Houghton Mifflin Harcourt Publishing Company (insc) ©Per-Anders Johansson/Alamy Images; (cp) ©PSL Images/Alamy Images; (borde) ©Ndisc/Age Fotostock

Pregunta esencial

¿Cómo se mueven la Tierra y la Luna?

Ponte a pensar

Halla la respuesta a la siguiente pregunta en esta lección y escríbela aquí.

El océano refleja la luz de la luna llena. ¿Cómo actúa la Luna sobre el océano?

_____

Lectura con propósito

Vocabulario de la lección
Haz una lista con los términos. A medida que aprendes cada uno, toma notas en el Glosario interactivo.

eje _____ rotación
revolución marea

Secuencia
Muchas ideas en esta lección están conectadas en una secuencia, u orden, que describe los pasos de un proceso. Los buenos lectores se fijan en las palabras que indican secuencia, ya que marcan la transición de una idea a la siguiente.

Un giro completo cada día

Mira tu pupitre. ¿Se mueve? Puede parecer que no, pero todo lo que ves en el salón de clases está moviéndose, ¡incluyéndote a ti!

Lectura con propósito Mientras lees estas dos páginas, encierra en un círculo las palabras de vocabulario de la lección, siempre que aparezcan.

ROTACIÓN DE LA TIERRA

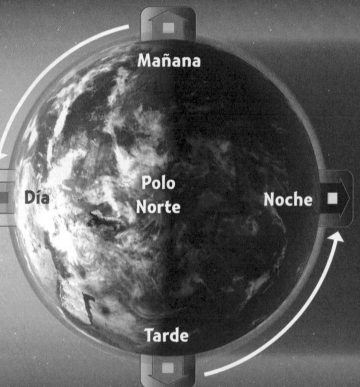

Mañana

Sol

Día

Polo Norte

Noche

Tarde

Si miramos la Tierra desde el espacio sobre el Polo Norte, veremos que gira en dirección opuesta a las agujas del reloj. A medida que la Tierra gira, una mitad de ella está a la luz del Sol y la otra mitad está en la oscuridad. En el lado iluminado de la Tierra es de día. En el lado oscuro es de noche. El día se convierte en noche a medida que la Tierra gira.

Imagínate una línea que atraviesa la Tierra desde el Polo Norte hasta el Polo Sur. Esta línea imaginaria es el **eje** de la Tierra.

Al igual que la rueda de una bicicleta, la Tierra rota o gira, sobre su eje. La **rotación** de la Tierra causa el ciclo del día y de la noche. Una rotación completa dura 24 horas, o un día entero.

De una madrugada a otra, giramos a través de las partes de un día: mañana, día, tarde y noche. El ciclo del día y de la noche se repite una y otra vez. Piensa en las cosas que haces en cada parte de este ciclo. ¿Cuándo te levantas? ¿Cuándo comes? ¿Cuándo duermes? ¡La gente también sigue un ciclo!

¿Qué hora es?

Rotula cada foto para mostrar las cuatro partes del ciclo del día y de la noche. Numera las partes en la secuencia correcta.

1) mañana

2) Noche

___ tarde

___ día

Razones para las estaciones

primavera

Invierno, primavera, verano, otoño. Al igual que el día y la noche, las estaciones componen un ciclo.

Lectura con propósito Mientras lees estas dos páginas, busca y subraya la definición de *revolución*.

A la vez que gira sobre su eje, la Tierra se mueve alrededor del Sol. Cada viaje completo de la Tierra alrededor del Sol es una **revolución**. Cada revolución tarda unos 365 días, o un año.

Las estaciones cambian a medida que la Tierra se mueve alrededor del Sol. El diagrama muestra que la Tierra está inclinada sobre su eje. La parte de la Tierra que apunta hacia el Sol recibe más luz directa. La parte que apunta hacia el lado opuesto del Sol recibe menos luz. A medida que la Tierra se mueve alrededor del Sol, la parte que recibe más luz directa va cambiando. En la parte con más luz directa del Sol es verano. En la parte con menos luz directa del Sol es invierno. Durante el otoño y la primavera ninguna de las mitades de la Tierra está inclinada hacia el Sol ni hacia el lado opuesto.

verano

Mira la Tierra en *verano* de esta ilustración. Cuando el Polo Norte apunta hacia el Sol, en todo el hemisferio norte, en la mitad al norte del ecuador, es verano. Y en el hemisferio sur es invierno.

verano

otoño

invierno

¿Qué estación es?

Escribe la estación correcta en cada casilla.

_____

_____

_____

¡Días de invierno!

¿Cómo es el invierno para los niños de los Estados Unidos? ¡Depende de dónde vivas!

En Phoenix, Arizona, las temperaturas invernales suelen estar entre los 60 y los 70 grados Fahrenheit. En Portland, Oregón, suelen estar entre 40 o 50. Pero cualquier persona de Madison, Wisconsin, ¡estaría acostumbrado a temperaturas entre 20 y 30!

En el noreste, ¡una tormenta de nieve puede detenerlo todo!

En el sur el invierno suele ser soleado y cálido. ¡Pero incluso allí puede llegar a hacer frío!

En la región central puede haber nieve, hielo, aguanieve y hasta lluvia helada. La lluvia helada puede causar muchos daños.

Práctica matemática

Usa una tabla de datos

Responde las preguntas siguientes con la tabla de datos.

Temperatura máxima en enero			
Detroit	San Diego	Seattle	Washington, D.C.
31 °F	66 °F	47 °F	42 °F

¿Cuánto más cálido es San Diego que Detroit en enero? _____

¿Cuál es la ciudad con la temperatura más fría en enero? _____

Las fases de la Luna

Algunas noches la Luna se ve redonda. Otras noches sólo se ve un hilo de Luna. Y a veces no se ve nada. ¿Por qué?

Lectura con propósito Mientras estudias el diagrama de la página siguiente numera las fases de la Luna para mostrar su secuencia. Comienza con la luna nueva. Escribe tus respuestas en las casillas de texto.

La luz de la Luna, ¿viene realmente de la Luna? ¡No! La Luna no produce su propia luz, sino que refleja la luz del Sol. Esta luz reflejada es lo que vemos desde la Tierra. En cualquier momento, la mitad de la Luna está iluminada por el Sol.

A medida que la Luna gira alrededor de la Tierra, se ven diferentes porciones de su lado iluminado. Esto es lo que causa las diferentes formas, o fases de la Luna. Ocho fases de la Luna completan un ciclo. Un ciclo completo ocurre aproximadamente en un mes. Luego el ciclo se repite.

Las cuatro fases principales

Las cuatro fases principales de la Luna son la luna nueva, luna llena y ambos cuartos. Escribe el nombre de la fase que falta. Usa el diagrama de la derecha como ayuda.

luna llena   *luna menguante*   luna nueva   cuarto creciente

Las fases de la Luna

Las fases de la Luna forman un ciclo que se repite cada mes.

El lado iluminado de la luna nueva mira hacia el lado opuesto de la Tierra. No podemos ver la luna.

Vemos la luna menguante justo antes de la luna nueva.

Durante la luna creciente, sólo se ve la arista del lado iluminado.

La luna menguante se ve como medio círculo pero está iluminada del lado izquierdo.

La luna en cuarto creciente se ve como medio círculo y está iluminada del lado derecho.

A medida que vemos menos del lado iluminado de la Luna la llamamos luna gibosa menguante.

Cuando vemos más del lado iluminado de la Luna, que aparenta tener una joroba, o giba, la llamamos luna gibosa creciente.

Durante la luna llena vemos todo el lado iluminado de la Luna.

© Houghton Mifflin Harcourt Publishing Company ©Larry Landolfi/Photo Researchers, Inc.

333

Altas y bajas diarias

Ambas ilustraciones muestran la misma playa.
¿Por qué en una el agua está tan baja y en la otra tan
alta? A causa de las mareas.

Lectura con propósito Mientras lees estas dos páginas, encierra en un
recuadro los nombres de las dos cosas que se comparan.

Estas personas disfrutan paseando
junto a esta estructura en la playa
durante la marea baja.

Las **mareas** son los cambios en la altura del agua del océano. La
atracción de la gravedad de la Luna causa las mareas oceánicas.
Cuando la Luna está sobre un océano causa mareas altas en esa
parte de la Tierra y también en el lado opuesto.

En las partes del océano que están entre dos áreas de marea alta
el nivel del agua es más bajo. En esos lugares ocurre la marea baja.

El patrón de las mareas

Explica en las líneas siguientes dónde estaba la Luna cuando se tomó la foto de esta página.

_____

_____

_____

_____

Dibuja cómo sería la foto de esta playa en el siguiente paso del ciclo de las mareas.

¿Dónde están todos? ¡No querían mojarse! Se fueron antes de que subiera la marea.

En la mayoría de las playas hay marea alta y marea baja cada día. Las mareas conforman un ciclo. ¿Cómo sabes que ahora hay marea alta? Antes vimos a gente paseando por la playa. ¡Ahora la playa está cubierta de agua!

Resúmelo

Cuando termines, lee la Clave de respuestas
y corrige lo que sea necesario.

**Completa cada enunciado. Luego dibuja una línea desde
el enunciado a la ilustración con la que se empareja.**

1 Cada mes la luna pasa por ocho _____.

A

2 La _____ de la Tierra causa el ciclo del día y la noche.

B

3 Cuando el Polo Norte se inclina hacia el lado opuesto al Sol esta _____ ocurre en la mitad norte de la Tierra.

C

D

4 Cuando la _____ es baja, puedes hallar conchas marinas en la playa.

E

5 La Tierra tarda aproximadamente un año en hacer una _____.

F

6 La Tierra está inclinada hacia un lado de su _____.

Clave de respuestas: 1. F, fases 2. A, rotación 3. D, estación
4. C, marea 5. B, revolución 6. E, eje

© Houghton Mifflin Harcourt Publishing Company

Ejercita tu mente

Nombre _____

Juego de palabras

1 Ordena las palabras para completar la oración. Escríbelas en los recuadros.

1. l a n e l

Cuando hay luna _____, el lado iluminado de la Luna mira hacia la Tierra.

[ ][ ][ ][(O)][ ]

2. r e m a a s

La atracción de la Luna sobre los océanos causa las _____.

[ ][(O)][ ][ ][ ][ ]

3. i n ó c r e v e u l o

La Tierra tarda un año en completar una _____.

[ ][ ][(O)][ ][ ][ ][ ][ ][ ][ ]

4. o a n ó c t r i

La _____ de la Tierra causa el ciclo del día y de la noche.

[ ][(O)][ ][ ][ ][ ][ ]

5. j e e

El _____ de la Tierra va del Polo Norte al Polo Sur.

[(O)][ ][ ]

6. a r r i g

Al _____, o rotar, la Tierra causa el día y la noche.

[ ][ ][(O)][ ][ ]

Escribe aquí las letras de los círculos. Ordénalas para formar la solución a la adivinanza.

___ ___ ___ ___ ___ ___

7. En esta estación hace más calor que en ninguna otra.

[ ][ ][ ][ ][ ][ ]

Aplica los conceptos

2 Encierra en un círculo la imagen de la Tierra en la que es invierno en el hemisferio norte. Dibuja una X en el dibujo donde sea verano en el hemisferio sur. Encierra en un cuadrado las imágenes donde sea primavera y otoño.

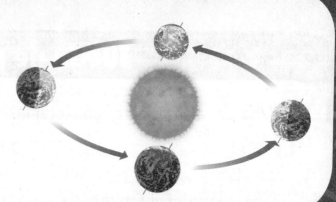

3 Explica cómo se mueve la Tierra. Di qué ciclo causa este movimiento.

_____

_____

_____

_____

4 Dibuja las cuatro fases principales de la luna en orden y escribe su nombre en el espacio de abajo.

Para la casa

Sal afuera con tu familia en una noche clara. Di a tu familia en qué fase está la Luna. Diles cuál será la próxima fase. Explica cómo lo sabes.

Conoce a los
científicos espaciales

Katherine Johnson 1918–

Katherine Johnson era la "computadora humana" en la NASA. Con sus conocimientos de matemáticas ayudó a los astronautas a viajar al espacio. Johnson calculaba la trayectoria que llevarían las naves espaciales. En 1961, estableció la trayectoria de vuelo del primer norteamericano en el espacio, Alan Shepard. En 1962 la NASA comenzó a usar computadoras reales para calcular las órbitas de John Glenn alrededor de la Tierra. Pero la seguían llamando para comprobar los cálculos de las computadoras.

En 1969 Johnson trabajó en el equipo que envió la nave espacial *Apollo 11* al espacio. Durante ese viaje, Neil Armstrong se convirtió en el primer ser humano en caminar en la Luna.

Amanda Nahm

Amanda Nahm es una científica planetaria. Estudia las superficies de los planetas y de la Luna. Cuando un meteorito choca con la superficie de un planeta o la Luna, produce un cráter o agujero. Los cráteres de la Luna han estado allí durante miles de millones de años. Los cráteres grandes suelen tener grietas, o fallas, que se forman a su alrededor. Al estudiar estos cráteres Nahm puede aprender cosas sobre la historia de la formación de la Luna.

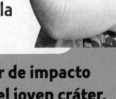

Nahm estudia la Cuenca Oriental, el cráter de impacto más reciente de la Luna. La flecha señala el joven cráter.

Misión a la Luna

Katherine Johnson y Amanda Nahm estudian el espacio de diferentes maneras. Escribe el nombre de la científica correcta debajo de cada enunciado.

1 Estudio los cráteres de impacto en la superficie de la Luna.

_____

2 Yo calculé la trayectoria del viaje a la Luna.

_____

3 Trabajé para la NASA durante muchos años.

_____

4 Quiero aprender más sobre la historia de la formación de la Luna.

_____

Rotafolio de investigación,
página 39

Nombre _____

¿Cómo podemos representar las fases de la Luna?

Establece un propósito
¿Qué aprenderás en esta actividad de representación?

_____
_____
_____

Piensa en el procedimiento
¿Por qué se mueve sólo una persona?

_____
_____
_____

¿Por qué el estudiante que está en el centro dibuja la Luna?

_____
_____
_____

Anota tus resultados
Sombrea los círculos para mostrar la parte de la superficie de la Luna que está a oscuras. Escribe el nombre de cada fase lunar.

○

Posición 1
_____

○

Posición 2
_____

○

Posición 3
_____

○

Posición 4
_____

Saca conclusiones

¿Cómo te ha ayudado el modelo a comprender cómo se producen las fases de la Luna?

_____

_____

_____

_____

Analiza y amplía

1. ¿Por qué parece cambiar la Luna cuando la vemos desde la Tierra?

_____

_____

_____

_____

2. ¿Está iluminada toda la Luna cuando hay Luna llena? Explica tu respuesta.

_____

_____

_____

_____

_____

3. ¿Se vería igual la Luna desde el Sol que desde la Tierra? Explica por qué.

_____

_____

_____

_____

4. ¿Dónde debe detenerse el estudiante que tiene la pelota para representar una luna creciente? ¿Cómo lo sabes?

_____

_____

_____

_____

5. ¿Qué otras preguntas tienes sobre las fases de la Luna?

_____

_____

_____

_____

342

Cómo funciona:

Observatorio Keck

Un observatorio es un sistema. Tiene muchas partes que funcionan juntas. Los científicos estudian el espacio en los observatorios. Lee sobre las partes del observatorio Keck en Hawai.

El observatorio Keck tiene dos telescopios ¡Los dos tienen la altura de un edificio de ocho pisos!

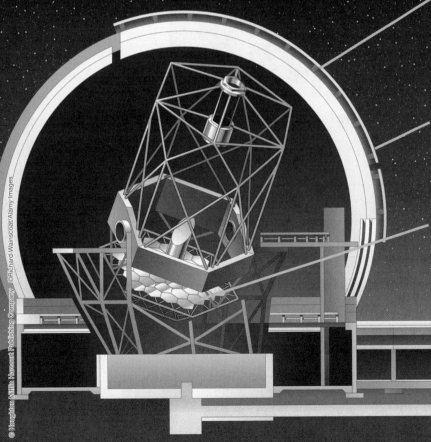

La cúpula protege los espejos del telescopio de la lluvia y la luz del Sol.

La cúpula tiene una abertura que gira para mostrar diferentes áreas del firmamento.

El espejo principal mide 10 metros y es una poderosa lupa. Está hecho de espejos más pequeños.

continuación

¿Puedes arreglarlo?

Cada parte de un sistema cumple una función. Si una parte se rompe, el sistema puede dejar de funcionar. En la ilustración de abajo aparece el espejo principal del telescopio.

Este planeta se fotografió desde el observatorio Keck.

Las flechas rojas de esta imagen marcan el camino que sigue la luz a través del telescopio.

¿Qué pasaría si una parte del espejo se rompiera? ¿Cómo podrías arreglar el telescopio si ocurriera eso?

_____

_____

_____

Parte de la base

Anímate al desafío de ingeniería y diseño: completa el **Manual del usuario: Cómo funciona un telescopio** en el Rotafolio de investigación.

Repaso de vocabulario

Completa las oraciones con los términos en la casilla.

eje
revolución
rotación
marea

1. La Tierra tarda 24 horas en completar una

   _____.

2. La Tierra cambia con las estaciones, a medida que continúa con su

   viaje alrededor del Sol, que se llama _____.

3. La forma en que la gravedad de la Luna cambia la altura de los

   océanos se llama _____.

4. Las estaciones de la Tierra cambian a causa de la inclinación de

   su _____.

Conceptos científicos

Rellena la burbuja con la letra de la mejor respuesta.

5. Misha pasa mucho tiempo en la playa coleccionando caracolas. Si llega muy tarde a la playa, el agua del océano tapa las caracolas. ¿Qué pasa en la playa de Misha mientras busca caracolas?

   Ⓐ La Luna está sobre el océano en su playa.

   Ⓑ El agua cae colina abajo sobre sus caracolas.

   Ⓒ La marea está baja mientras busca caracolas.

   Ⓓ La gravedad de la Luna empuja al océano sobre la playa.

6. La familia de Mae se encuentra en una reunión en Montana. Mae aprendió en la escuela que los inviernos en Montana son fríos y con mucha nieve. También aprendió que Montana está más al norte que muchos estados. ¿Cuál es la razón principal por la que los inviernos de Montana sean tan fríos?

   Ⓐ Montana está más cerca del Sol que otros estados.

   Ⓑ Montana está cubierto de nubes en invierno.

   Ⓒ Montana recibe demasiada luz directa del sol en invierno.

   Ⓓ Montana no recibe mucha luz directa del sol en invierno.

Conceptos científicos

Rellena la burbuja con la letra de la mejor respuesta.

7. Los estudiantes de la señora Pérez están estudiando las fases de la Luna. Hicieron un modelo con esta secuencia para representar las fases que atraviesa la Luna en un periodo de dos semanas.

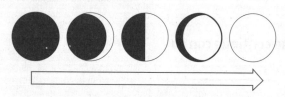

¿Qué enunciado describe mejor los cambios de las fases de la Luna durante este periodo?

(A) La Luna está creciendo de luna nueva a luna llena.

(B) La Luna está menguando de luna nueva a luna llena.

(C) La Luna está creciendo de luna llena a luna nueva.

(D) La Luna está menguando de luna llena a luna nueva.

8. La relación de la Tierra con el Sol influye en la duración de los días. ¿Qué enunciado explica **mejor** esa relación?

(A) La Tierra gira alrededor del Sol cada 24 horas.

(B) El Sol gira alrededor de la Tierra cada 24 horas.

(C) El Sol brilla en la Tierra durante 12 horas cada día.

(D) La Tierra gira sobre su eje y parte de la Tierra recibe la luz del Sol.

9. Sara preguntó a sus padres por qué tenemos cuatro estaciones. Ella ya comprendió que uno de los polos está inclinado hacia el Sol durante el invierno y el verano. Pero no entiende muy bien qué causa la primavera y el otoño. ¿Cómo explicaron sus padres estas estaciones?

(A) Durante estas estaciones los polos están menos inclinados hacia el Sol o hacia su lado opuesto.

(B) Tanto la mitad superior como la inferior de la Tierra están inclinadas hacia el Sol.

(C) La Tierra deja de girar alrededor del Sol durante la primavera y el otoño.

(D) La Tierra rota en sentido opuesto al Sol durante dos estaciones al año.

10. El diagrama siguiente muestra la rotación de la Tierra sobre su eje. También muestra la revolución de la Tierra alrededor del Sol.

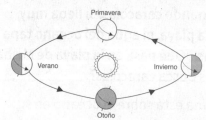

¿Qué cambia en este diagrama durante la rotación y revolución de la Tierra?

(A) El Sol comienza a girar alrededor de la Tierra.

(B) Cambia la parte de la Tierra inclinada hacia el Sol.

(C) La Tierra cambia la dirección de su rotación sobre su eje.

(D) La Tierra cambia la dirección de su revolución alrededor del Sol.

11. Los alumnos de tercer grado de la escuela elemental Sunset fueron de excursión a una playa cercana. Antes de ir estudiaron los horarios de mareas altas y bajas. Querían llegar a la playa durante la marea baja. La siguiente ilustración muestra el aspecto de la playa cuando llegaron.

¿Qué detalle del dibujo nos dice que llegaron con la marea baja?

Ⓐ Las olas se están alejando de las dunas.

Ⓑ Las olas rompen sobre las dunas.

Ⓒ La arena cubre la mayor parte de la playa.

Ⓓ El agua cubre la mayor parte de la playa.

12. La Luna tiene diferentes fases. ¿Cuál es la diferencia entre la Luna en cuarto creciente y en cuarto menguante?

Ⓐ sus formas

Ⓑ el lado de la Luna que aparece iluminado

Ⓒ sus tamaños

Ⓓ el lado de la Tierra que aparece iluminado

13. Piper quería aprender más sobre la Luna. Pidió prestado un libro sobre la Luna en la biblioteca. Cada día durante la cena compartía lo que aprendía con los miembros de su familia. Una noche les dijo que la gravedad de la Luna influye en los ciclos naturales de la Tierra. ¿Cómo crees que explicó esto?

Ⓐ Vemos la luz y la forma de la Luna cada noche.

Ⓑ La Luna causa el ciclo del día y la noche de la Tierra.

Ⓒ Cuando vemos una luna nueva, vemos la mitad de la Luna.

Ⓓ Cuando la Luna está sobre el océano, causa marea alta.

14. Cuando sale el Sol cada mañana, comienza un nuevo ciclo. ¿Qué ocurre al principio de este ciclo?

Ⓐ La gravedad de la Luna atrae la luz del Sol hacia la Tierra.

Ⓑ La Luna vuelve a comenzar su revolución alrededor de la Tierra.

Ⓒ La Tierra vuelve a comenzar su revolución alrededor del Sol.

Ⓓ La rotación de la Tierra continúa el ciclo de día y noche.

Aplica la investigación y repasa La gran idea

Escribe las respuestas a estas preguntas.

15. Los salvavidas de una playa local anotan las mareas todos los días. La tabla siguiente muestra las mareas altas y bajas durante dos días.

Mareas de diciembre		
Día	**Mareas**	**Horario**
4	baja	12:13 a.m.
	alta	5:20 a.m.
	baja	12:40 p.m.
	alta	7:21 p.m.
5	baja	1:32 a.m.
	alta	6:55 a.m.
	baja	1:35 p.m.
	alta	8:02 p.m.

Escribe dos comparaciones sobre las mareas durante dos días.

_____

_____

_____

La tabla siguiente es un registro de las cuatro fases principales de la Luna durante un periodo de cuatro meses. Usa esta tabla para responder a las preguntas 16 y 17.

Fases de la Luna: Verano 2005				
Mes	**Luna nueva**	**Cuarto creciente**	**Luna llena**	**Cuarto menguante**
Junio	6	15	22	28
Julio	6	14	21	28
Agosto	5	13	19	26
Septiembre	4	11	18	25

16. ¿Durante qué periodos de julio y agosto se pudo ver la luna creciente?

_____

17. Usa la tabla para estimar las fechas de cada fase de la Luna en octubre y noviembre.

Octubre _____

Noviembre _____

UNIDAD 9
La materia

La gran idea

La materia tiene propiedades que se pueden observar, describir y medir. La materia puede cambiar.

arrecife de corales en Cayo Largo, Florida

Me pregunto por qué

Los colores del coral y de los peces nos enseñan a usar las propiedades de la materia. ¿Cómo? *Da vuelta a la página para descubrirlo.*

349

Por esta razón El color es una propiedad física de la materia. Puedes usar el color para separar los corales y los peces en grupos.

En esta unidad vas a aprender más sobre La gran idea, y a desarrollar las preguntas esenciales y las actividades del Rotafolio de investigación.

Cuaderno de ciencias

No olvides escribir lo que piensas sobre la Pregunta esencial antes de estudiar cada lección.

Pregunta esencial

¿Cuáles son algunas de las propiedades físicas?

Ponte a pensar

Halla la respuesta a la siguiente pregunta en esta lección y escríbela aquí.

¿Cómo compararías estas sombrillas?

_____

_____

_____

Lectura con propósito

Vocabulario de la lección

Haz una lista de los términos. A medida que aprendes cada uno, toma notas en el Glosario interactivo.

materia   Propiedad

física   Masa

volumen

Comparar y contrastar

Muchas de las ideas principales de esta lección están relacionadas porque explican comparaciones y contrastes, es decir, en qué se parecen y diferencian las cosas. Los buenos lectores se plantean comparaciones y contrastes con preguntas como estas: ¿en qué se parecen?, ¿en qué se diferencian?

351

¡Todo es materia!

¿Qué es la materia? Todo lo que ves en esta página es materia. Todo lo que te rodea es materia.

Lectura con propósito Mientras lees la página siguiente, subraya las ideas principales.

La textura es la sensación que da una cosa al tocarla. Los objetos pueden ser suaves o ásperos. ¿Qué textura tiene la arena?

Suave y granny

La materia puede tener diferentes colores. Escribe una oración que describa el color de la pelota de playa.

Rojo, verde, Amarill, Azul, Anaranjado, y blanco.

La **materia** es todo aquello que ocupa espacio. Tu libro de ciencias ocupa más espacio que tu lápiz. ¿Sabías que dos cosas no pueden ocupar el mismo lugar en el espacio?

La materia se describe nombrando sus propiedades físicas. Una **propiedad física** es una característica de la materia que se puede observar o medir directamente. Mira los recuadros para aprender más sobre las propiedades de la materia.

¡Nosotros también estamos hechos de materia!

La dureza describe la facilidad con la que se puede cambiar la forma de un objeto. Nombra un objeto duro que veas en esta página.

las conchas y la balde

El tamaño es lo grande que es un objeto. ¿Qué objeto es el más grande? ¿Cuál ocupa más espacio?

la etrella de mar

La forma es el aspecto que tiene un objeto, su figura. ¿Qué palabras puedes usar para describir las dos caracolas más pequeñas?

uno es mas largo que el otro

¿Cuánta masa hay?

¿Por qué es tan difícil levantar un cubo lleno de agua? ¿Sería más fácil llevar la misma cantidad de agua en pequeños recipientes?

Lectura con propósito Mientras lees estas dos páginas, busca y subraya la definición de *masa*. Luego, encierra en un círculo el instrumento que usamos para medir la masa.

La **masa** es la cantidad de materia que tiene un objeto. La masa también es una medida de lo difícil que resulta mover un objeto. Cuanta más masa tenga un objeto, más difícil será moverlo.

¿Cómo podrías medir la masa de arena, agua u otros materiales del interior de un cubo? Echa un vistazo a la siguiente página.

Para medir la masa usamos una balanza de platillos. La balanza de platillos mide la masa en gramos (g). ¿Cómo podrías medir el contenido de un cubo? Para hallar la masa, tienes que usar las matemáticas.

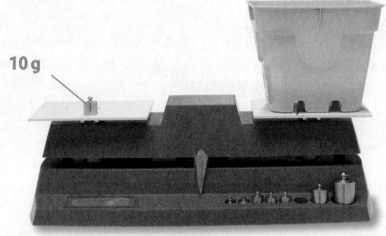

10 g

Halla la masa del recipiente vacío. _10 gramos_

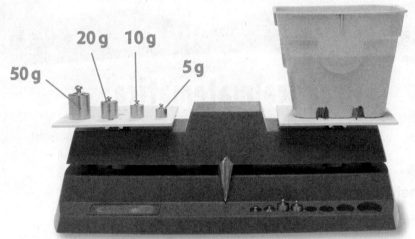

50 g   20 g   10 g   5 g

Halla la masa del recipiente + el contenido. _85 gramos_

Ahora, resta para hallar la masa del contenido.

Masa del recipiente + el contenido	-	Masa del recipiente vacío	=	Masa del contenido
85 gramos		10 gramos		75 gramos

¿Cuál es el volumen?

La materia ocupa espacio. ¿Cómo podrías medir la cantidad de espacio que ocupa un objeto?

Lectura con propósito Mientras lees la página siguiente, encierra en un círculo el nombre del instrumento que usarías para medir el volumen. Luego, subraya las unidades que usa.

El **volumen** es la cantidad de espacio que ocupa un objeto. Para hallar el volumen de un cubo o de un cuerpo rectangular, multiplica su largo por su ancho y alto. El largo, ancho y alto del pequeño cubo de abajo es de un centímetro.

Práctica matemática
Hallar el volumen

El volumen de este cubo es un centímetro cúbico.

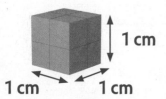

1 cm

1 cm   1 cm

Halla el volumen de este cubo.

2 cm

2 cm   2 cm

$$\underset{\text{L}}{2} \times \underset{\text{A}}{2} \times \underset{\text{H}}{2} = 8 \text{ centímetros cúbicos}$$

Para medir el volumen de un líquido usa una probeta graduada. Las unidades están en mililitros (mL). También puedes usarla para medir el volumen de un sólido.

¡Mídelo!

Lee el nivel del agua en la probeta graduada. Este es el volumen del agua.

60 mil

Añade una caracola y vuelve a leer el volumen. Este es el volumen del agua + la caracola.

68 mil

Ahora, resta para hallar el volumen de la caracola. El volumen de un cuerpo se mide en centímetros cúbicos. 1 mililitro equivale a 1 centímetro cúbico, por lo tanto, sólo tienes que cambiar *mililitros* a *centímetros cúbicos*.

volumen del agua + volumen de la caracola		volumen del agua		volumen de la caracola
_68_	-	_60_	=	_8 gramos_

Caliente y frío

En la playa puedes sentir la diferencia entre la arena caliente y el agua fría. ¿Cómo puedes medir lo caliente o fría que está una cosa?

La **temperatura** es la medida de lo caliente o fría que está una cosa. Para medir la temperatura se usa un termómetro.

Los termómetros tienen una escala de números para mostrar la temperatura. Se suelen usar dos tipos de escala.

La mayoría de los informes meteorológicos usan la escala Fahrenheit. En esta escala, el agua se convierte en hielo a 32 grados, y hierve a 212 grados.

La otra escala es la escala Celsius. En esta escala, el agua se convierte en hielo a 0 grados y hierve a 100 grados.

¿Qué temperatura aparece en el termómetro?

74 F grados

26 Cº

¡Mídelo!

Escribe la temperatura del aire y la temperatura del agua en los espacios en blanco. Luego, colorea el termómetro para mostrar la temperatura de la arena.

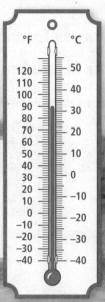

Temperatura del aire

_____ grados Celsius

_____ grados Fahrenheit

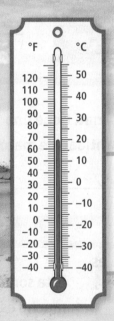

Puedes sentir una mayor temperatura en la arena y una menor temperatura en el agua.

Temperatura del agua

_____ grados Celsius

_____ grados Fahrenheit

Temperatura de la arena

La temperatura de la arena es de 37 grados Celsius. Muestra esa temperatura en el termómetro.

Resúmelo

Cuando termines, lee la Clave de respuestas y corrige lo que sea necesario.

Escribe la palabra de vocabulario que corresponde con la imagen y la oración.

1

Este cangrejo ocupa espacio y tiene masa.

Materia

2

El color azul es una característica de la cometa.

Propiedad fisica

3

Este manatí tiene una gran cantidad de materia.

masa

4

Esta sombrilla ocupa mucho espacio.

volumen

5

Este termómetro indica el calor que hace hoy.

temperatura

Clave de respuestas: 1. materia 2. propiedad física 3. masa 4. volumen 5. temperatura

© Houghton Mifflin Harcourt Publishing Company   (crab) ©Serge Vero/Alamy; (kite) ©Alamy Images Royalty Free; (manatee) ©Photodisc/Getty Images; (umbrella) ©Corbis; (thermometer) ©Artville/Getty Images

Juego de palabras

1 Escribe cuatro palabras del recuadro para completar esta red de palabras sobre las propiedades físicas de la materia.

masa   volumen   termómetro   color   mililitros   temperatura

Color

Masa

Propiedades físicas

Volumen

temperatura

Aplica los conceptos

En las preguntas 2 a 4, escribe el nombre del instrumento de medición que usarías.

 Grados Celsius

 Mililitros

4 **Gramos**

¿Está una bebida más fría que la otra?

grados
celcius

¿Qué taza tiene la mayor cantidad de líquido?

mililitros

¿Tiene un vaso de leche más materia que un vaso de ponche?

gramos

5 Elige un objeto del salón de clases. Escribe todas las propiedades físicas que puedas para describirlo.

Marcador es
Azul es materia
_es_

Para la casa

Comparte lo que has aprendido sobre las propiedades de la materia. Con un miembro de tu familia, nombra propiedades de la materia a la hora de comer o en distintos lugares de tu casa.

Pregunta a un metalúrgico

lingotes de oro

papel de aluminio

¡Es tu turno!

¿Qué propiedades hacen que el acero sea un buen material para la construcción de puentes?

_____

_____

P. ¿Qué es un metalúrgico?

R. Un metalúrgico es un científico que trabaja con metales. El hierro, el aluminio, el oro y el cobre son metales. También combinan diferentes metales para producir un nuevo metal.

P. ¿Por qué combinan diferentes metales?

R. Los metales pueden tener diferente peso, resistencia y dureza. Combinan los metales para cambiar sus propiedades. El nuevo metal puede ser más fuerte y duro, o tener diferente color.

P. ¿Cómo usan las propiedades de los metales en su trabajo?

R. Estudian las propiedades y las maneras en que los metales se pueden usar. El hierro es fuerte. En combinación con otros materiales se convierte en acero. El acero es un metal duro y fuerte. El cobre conduce la electricidad. Es un buen metal para usar en cables eléctricos.

centavos de cobre

Esto lleva a lo otro

+

=

El cobre es un metal suave y rojo. Puede moldearse de muchas formas y con el tiempo se vuelve verde.

El estaño es un metal blanco y plateado. Es a la vez flexible y quebradizo.

El bronce se forma mezclando estaño y cobre. Este metal dorado es duro y fuerte. Con el tiempo, el bronce se pone verde.

Compara las propiedades del cobre y bronce.
Luego, completa la tabla.

Propiedades del cobre	Propiedades de ambos	Propiedades del bronce

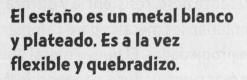

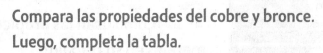

El bronce se moldea para hacer esculturas y campanas.

Pregunta esencial

¿Cuáles son los estados de la materia?

Ponte a pensar

Halla la respuesta a la siguiente pregunta en la lección y escríbela aquí.

¿Qué le pasaría a este delicioso helado si se calentara?

_____

_____

_____

Lectura con propósito

Vocabulario de la lección

Haz una lista de los términos. A medida que aprendes cada uno, toma notas en el Glosario interactivo.

Solido

liquido

gas

evaporacion

condensacion

Palabras clave: Causa y efecto

Las palabras clave muestran relaciones entre ideas. Entre las palabras clave que indican causa están *porque* y *si*. Entre las palabras clave que indican efecto están *por lo tanto* y *así que*. Los buenos lectores recuerdan lo que leen porque están atentos a las palabras clave que identifican causas y efectos.

¿Cuál es el estado?

¡Menuda fiesta! Puedes comer algo sólido, como un pedazo de pastel, beber un líquido frío o jugar con un globo lleno de gas.

Lectura con propósito Mientras lees estas dos páginas, encierra en un círculo los nombres de los tres estados de la materia.

Existen tres estados de la materia: sólido, líquido y gaseoso. El agua puede encontrarse en los tres estados.

Un **sólido** es materia que ocupa una cantidad definida de espacio. Un sólido también tiene una forma definida. Tu libro de ciencias es un sólido. El hielo también es un sólido.

Un **líquido** es materia que también ocupa una cantidad de espacio definida, pero no tiene una forma definida. Los líquidos toman la forma de sus recipientes. El agua es un líquido.

Un **gas** es materia que no ocupa una cantidad de espacio definida y tampoco tiene una forma definida. El aire que hay a tu alrededor es un gas.

cortinas _Solido_

cinta _____

cubitos de hielo _solido_

jugo de naranja _liquido_

► Identifica los sólidos, líquidos y gases en la foto escribiendo S, L o G en los espacios en blanco.

aire en el globo _gas_

burbujas _gas_

plástico _solido_

¡Qué frío hace!

El agua se congela a 0 °C.

Cuando la materia se enfría, pierde energía.
¿Cómo afecta el enfriamiento al agua?

Lectura con propósito Mientras lees estas dos páginas, encierra en un círculo los nombres de las palabras clave que indican una relación de causa y efecto.

Todas las fotografías muestran agua a una temperatura inferior a 0 grados Celsius (0 °C) o 32 grados Fahrenheit (32 °F). ¿Cómo sabemos esto? Si el agua líquida se enfría hasta esa temperatura se congela. Por debajo de esa temperatura, el agua existe en forma sólida: hielo. La congelación es el cambio de estado de líquido a sólido.

¿Cómo estaría esté iglú si estuviera a 10 °C de temperatura?

<u>derretido</u>

¿Cómo puedes saber que la temperatura de la nieve es inferior a 0 °C?

<u>Porque los copos de nieve estan compirtiendo en agua</u>

El granizo es agua que cae a la tierra en forma de bolas de hielo.

Esta bola de nieve se mantiene unida porque el agua que la forma está congelada y en forma sólida.

Esta niña puede patinar sobre el hielo porque el hielo es un sólido.

Práctica matemática

Resolver un problema

La temperatura de un charco de agua es de 10 °C. El agua se enfría dos grados cada hora. ¿En cuántas horas empezará a congelarse el charco de agua? Explica cómo hallaste la respuesta.

_____

_____

_____

_____

_____

¡Añade calor!

Cuando la materia se calienta, obtiene energía.
¿Cómo afecta el calentamiento al agua?

Lectura con propósito Mientras lees la siguiente página, subraya con una línea las causas y con dos líneas los efectos.

El agua es un líquido que está entre 0 °C y 100 °C de temperatura.

Si el sol calienta esta escultura de hielo lo suficiente, comenzará a derretirse.

¿Qué le sucede a un cubito de hielo cuando lo sacas del congelador? Mientras se va calentando, el hielo comienza a derretirse, o sea: cambia de estado sólido a líquido. El hielo se derrite a la misma temperatura a la que se hiela el agua: a 0 °C (32 °F). Derretirse es lo opuesto a congelarse.

Si calientas en la cocina un recipiente con agua, la temperatura del agua aumenta hasta alcanzar los 100 °C (212 °F). A 100 °C, el agua hierve, es decir, se convierte rápidamente en un gas llamado *vapor de agua*. El vapor de agua no se puede ver. Es invisible.

El agua hierve a 100 °C.

¿Cuál es la temperatura?

Traza una línea desde cada termómetro a la imagen que muestre el estado del agua indicada por la temperatura del termómetro.

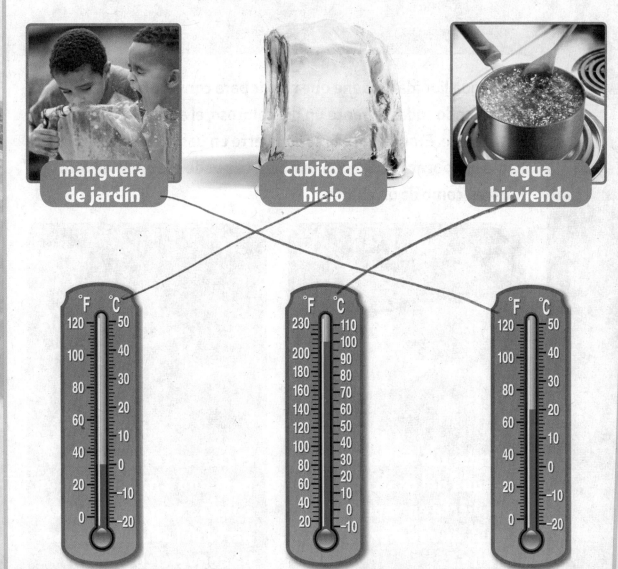

manguera de jardín

cubito de hielo

agua hirviendo

Ahora lo ves...

El agua líquida puede convertirse en gas sin necesidad de hervir. Observa la imagen del charco. ¿Qué cambios observas?

El agua se puede evaporar a temperaturas inferiores a 100 °C.

Lectura con propósito Mientras lees estas dos páginas, subraya cada idea principal.

El agua líquida no tiene que hervir para convertirse en gas. Cuando sudas durante un día caluroso, el agua de tu piel desaparece. El agua líquida se convierte en gas. A esto se le llama **evaporación**. El agua también se puede evaporar de otros lugares, como de un charco.

El calor del sol hace que el agua del charco se convierta en vapor de agua, que se mezcla en el aire.

El charco se hace más pequeño a medida que el agua se evapora. La mayor parte del agua líquida se ha convertido en gas.

372

El gas se puede convertir de nuevo en un líquido. A esto se le llama **condensación**. El vapor de agua se condensa a medida que se enfría y pierde energía. El vapor de agua en el aire se condensa en la ventana fría de un carro. La parte exterior de una lata de refresco se humedece durante un día caluroso. El rocío puede aparecer sobre la hierba durante una mañana fresca. Todo esto son formas de condensación.

▶ ¿Qué le sucedió al vapor de agua en el aliento de esta niña al respirar sobre la ventana fría?

Se condenso al ver la niña

Resúmelo

Cuando termines, lee la Clave de respuestas y corrige lo que sea necesario.

Lee los enunciados. Luego, traza una línea para emparejar cada enunciado con su imagen correspondiente.

1 Este estado de la materia no tiene tamaño o forma definidos.

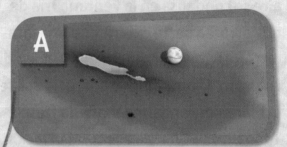

A

2 Este estado de la materia tiene tamaño definido y toma la forma de su recipiente.

B

3 Durante este proceso, el líquido se convierte en gas.

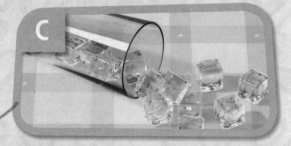

C

4 Este estado de la materia tiene tamaño y forma definidos.

D

5 Durante este proceso, el gas se convierte en líquido.

E

Clave de respuestas: 1. E, 2. B, 3. A, 4. C, 5. D

Ejercita tu mente

Nombre _Estefano_

Juego de palabras

1 Usa las palabras del recuadro para completar el crucigrama.

sólido* líquido* gas* evaporación* condensación*

*Vocabulario clave de la lección

Horizontal

2. Hervir cambia el agua líquida a este estado.
4. A 0 °C, el hielo puede cambiar a este estado si se añade calor.
5. El agua de un charco cambia a gas mediante este proceso.

Vertical

1. Un gas cambia a líquido mediante este proceso.
3. El hielo es agua en este estado.

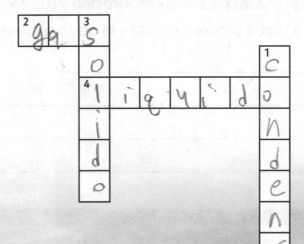

Aplica los conceptos

2 Haz una lista de sólidos, líquidos y gases que haya en tu escuela.

borrador, libros, sillas, mesas

3 Piensa en lo que sucede con un vaso de agua fría al aire libre durante un día caluroso. Usa las palabras *evaporación* y *condensación* para describir lo que le ocurre al agua dentro del vaso y lo que ocurre en la parte exterior del vaso.

Agua, leche

4 ¿Qué imagen muestra agua sólida? ¿Cuál muestra agua líquida? Escríbelo en la casilla.

Comparte lo que has aprendido sobre los estados de la materia. Con un miembro de tu familia, nombra estados de la materia presentes durante la cena o en lugares de tu casa.

Nombre _____

¿Qué propiedades físicas podemos observar?

Establecer un propósito
¿Qué destrezas usarás en esta actividad?

_____

_____

Piensa en el procedimiento
¿Cómo puedes estimar las masas de los objetos y el agua para ordenarlos?

_____

_____

_____

_____

¿Cómo puedes estimar los volúmenes de los objetos y el agua para ordenarlos?

_____

_____

Anota tus resultados
Haz una lista con los objetos y el agua en el orden en que los pusiste cuando estimaste sus masas y volúmenes. Luego anota su medidas reales.

Masa	
Objeto	Medidas

Volumen	
Objeto	Medidas

Saca conclusiones

Cuando usaste el agua para hallar el volumen de uno o más de los objetos, ¿por qué el volumen del agua debía ser mayor que el volumen del objeto?

_____

_____

_____

_____

Analiza y amplía

1. ¿Eran correctas tus estimaciones? ¿Por qué?

_____

_____

_____

2. Supón que tienes dos cubos. Están hechos del mismo material pero uno tiene un volumen mayor que el otro. ¿El cubo más grande tiene mayor masa? Explica tu respuesta.

_____

_____

_____

3. ¿Obtuvieron los mismos resultados todos los grupos de tu clase? ¿Cómo puedes explicar las diferencias?

_____

_____

_____

_____

4. ¿En qué caso deberías usar una taza de medir para hallar el volumen de un sólido?

_____

_____

_____

_____

5. Piensa en otra pregunta que te gustaría hacer acerca de medir masa y volumen.

_____

_____

¿Cuáles son algunos cambios de la materia?

Ponte a pensar

Halla la respuesta a la siguiente pregunta en la lección y escríbela aquí.

¿Cómo fueron cambiados estos alimentos para hacer una ensalada?

_____

_____

_____

Lectura con propósito

Vocabulario de la lección

Haz una lista con los términos. A medida que aprendes cada uno, toma notas en el Glosario interactivo.

físico	cambio
mezcla	solución
disolver	

Compara y contrasta

Muchas ideas en esta lección están conectadas porque explican comparaciones y contrastes, o sea: en qué se parecen y diferencian las cosas. Los buenos lectores se concentran en las comparaciones y los contrastes, y se preguntan: ¿en qué se parecen estas cosas? ¿en qué se diferencian?

Cambios físicos

Un cambio en la materia puede ser físico o químico. En los cambios físicos las sustancias conservan su identidad. No se forma materia nueva.

Lectura con propósito Mientras lees estas dos páginas, subraya ejemplos de cambios físicos.

Una bombero pliega por la mitad un trozo de papel y lo corta por el pliegue. Luego recorta la forma de un camión.

Cambiaron dos propiedades físicas: el tamaño y la forma. El camión recortado sigue siendo papel. Los restos también siguen siendo papel. Cuando ocurre un **cambio físico**, el tipo de materia se mantiene igual. Plegar, cortar y recortar son cambios físicos.

Muchos objetos están hechos de uno o más tipos de materia. Una manguera de bomberos contiene goma y tela. Cortar, doblar y dar forma a estos materiales para hacer la manguera son cambios físicos. Las formas y tamaños de los materiales cambiaron, pero siguen siendo los mismos materiales.

Interior de una manguera de bomberos

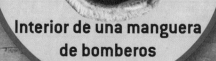

¡Haz un cambio!

Haz dos dibujos que muestren una manguera antes y después de sufrir un cambio físico. Rotula tus dibujos para contar cómo cambió la manguera.

Antes | Despues

La esponja del bombero está desgarrada. El trozo grande es una esponja. El trozo pequeño también es esponja. El tipo de materia sigue siendo el mismo. Ocurrió un cambio físico.

Mezclas y soluciones

¡Mmm! La limonada fresca está muy rica en una calurosa casa de bomberos. La limonada es una mezcla deliciosa de varios tipos de materia.

Lectura con propósito Mientras lees estas dos páginas, busca un ejemplo de solución. Encierra en un círculo la palabra que nombra la solución y la imagen donde aparece.

La ensalada de frutas es una mezcla. Una **mezcla** son dos o más sustancias que se combinan sin que ninguna de ellas cambie. Como no se forma una materia nueva, hacer una mezcla es un cambio físico.

Una caja de pinturas y marcadores es una mezcla. Un armario de juguetes también. ¿Se te ocurren otras mezclas?

En este tazón hay muchas frutas de distintos tipos cortadas. Cada tipo de fruta de esta mezcla mantiene su identidad.

Una **solución** es una mezcla en la que todas las sustancias están uniformemente mezcladas. El agua salada es una solución. El té también. Para hacer una solución, debes mezclar completamente, o **disolver**, una sustancia en otra.

Todas las soluciones son mezclas. La limonada es una mezcla de agua, azúcar y jugo de limón. También es una solución porque el azúcar y el jugo de limón están disueltos en el agua.

Cada tipo de materia en una solución mantiene su identidad. Puede parecer que no porque no puedes ver cada sustancia por separado. Sus diminutas partes están todas mezcladas por igual.

¿Qué hay dentro?

Completa cada oración.

1. La limonada es un tipo de _____.

2. Para hacer limonada, debes _____ azúcar y jugo de limón en el agua.

3. En una _____ como la limonada, las sustancias están mezcladas uniformemente.

¡Las propiedades son importantes!

Puedes separar una mezcla por sus propiedades.

Lectura con propósito Mientras lees esta página, subraya con dos líneas la idea principal.

Los arándanos siguen siendo arándanos cuando los pones en una ensalada. El azúcar sigue siendo azúcar cuando la echas en el té. Cada tipo de materia mantiene su identidad. Como hacer una mezcla es un cambio físico, puedes separar una mezcla por las propiedades físicas de sus partes.

El barco de los bomberos y el salvavidas. Flotar es una propiedad física que puedes usar para separar algunas mezclas. Agrega agua y recoge los objetos que flotan.

La materia que es más pequeña que los agujeros, pasa a través del cedazo. La materia que es más grande que los agujeros, permanece arriba.

Un imán levanta la materia que contiene hierro. Este imán gigante separa el hierro del plástico y otros materiales en una chatarrería.

A medida que el Sol calienta este lago de agua salada, el agua se evapora. La sal queda en el suelo. La sal y el agua se han separado.

Sepáralos

¿Cómo puedes separar las siguientes mezclas?

Mism manos

_____

_____

Colador

_____

Cambios químicos

¿Puedes separar la fruta de una ensalada de frutas? Claro que sí. ¿Puedes hacer que un huevo duro vuelva a estar crudo? ¡No! ¿Cómo cambia un huevo cuando lo cocinas?

Lectura con propósito Mientras lees estas dos páginas encierra en un cuadro los dos tipos de cambios que se comparan.

Oh, oh. Alguien olvidó limpiar los restos del picnic. Dejaron frutas frescas y huevos duros al sol. Las bananas se pusieron negras. Las fresas están cubiertas de una sustancia blanca. Los huevos se pudrieron, ¡y apestan!

Estos alimentos sufrieron cambios químicos. ¿En qué se diferencian los cambios químicos de los cambios físicos? En los **cambios químicos** se forman nuevos tipos de materia. Algunos cambios químicos se pueden deshacer con medios químicos. Pero la mayoría de los cambios químicos que ves, como los cambios en los alimentos que mencionamos antes, no se pueden deshacer.

Un buzón nuevo está hecho de metal duro. Con el tiempo el metal puede oxidarse. Cambia de color y se hace más blando. Estas son señales de un cambio químico.

Los cambios químicos ocurren todo el tiempo a tu alrededor. Hacen que las hojas verdes de algunos árboles se tornen rojas, anaranjadas y amarillas. Después de caer, las hojas comienzan a descomponerse y forman nuevos tipos de materia.

En tu cuerpo también ocurren cambios químicos. Cuando una rodilla lastimada deja de sangrar, se forma una costra. La costra es un nuevo tipo de materia. Supón que te comes una pera. Mientras tu cuerpo digiere la pera, los cambios químicos la deshacen en sustancias más simples que puede usar tu cuerpo.

La madera se quema y se forman nuevos tipos de materia: humo, cenizas y carbón.

¿Qué se cocina?

Tu padre fríe un huevo. Eso es un cambio químico. Nombra otro cambio químico que puedes ver durante el desayuno. ¿Cómo sabes que es un cambio químico?

_____

_____

_____

_____

Este pequeño fuego quema madera y hojas, y puede desencadenar en un fuego más grande. El bombero rocía agua sobre las llamas. Así controla el incendio para evitar que cause daños.

Hacer panecillos

¡Ah, mira esta cocina! A medida que se hacen los panecillos, ocurren montones de cambios en la materia. Las manos y las herramientas de cocina producen cambios físicos. La levadura y el calor causan cambios químicos.

1 Los panaderos mezclan levadura, azúcar y harina en agua templada para hacer la masa. Esto causa un cambio químico. Luego moldean la masa en roscas. Esto es un cambio físico.

2 ¡Plop! El calor del agua hirviendo hace que la levadura suelte un gas. Esto hace que los panecillos se hinchen. El agua cambia la costra y la hace blanda.

3 ¿Cuál es tu tipo de panecillo favorito? Agregar un ingrediente sabroso como semillas de sésamo es un cambio físico.

Práctica matemática
Resuelve un problema de dos pasos

Con 10 libras de harina puedes hacer 100 panecillos. ¿Cuántos panecillos puedes hacer con 20 libras de harina? Muestra tu trabajo.

_____

_____

_____

_____

4 ¿Puedes deshacer los panecillos para recuperar los ingredientes originales? ¡No! Sus identidades han cambiado.

Resúmelo

Cuando termines, lee la Clave de
respuestas y corrige lo que sea necesario.

**Completa el espacio en blanco en cada oración. Luego conecta cada
descripción con la imagen correspondiente.**

1 Despedazar un objeto es un cambio
_____físico_____.

2 No puedes ver las ___sustancias___
individuales en una solución.

3 Las partes de una solución de agua salada se
pueden _____.

4 Al cocinarse, los alimentos sufren cambios
_____.

5 Cuando haces una ensalada, las
_____ físicas
de los ingredientes se mantienen igual.

Nombre _Estefa_

Juego de palabras

Subraya el significado o descripción correcto de cada término

1 cambio físico

- un cambio en el que el tipo de materia se mantiene igual
- un cambio en el que nada es distinto
- un cambio en el que se forma un nuevo tipo de materia

2 mezcla

- sustancias cocinadas
- sustancias que mantienen sus identidades
- sustancias que no pueden separarse

3 solución

- algunas partes flotan
- partes mezcladas uniformemente
- partes mezcladas desigualmente

4 disolver

- desmezclar
- mezclar uniformemente
- mezclar desigualmente

5 cambio químico

- materia cortada en trozos más pequeños
- materia plegada cuidadosamente
- se forman nuevos tipos de materia

Aplica los conceptos

6 Di si las ilustraciones siguientes representan un cambio físico o químico, y explica cómo lo sabes.

Yo creo que es un cambio físico. Porque no se a cambiado la materia.

Yo creo que es un cambio químico. Porque se a cambiado su materia.

7 Mira la siguiente mezcla. Explica cómo puedes separarla.

Para la casa

Comenta con tu familia lo que aprendiste sobre los cambios en la materia. Junto con un miembro de tu familia nombra los cambios en la materia que puedes observar en tu casa a la hora de comer.

Nombre _____

Pregunta esencial

¿Qué cambios podemos observar?

Establece un propósito
¿Qué aprenderás en este experimento?

_____
_____

Piensa en el procedimiento
¿Por qué crees que debes usar cantidades iguales de agua y vinagre, y de bicarbonato de sodio?

_____
_____
_____
_____
_____
_____
_____

¿Por qué necesitas gafas protectoras para este experimento?

_____
_____
_____
_____

Anota tus resultados
Anota tus resultados en la tabla

Mis observaciones	
Sustancias	Observaciones
Bicarbonato de sodio y agua	
Bicarbonato de sodio y vinagre	

Saca conclusiones

¿Qué tipo de cambio observaste en cada taza? ¿Cómo lo sabes?

_____

_____

_____

_____

_____

_____

_____

_____

Analiza y amplía

1. ¿En qué paso viste cómo se formó un nuevo tipo de materia?

_____

2. ¿Cómo sabías que se formó un nuevo tipo de materia?

_____

_____

_____

_____

3. A veces los científicos comparan sus observaciones durante un experimento con algo que ya conocen o comprenden. Compara otras cosas que hayas visto con lo que ocurre con el bicarbonato de sodio en el agua y en el vinagre.

_____

_____

_____

_____

_____

4. Piensa en otra pregunta que te gustaría hacer acerca de los cambios que ocurren cuando mezclas dos sustancias.

_____

_____

_____

_____

_____

Recursos en la carretera

Las máquinas se construyen con recursos naturales. Lee acerca de los recursos naturales que se usan para fabricar un auto.

El vidrio se hace con minerales. Este vidrio está cubierto de plástico. Es difícil de reciclar.

Los asientos son de algodón y plástico. El algodón proviene de plantas. El plástico proviene del petróleo. Los asientos suelen acabar en vertederos.

El chasis del auto está hecho de acero. El acero es una mezcla de metales y se puede reciclar.

Los neumáticos están hechos de goma y metal. La goma proviene de los árboles. Los neumáticos se pueden reciclar.

¿Por qué es importante reciclar las partes de los autos?

_____

_____

_____

Cambio de diseño

El suministro de muchos recursos naturales es limitado. Di qué recursos naturales se usan para fabricar las partes de una bicicleta.

Un casco de bicicleta es una tecnología que usa tela y plástico.

_____

algodón y plástico

_____

Elige una parte de la bicicleta. Di cómo puedes cambiar su diseño para usar menos recursos.

_____

_____

Parte de la base

Anímate al desafío de ingeniería y diseño: completa **Diséñalo: Mantén a flote tu barco** en el Rotafolio de investigación.

Nombre _____

Repaso de vocabulario

Completa las oraciones con los términos de la casilla.

> volumen
> líquido
> propiedades físicas
> cambio físico
> evaporación
> solución

1. Si echas azúcar en el té caliente, el azúcar se mezclará completamente con el agua y formará una __solución__.

2. Si multiplicas la longitud de un sólido rectangular por su altura y su ancho obtendrás su _____.

3. Moldear un animal de arcilla es un ejemplo de __cambio físico__.

4. El tamaño y la forma de un objeto son algunas de sus __propiedades física__

5. A 30° C el agua es un _____.

6. El agua líquida se convierte en en gas cuando se hierve o por medio de la __evaporación__.

Conceptos científicos

Rellena la letra de la opción que responde mejor la pregunta.

7. Una roca tiene una masa de 30 g. Un bloque también tiene una masa de 30 g. ¿Qué debe ser verdad sobre la roca y el bloque?

   (A) Tienen el mismo volumen.

   (B) Tienen la misma temperatura.

   (C) Contienen el mismo tipo de materia.

   (D) Contienen la misma cantidad de materia.

8. Ari quiere hallar el volumen de una caja rectangular. ¿Qué debe hacer para hallar el volumen de la caja?

   (A) Medir la longitud y la altura de la caja. Multiplicar la longitud por la altura.

   (B) Medir la longitud y la altura de la caja. Sumar la longitud y la altura.

   (C) Medir la longitud, el ancho y la altura de la caja. Multiplicar la longitud por el ancho y por la altura.

   (D) Medir la longitud, el ancho y la altura de la caja. Sumar la longitud, el ancho y la altura.

Conceptos científicos

Rellena la letra de la opción que responde mejor la pregunta.

9. La ilustración siguiente muestra un cambio de estado.

¿Qué cambio de estado ocurre en la ilustración?

Ⓐ sólido a líquido

Ⓑ sólido a gas

Ⓒ líquido a gas

Ⓓ líquido a sólido

10. Stephanie observa el color de un líquido. Luego mide la temperatura del líquido con un termómetro. Por último mide el volumen del líquido con una probeta graduada. ¿Qué tipo de propiedades observó Stephanie?

Ⓐ propiedades físicas

Ⓑ propiedades químicas

Ⓒ propiedades temporales

Ⓓ propiedades permanentes

11. El origami es el arte de plegar el papel. Se pueden hacer cisnes, flores y muchas otras figuras con papel de colores. ¿Qué tipo de cambio ocurre en el origami?

Ⓐ cambio químico

Ⓑ cambio de color

Ⓒ cambio físico

Ⓓ cambio de solución

12. Darshana echa 50 mL de agua en una probeta graduada. Pone en la probeta un pequeño dinosaurio de juguete. Se hunde hasta el fondo. Observa que el nivel del agua sube a 63 mL. ¿Qué conclusión puede sacar Darshana?

Ⓐ La masa del dinosaurio es de 13 mL

Ⓑ La masa del dinosaurio es de 63 mL.

Ⓒ El volumen del dinosaurio es de 13 mL.

Ⓓ El volumen del dinosaurio es de 63 mL.

13. Salih pone objetos en una báscula. ¿Qué es **más probable** que esté haciendo Salih?

Ⓐ Compara la longitud de dos objetos.

Ⓑ Compara la masa de dos objetos.

Ⓒ Compara la dureza de dos objetos.

Ⓓ Compara el volumen de dos objetos.

14. Aidan y Carlos fueron de campamento. Las ilustraciones muestran una de las cosas que hicieron los niños en su viaje.

¿Qué oración explica cómo sabían los niños que ocurrió un cambio químico?

Ⓐ Fue difícil encender el fuego.

Ⓑ El fuego tardó mucho en apagarse.

Ⓒ Cortaron la madera en trozos.

Ⓓ Durante el fuego se formaron cenizas y humo.

15. Lisette observa que una sustancia tiene un volumen y una forma definidos. ¿Qué es **más probable** que haga Lisette para cambiar el estado de la sustancia?

Ⓐ poner la sustancia en un armario oscuro

Ⓑ poner la sustancia en el congelador

Ⓒ poner la sustancia en un sitio elevado

Ⓓ meter la sustancia en un horno caliente

16. Declan mezcló jugo de limón, agua y azúcar en una jarra grande. Lo revolvió hasta que el azúcar se disolvió. ¿Qué tipo de mezcla hizo Declan?

Ⓐ solución

Ⓑ propiedad

Ⓒ separación

Ⓓ condensación

17. Tam quería separar la sal del agua salada. ¿Cuál de las siguientes es la **mejor** opción?

Ⓐ dejar que el agua se condense sobre un objeto frío

Ⓑ dejar que el agua se evapore

Ⓒ congelar el agua salada

Ⓓ mantener el agua a temperatura constante

18. Una sustancia tiene un volumen definido pero toma la forma de su recipiente. Un estudiante calienta la sustancia. La sustancia se expande hasta llenar el recipiente. ¿Qué cambio de estado es **más probable** que haya observado el estudiante?

Ⓐ un cambio de líquido a gas

Ⓑ un cambio de sólido a líquido

Ⓒ un cambio de líquido a sólido

Ⓓ un cambio de gas a líquido

Aplica la investigación y repasa La gran idea

Escribe las respuestas a estas preguntas.

19. En una pila hay una mezcla de clips, sal y grava. Tasha quiere separar las partes de esta mezcla. ¿Qué debe hacer para separar las tres partes?

puede usar un iman para separar los clips

20. Isabella sirve jugo en vasos de papel y pone los vasos en el congelador.

3 horas más tarde

Describe el cambio de estado que ocurre dentro del congelador.

~~usar un setaso~~

Liquido a solido

21. Robert hace una investigación con bicarbonato de sodio y vinagre.

a. ¿Cuáles son las propiedades físicas del vinagre y el bicarbonato de sodio antes de que Robert las combine?

Cambio quimico

b. ¿Qué tipo de cambio observará Robert?

cambio Quimico

c. ¿Cómo sabrá Robert que ocurrió este tipo de cambio?

Máquinas simples y compuestas

La gran idea

Las máquinas simples cambian la dirección o el tamaño de una fuerza para facilitar el trabajo.

pesca con máquinas simples

Me pregunto por qué

¿Por qué la caña de pescar tiene un carrete?
Da vuelta a la página para descubrirlo.

Por esta razón El carrete de una caña de pescar es un eje giratorio que ayuda a arrastrar el peso de los peces.

En esta unidad vas a aprender más sobre La gran idea, y a desarrollar las preguntas esenciales y las actividades del Rotafolio de investigación.

Niveles de investigación ■ Dirigida ■ Guiada ■ Independiente

Comprueba tu progreso

La gran idea Las máquinas simples cambian la dirección o el tamaño de una fuerza para facilitar el trabajo.

Preguntas Esenciales

¡Ya entiendo La gran idea!

Cuaderno de ciencias
No olvides escribir lo que piensas sobre la Pregunta esencial antes de estudiar cada lección.

Pregunta esencial

¿Qué son las máquinas simples?

Ponte a pensar

Halla la respuesta a la siguiente pregunta en la lección y escríbela aquí.

¿Cómo ayuda el rastrillo al trabajo que hace el niño?

_____

_____

_____

_____

Lectura con propósito

Vocabulario de la lección

Haz una lista con los términos. A medida que aprendes cada uno toma notas en el Glosario interactivo.

_____ _____

_____ _____

_____ _____

Causa y efecto

Algunas ideas en esta lección están conectadas por relaciones de causa y efecto. Por qué ocurre algo es una causa. Lo que ocurre como resultado de otra cosa es un efecto. Para buscar efectos los buenos lectores se preguntan: ¿qué ocurrió? Para buscar causas se preguntan: ¿por qué ocurrió?

¿Cómo podemos usar las máquinas simples?

Hacer un pozo en la arena. Mover un carro lleno de juguetes. ¡Uf! Hay que trabajar bastante. Las máquinas simples facilitan ese trabajo.

Lectura con propósito Mientras lees estas dos páginas, encierra en un círculo una palabra de uso diario que tiene un significado diferente en las ciencias.

El mango de esta pala es una máquina simple. Ayuda al niño a levantar arena más fácilmente de lo que podría hacerlo sin la pala.

Esta niña usa el carro para hacer el trabajo de mover cosas. El mango del carro es una máquina simple llamada rueda y eje. Le ayuda a dirigir y girar el carro.

Piensa en los trabajos que haces cada día. Haces las tareas de la escuela. También puede que ayudes en la casa. A la hora de dormir puedes sentir que tuviste un día repleto de trabajo. Los científicos definen el trabajo de una manera específica. El **trabajo** es el uso de una fuerza (empujar o jalar) para mover un objeto en la misma dirección de la fuerza.

Los niños en estas páginas hacen el trabajo con ayuda de máquinas simples. Una **máquina simple** es algo que facilita el trabajo. Una máquina simple tiene pocas o ninguna parte móvil. Para usarla aplicas un solo tipo de fuerza.

Máquinas simples

Mira las siguientes palas. ¿Por qué los mangos de estas palas son máquinas simples?

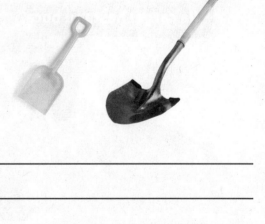

_____

_____

_____

_____

Las palancas te ayudan a levantar

Las palancas son máquinas simples. Suelen usarse para levantar cosas. Tú usas palancas todo el tiempo sin darte cuenta. ¿Cómo funcionan?

Lectura con propósito Mientras lees estas dos páginas, busca y subraya las definiciones de *palanca* y *fulcro*.

Una **palanca** es una barra que pivota, o gira, sobre un punto fijo. Un punto fijo es un punto que no se mueve. El punto fijo de una palanca se llama **fulcro**. La carga (lo que mueves) está en un extremo de la palanca. A medida que mueves el otro extremo de la palanca, la palanca mueve la carga.

Un tenedor es un tipo de palanca. El pulgar del niño es el fulcro. A medida que baja la mano, el tenedor levanta la comida (la carga) hasta su boca.

Palanca

Salida

Fulcro

Un subibaja es una palanca. El fulcro está en el medio. El fulcro es el objeto sobre el que se apoya el subibaja. Si tu amiga se sienta en un extremo del subibaja, ¿dónde debes aplicar la fuerza para levantarla? Debes sentarte en el otro extremo del subibaja.

Los rastrillos y escobas son otro tipo de palanca. Tus manos se mueven cuando rastrillas hojas o barres el piso, pero las hojas o el polvo (la carga) se mueven a más distancia que tus manos. Esto hace que tu tarea sea más fácil.

Las partes de una palanca

Dibuja una palanca. Rotula el fulcro, la carga y la fuerza aplicada.

En un subibaja puedes ser la carga o la fuerza. Cuando bajas, tu peso es la fuerza aplicada. Empuja hacia abajo en un extremo de la palanca y la carga en el otro extremo sube. Luego se intercambian. Tú eres la carga y el peso de tu compañera es la fuerza aplicada que la levanta.

Usar una rueda y eje

Algunas máquinas simples facilitan el trabajo mediante el movimiento circular.

Lectura con propósito Mientras lees estas dos páginas, subraya las frases que describen el efecto de girar cada rueda y eje.

Una **rueda y eje** se compone de una rueda y un eje que están conectados de manera que giran juntos. La rueda y eje aprovecha el movimiento circular para aumentar la fuerza. Si giras la rueda, el eje gira con mayor fuerza.

Girar el manubrio es como girar la rueda violeta. El eje conectado gira para dirigir la rueda delantera de la bicicleta.

Rueda

Eje

Observa la foto de la bicicleta. El manubrio está conectado a una vara. Juntos actúan como una rueda y eje. Cuando giras el manubrio, la vara, o eje, gira con él. Como el eje está conectado a la rueda delantera, la rueda también gira. De esta forma puedes conducir la bicicleta sin necesidad de girar la rueda a un lado y otro con tus manos.

Las ruedas y ejes en la parte inferior de la bicicleta no son verdaderas ruedas y ejes. Estas ruedas giran sobre sus ejes. Pero los ejes no giran con las ruedas.

Otra rueda y eje

Un pomo es otro ejemplo de rueda y eje. Cuando giras el pomo, el eje también gira. Al hacerlo tira del pestillo y la puerta se abre. ¿Que parte del sistema es la rueda?

Un sacapuntas tiene una rueda y eje. Cuando giras la palanca, el eje lleva el movimiento al sacapuntas, que gira para sacar punta al lápiz.

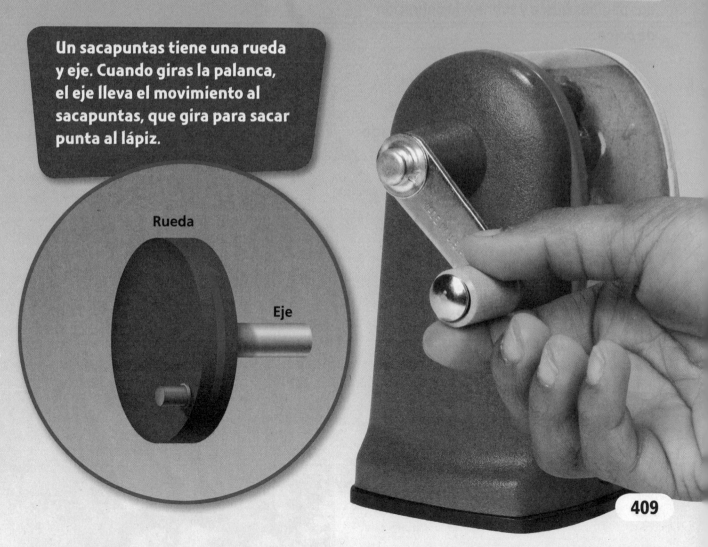

Rueda

Eje

409

El poder de la polea

¡Arriba! ¡Abajo! Puedes usar una máquina simple, como una polea, para levantar una carga en el aire.

Lectura con propósito Mientras lees estas dos páginas busca y subraya la definición de *polea*.

Una **polea** es una rueda con una cuerda, soga o cadena alrededor. Los extremos de la soga cuelgan a cada lado de la polea. Puedes tirar de un lado, como las niñas de la casa arbórea.

La polea está conectada a la casa. Un extremo de la soga está en la casa y el otro está atado a la canasta. Al tirar del extremo libre de la soga, las niñas de la casa arbórea suben la canasta hasta su altura.

polea simple

esfuerzo

salida

410

También puedes tirar desde abajo como la niña en el velero. Ella no necesita subir hasta arriba del mástil para izar la vela. En lugar de eso, simplemente tira de la soga hacia abajo. En ambos ejemplos la polea cambia la dirección de la fuerza que se aplica a la soga.

Una polea te permite usar tu fuerza sin moverte de tu lugar. Te permite alzar algo que está demasiado bajo para alcanzarlo, como la canasta en el suelo. Y te permite alzar algo hasta un punto demasiado alto para ti, como la vela.

La polea está conectada a la punta del mástil del velero. Se puede usar para alzar y bajar la vela. Busca en tu escuela. Fíjate en las ventanas y en el gimnasio. ¿Dónde puedes encontrar poleas?

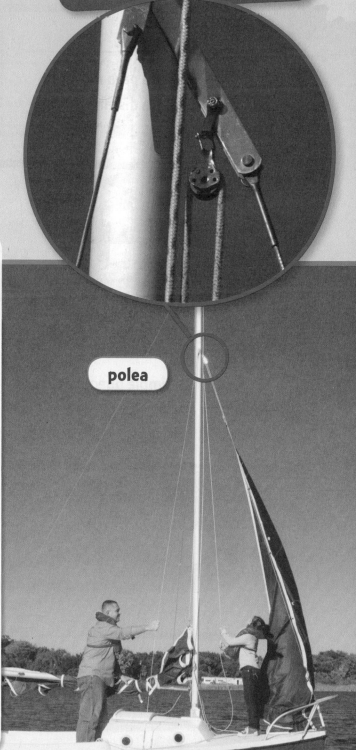

polea

Práctica matemática
Resuelve un problema

Karen puede levantar 18 libras con una polea. Con la ayuda de Marcus pudieron levantar 32 libras. Cuando Antonio también se sumó a ayudarlos, pudieron levantar otras 19 libras más.

¿Cuántas libras más levantaron Marcus y Karen que Karen sola?

_____

_____

¿Cuántas libras pudieron levantar los tres niños juntos?

_____

_____

Resúmelo

Escribe el término o términos que se emparejan con cada ilustración y descripción.

1

_____

Esto es usar fuerza para mover un objeto a una cierta distancia.

2

_____

Esta caña de pescar está compuesta de dos máquinas simples.

3

_____

Esta máquina simple puede ayudarte a levantar arena.

4

_____

Cuando giras el pomo se abre el pestillo.

5

_____

El punto de apoyo de la palanca.

Ejercita tu mente

Nombre _____

Juego de palabras

1 Describe las máquinas simples de cada caja con el vocabulario de esta lección.

```
┌─────────────┐   ┌─────────────┐   ┌─────────────┐
│ _____ │   │ _____ │   │ _____ │
│ _____ │   │ _____ │   │ _____ │
│ _____ │   │ _____ │   │ _____ │
└─────────────┘   └─────────────┘   └─────────────┘
              ┌──────────────────┐
              │  máquinas simples │
              └──────────────────┘
```

polea*   trabajo*

palanca*   rueda y eje*

fulcro*   *Vocabulario clave de la lección

Aplica los conceptos

2 Haz una lista de máquinas simples en tu escuela. Di qué tipo de máquina simple es cada una.

_____

_____

_____

_____

3 Escribe el nombre de cada máquina simple.

_____

_____

Para la casa

Comenta con tu familia lo que aprendiste sobre las máquinas simples. Junto con un miembro de tu familia, identifica máquinas simples en tu casa. Comenta cómo facilitan el trabajo.

Alcanzar el cielo:
Construir con grúas

Todas las grúas tienen palancas y poleas. Las grúas suben y bajan cargas pesadas. La gente construye edificios muy altos con grúas. Sigue la línea cronológica para ver cómo cambiaron las grúas con el tiempo.

Hace 2,500 años

Las grúas se usaron por primera vez en la antigua Grecia. Se usaban para construir enormes templos de mármol.

Siglo XIX

Se agregan motores de vapor a las grúas. Estas grúas se podían mover más fácilmente y levantar cargas más pesadas.

Las grúas se hacían de acero. Tenían motores a gasolina o eléctricos, y podían levantar cargas más pesadas.

Siglo XX

¿En qué son iguales todas las grúas?

_____

_____

continuación

Comparar y contrastar

Revisa las grúas de las fotos y de la línea cronológica.
Luego responde las siguientes preguntas.

Las grúas levantan
vigas para hacer
la estructura del
rascacielos.

2010

Hoy en día los rascacielos se
construyen con grúas torre. Estas
grúas gigantes están hechas de
acero. Pueden levantar las cargas
más pesadas. Unas grúas más
pequeñas las arman; estas grúas
gigantes no pueden moverse de un
lado a otro.

Elige dos grúas de la línea cronológica. ¿Qué mejora en cada grúa más nueva? ¿Cómo
cambió el diseño? Da una posible razón para el cambio.

_____

_____

_____

Parte de la base

Anímate al desafío de ingeniería y diseño: completa **Diséñalo: Modelo de
ascensor funcional** en el Rotafolio de investigación.

Pregunta esencial

¿Qué otras máquinas simples hay?

Ponte a pensar

Halla la respuesta a la siguiente pregunta en la lección y escríbela aquí.

Esta patinadora parece divertirse pero también está desempeñando un trabajo. ¿Qué trabajo hace? ¿Qué máquina simple usa?

_____

_____

_____

Lectura con propósito

Vocabulario de la lección

Haz una lista con los términos. A medida que aprendes cada uno, toma notas en el Glosario interactivo.

_____ _____

_____

_____

Palabras clave: Comparación

Las palabras clave muestran conexiones entre ideas. Las palabras que señalan comparaciones o similitudes incluyen *como, al igual que, similar a* y *parece*. Los buenos lectores recuerdan lo que leen porque están alerta a las palabras clave que identifican comparaciones.

Levantar, cortar

Las máquinas simples son parte de las herramientas que usamos todos los días. ¿Una rampa? Es una máquina simple. ¿Un cuchillo? Otro tipo de máquina simple. ¿Cómo funcionan estas máquinas simples?

Lectura con propósito Mientras lees estas dos páginas, busca y subraya las definiciones de *plano inclinado* y *cuña*.

Un plano es un objeto liso, como una tabla. Un **plano inclinado** es un plano que está inclinado de manera que un extremo está más alto que el otro. Esto hace que sea más fácil levantar una carga. En vez de levantar la carga directamente hacia arriba de una sola vez, la empujas o jalas hacia arriba sobre el plano inclinado, poco a poco. Esto reparte el trabajo a lo largo de la distancia. Por eso necesitas usar menos fuerza.

Empujar una silla de ruedas por una rampa requiere más tiempo que alzarla. Pero alzar una silla de ruedas requiere más esfuerzo. Alzar la silla de ruedas con la rampa requiere menos esfuerzo porque aplicas una fuerza más pequeña en una distancia mayor. Realizas igual cantidad de trabajo pero el trabajo es más fácil.

plano inclinado

Una **cuña** son dos planos inclinados pegados. Un extremo es afilado y en punta, el otro es ancho y plano. Si aplicas fuerza en el extremo plano, el extremo en punta puede separar un objeto en dos.

Un cuchillo es una cuña. El extremo afilado del cuchillo abre una pequeña grieta. Los planos inclinados a ambos lados empujan hacia fuera; así amplían la grieta y separan las partes a medida que la cuña se mueve hacia abajo. Cuanto más afilado es el cuchillo, menos esfuerzo es necesario para realizar el trabajo.

Práctica matemática
Calcula la fuerza

Un plano inclinado de 4 metros de longitud por 2 metros de altura reduce la fuerza necesaria para levantar un objeto a la mitad. Una persona debe usar 90 unidades de fuerza para alzar un objeto directamente hacia arriba. ¿Cuánta fuerza debe usar esa persona para empujar el objeto sobre el plano inclinado?

_____

cuña

Cuando cortas con un cuchillo, la hoja divide la comida en dos trozos.

Envuelto alrededor

Una rueda y eje hace un trabajo mediante movimiento circular, pero hay otra máquina simple que también lo hace: el tornillo.

Lectura con propósito Mientras lees estas dos páginas, encierra en un recuadro cada palabra que anuncie una comparación.

Un destornillador es una rueda y eje. Usa el movimiento circular para facilitar el trabajo. La punta del destornillador encaja en la ranura en la parte superior de un tornillo. Un **tornillo** es un plano inclinado envuelto alrededor de una vara o cilindro. Cuando giras el mango del destornillador su asa funciona como un eje para girar el tornillo. El destornillador no solamente gira el tornillo. Al igual que otras ruedas y ejes, el destornillador toma tu esfuerzo y lo aumenta mientras gira el tornillo.

A medida que el destornillador gira el tornillo, el plano inclinado en el tornillo se introduce en la madera. La rosca también hace que sea difícil arrancar el tornillo de la madera.

La rosca alrededor del tornillo es un plano inclinado. Este plano inclinado no es recto como una rampa. Hace un espiral alrededor del tornillo.

420

A diferencia de un clavo, que penetra directamente en la madera, el tornillo va entrando a medida que gira. Por eso se tarda más tiempo en insertar un tornillo que un clavo en la madera. Pero insertar el tornillo requiere menos fuerza. Cuanto más juntas están las roscas, más fácil es girar el tornillo.

Fuerza de entrada

carga

Este hombre usa un taladro de hielo. A medida que gira el mango, el taladro empuja al hielo que tiene debajo hacia la superficie. El hielo es la carga. A medida que se mueve para arriba se hace un agujero en el hielo.

¿Qué hace un tornillo?

Encierra en un círculo el tornillo de cada ilustración. ¿Cómo ayuda el tornillo a realizar el trabajo?

_____

_____

_____

¿Cómo pueden trabajar juntas las máquinas simples?

A veces dos máquinas simples trabajan juntas para llevar a cabo un trabajo. ¿Qué máquinas trabajan así?

Lectura con propósito Mientras lees estas dos páginas, subraya una causa con una línea y subraya el efecto con dos líneas.

Cuña

Palanca

Fulcro

Las hojas de estas tijeras de jardín son cuñas y los mangos son palancas.

© Houghton Mifflin Harcourt Publishing Company   © Stockbyte/Getty Images

Máquina simple	Descripción
Palanca	Usa fuerza en un lado para mover una carga en el otro
Plano inclinado	Te permite levantar una carga con menor fuerza a una distancia mayor
Tornillo	Usa un plano inclinado envuelto alrededor de una vara para mover cosas hacia arriba
Cuña	Te permite separar dos cosas o dividir una cosa en dos
Rueda y eje	Usa el movimiento circular para aumentar la fuerza
Polea	Usa una rueda y soga para cambiar el tamaño o dirección de una fuerza

Una **máquina compuesta** es una máquina formada por dos o más máquinas simples. Las tijeras de jardín son máquinas compuestas. Las bicicletas también son máquinas compuestas. El manubrio no es la única rueda y eje en la bicicleta. Cuando empujas los pedales hacia abajo, una rueda y eje tira de la cadena. Esto mueve la bicicleta hacia delante.

Máquinas simples y compuestas

Mira las fotos en esta página. Di qué máquinas simples componen cada máquina compuesta.

_____

_____

_____

Usar máquinas

Pala

_____

_____

Ahora que sabes qué son, ¡puedes encontrar máquinas simples en todos lados!

Las máquinas simples y compuestas están a tu alrededor. Cada vez que usas una herramienta, usas una máquina. A veces es una máquina simple. A veces es una máquina compuesta. Cuando uses una máquina compuesta, intenta identificar las máquinas simples que la componen.

Grifo

_____

_____

¿Cuántas máquinas puedes hallar?

Mira las leyendas. Si el objeto es una máquina simple, escribe una *S* en el círculo y luego nombra la máquina simple. Si el objeto es una máquina compuesta, escribe una *C* en el círculo. Luego escribe qué dos máquinas simples componen la máquina compuesta.

guillotina de papel

_____

_____

Sacapuntas

_____

_____

Resúmelo

Escribe si cada máquina es simple o compuesta. Si es simple, identifica qué tipo de máquina simple es. Si es compuesta, identifica las máquinas simples que la componen.

1 tijeras

_____

_____

2 hacha

_____

_____

3 destornillador

_____

_____

4 grifo

_____

_____

5 alicate

_____

_____

Nombre _____

Juego de palabras

1 Completa las dos redes de conceptos sobre máquinas con las palabras en la casilla.

tornillo*	plano inclinado*	guillotina de papel	tijeras	rastrillo
cuña*	máquina compuesta*	destornillador	bicicleta	

*Vocabulario clave de la lección

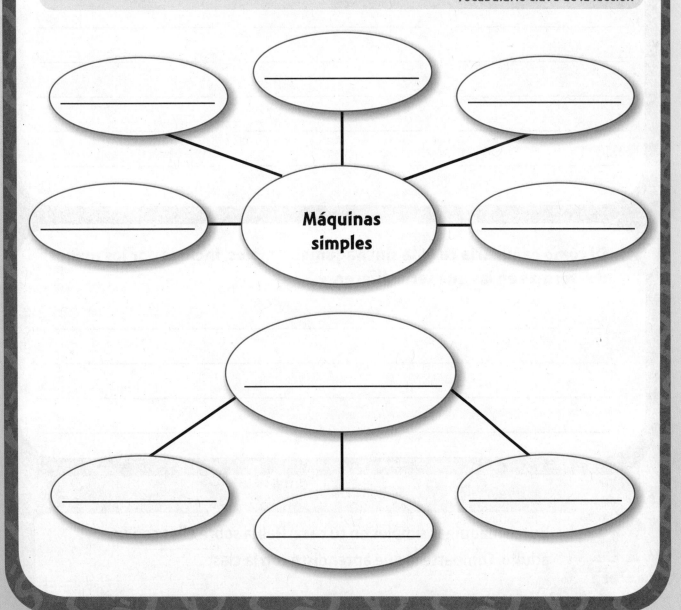

Aplica los conceptos

2 Identifica cada máquina simple y di cómo puedes usarla.

Máquina 1

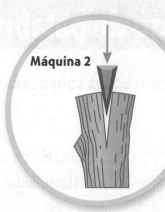

Máquina 2

Máquina 3

_____   _____   _____

_____   _____   _____

_____   _____   _____

_____   _____   _____

_____   _____   _____

3 Di cómo cambiaría tu vida sin máquinas simples. Incluye por los menos dos formas en las que sería diferente.

_____

_____

_____

_____

Para la casa

Busca máquinas simples en tu casa. Habla sobre ellas con un adulto. Comparte lo que aprendiste con la clase.

Nombre _____

Pregunta esencial

¿Cómo influyen las máquinas simples en el trabajo?

Establece un propósito

¿Qué aprenderás en este experimento?

_____

_____

_____

Piensa en el procedimiento

¿Cómo crees que mide la fuerza la báscula de resorte?

_____

_____

¿Por qué crees que debes usar rampas de diferentes longitudes?

_____

_____

_____

Anota tus resultados

Escribe tus mediciones en la siguiente tabla.

Diseño	Medidas
Sin rampa	
Con rampa de 10 cm	
Con rampa de 15 cm	
Con rampa de 20 cm	

429

Saca conclusiones

¿Cuándo recorrió menos distancia el auto, al levantarlo directamente o al subir la rampa?

_____

_____

_____

¿Qué fue más fácil, levantarlo directamente o usar la rampa?

_____

_____

_____

¿En qué rampa usaste menos fuerza para mover el auto? ¿Por qué crees que es así?

_____

_____

_____

_____

Analiza y amplía

1. ¿ Por qué crees que un plano inclinado facilita levantar objetos?

_____

_____

_____

_____

2. Piensa en un camino de montaña que suba recto. ¿Por qué crees que muchos caminos de montaña tienen muchas curvas?

_____

_____

_____

_____

3. La gente de la antigüedad construyó pirámides y otras estructuras sin las máquinas que tenemos hoy en día. ¿Cómo crees que podían llevar cargas pesadas a la cima de las pirámides?

_____

_____

_____

4. ¿Qué otras preguntas se te ocurren sobre cómo las máquinas simples afectan al trabajo?

_____

_____

_____

_____

Conoce a los ingenieros de máquinas

Helen Greiner 1967–

Uno de los pequeños robots de Greiner exploró los túneles de la Gran Pirámide de Giza en Egipto.

Imaginen un robot en cada casa. Así es como Helen Greiner dice que será el futuro. Ella es una experta en robótica. De pequeña le encantaban las ciencias y las máquinas. Greiner fundó una compañía para construir robots. Ahora diseña y construye robots que pueden usarse en las casas. Desde juguetes a aspiradoras, ella crea robots que marcan una diferencia en la vida diaria.

Dean Kamen 1951–

Dean Kamen es el inventor de algunas máquinas muy útiles. Uno de sus inventos más famosos es el transportador humano Segway. Cuando van en un Segway, las personas usan el peso de su cuerpo para equilibrar y dirigir la máquina. Kamen también fundó un grupo que organiza eventos especiales para fomentar el interés en la tecnología.

El Segway es una máquina de transporte personal de dos ruedas que funciona con baterías.

¡Máquinas!

Lee cada pista y escriba la respuesta en los casilleros correctos.

Greiner	casas	robot	Segway	tecnología

HORIZONTALES

3. Un _____ es una máquina de dos ruedas en la que puedes pasear.

4. Kamen ayuda a que los estudiantes se interesen en la _____.

5. Un _____ pequeño exploró por el interior de la pirámide.

VERTICALES

1. _____ es ingeniera en robótica.

2. Greiner quiere que en todas las _____ haya un robot.

Nombre _____

Repaso de vocabulario

Completa las oraciones con los términos de la casilla.

> máquina compuesta
> fulcro
> plano inclinado
> cuña
> trabajo

1. Cuando empujas una caja encima de una rampa, usas un _____.

2. Un objeto con dos o más máquinas simples combinadas es una _____.

3. El objeto en el que se apoya una palanca es un _____.

4. Cuando usas fuerza para mover un objeto, haces un _____.

5. Dos planos inclinados juntos en punta forman una _____.

Conceptos científicos

Rellena la burbuja con la letra de la mejor respuesta.

6. Heather corta leña para una hoguera con un hacha. El filo del hacha hace un pequeño corte en la madera. El corte se agranda a medida que la parte más ancha de la hoja se hunde en la madera. ¿Qué tipo de máquina simple es la punta del hacha?

   Ⓐ una polea

   Ⓑ una cuña

   Ⓒ un fulcro

   Ⓓ una rueda y eje

7. En la ilustración aparece una máquina compuesta que puedes encontrar en la mayoría de las casas y escuelas.

   Identifica las dos máquinas simples que forman la máquina compuesta de la ilustración.

   Ⓐ cuña y palanca

   Ⓑ plano inclinado y cuña

   Ⓒ rueda y eje, y palanca

   Ⓓ rueda y eje, y plano inclinado

Conceptos científicos

Rellena la burbuja con la letra de la mejor respuesta.

8. Jorge quiere cargar su piano en un camión de mudanzas. Cree que sería una buena idea usar una máquina simple para hacer el trabajo a lo largo de una distancia más larga. ¿Qué máquina simple sería la **mejor** opción?

Ⓐ tornillo

Ⓑ cuña

Ⓒ plano inclinado

Ⓓ rueda y eje

9. ¿Cuál de las siguientes máquinas simples sería la **mejor** para elevar productos de limpieza directamente hacia arriba por la pared de un edificio alto?

Ⓐ palanca

Ⓑ polea

Ⓒ plano inclinado

Ⓓ rueda y eje

10. Taran quiere alzar un objeto con una máquina simple. Las ilustraciones muestran tres posible formas en las que podría disponer su máquina simple.

¿En qué ilustración o ilustraciones se muestra cómo puede Taran usar una máquina simple para alzar el objeto con el menor esfuerzo posible?

Ⓐ la ilustración superior

Ⓑ la ilustración del medio

Ⓒ la ilustración inferior

Ⓓ las ilustraciones superior y del medio

11. La ilustración muestra una forma en la que puede usarse una máquina simple.

¿De dónde surge la fuerza necesaria para sacar el clavo de la tabla?

Ⓐ de la cabeza del martillo

Ⓑ del mango del martillo

Ⓒ de la superficie plana de la tabla

Ⓓ del brazo y la mano de la persona

12. Una rampa de 3 m y una rampa de 5 m se usan para subir cajas de vegetales a un restaurante. Ambas rampas tienen un extremo en el suelo y el otro extremo en el escalón de arriba del restaurante. ¿Cuál de estos enunciados compara **mejor** las dos rampas?

Ⓐ Requiere menos esfuerzo subir las cajas por la rampa de 5 m pero la distancia recorrida es más larga.

Ⓑ Requiere menos esfuerzo subir las cajas por la rampa de 3 m pero la distancia recorrida es más corta.

Ⓒ Requiere más esfuerzo subir las cajas por la rampa de 5 m pero la distancia recorrida es más corta.

Ⓓ Requiere más esfuerzo subir las cajas por la rampa de 3 m pero la distancia recorrida es más larga.

13. En la ilustración se muestra un ejemplo común de máquina simple.

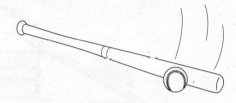

Tina golpea la pelota con el bate. ¿Cuál es el fulcro?

Ⓐ la pelota

Ⓑ el mango del bate

Ⓒ las manos de Tina

Ⓓ la parte gruesa del bate

14. ¿Cuál es una de las ventajas de la rueda y eje?

Ⓐ Puedes levantar una carga pesada directamente hacia arriba.

Ⓑ Puedes girar una rueda sin tocarla.

Ⓒ Puedes usarla para cortar una sustancia dura.

Ⓓ Puedes usar menos fuerza para empujar o jalar una carga a lo largo de una distancia mayor.

Aplica la investigación y repasa La gran idea

Escribe las respuestas a estas preguntas.

15. Jacob hizo un experimento. Construyó las dos rampas que aparecen a continuación.

    Predice qué descubrirá Jacob cuando mida la fuerza necesaria para subir el juguete a cada rampa.

_____

_____

_____

16. La herramienta que se muestra en la ilustración es una máquina compuesta.

    Identifica las máquinas simples y explica cómo cada una facilita la tarea de excavación.

_____

_____

_____

17. Compara y contrasta un tornillo y una cuña. ¿En qué se parecen? ¿En qué se diferencian?

_____

_____

_____

_____

Glosario interactivo

A medida que vayas aprendiendo cada término, agrega notas, oraciones o dibujos en el espacio en blanco. Así podrás recordar lo que significan estos términos. Mira estos ejemplos.

hongos Grupo de organismos que descomponen a otros organismos para obtener nutrientes.

Las setas son un tipo de hongo.

cambio físico Cambio en el tamaño, forma o estado de la materia en el que no se forma una nueva sustancia.

Cortar una hoja de papel por la mitad es hacer un cambio físico.

A

accidente geográfico Una forma o característica natural en la superficie de la Tierra. (pág. 205)

agua dulce Agua que contiene muy poca sal. (pág. 290)

adaptación Rasgo o característica de un organismo que le ayuda a sobrevivir. (pág. 116)

agua salada Agua que se encuentra en mares y océanos; conforma el 97% del agua de la Tierra. (pág. 290)

Glosario interactivo

arcilla Las partículas de roca más pequeñas que forman el suelo. (pág. 270)

arena Las partículas de roca más grandes que componen el suelo. (pág. 270)

atmósfera La capa de gases que rodea la Tierra. (pág. 304)

báscula graduada Un recipiente rotulado con una escala graduada que se usa para medir líquidos. (pág. 21)

C

cadena alimentaria Una serie de organismos que dependen unos de otros para alimentarse. (pág. 172)

cambio físico Cambio en el que no se forma una nueva sustancia. (pág. 380)

cambio químico Cambio en una o más sustancias que forma sustancias nuevas y diferentes. (pág. 386)

camuflaje El color, marcas u otros rasgos físicos que ayudan a un organismo a confundirse con su entorno. (pág. 120)

cañón Valle con paredes empinadas. (pág. 206)

comportamiento La forma en la que normalmente actúa un organismo en una situación determinada. (pág. 132)

ciclo de vida Las etapas que atraviesa un ser vivo a medida que crece y cambia. (pág. 92)

comportamiento aprendido Comportamiento que un animal no tiene al nacer, pero que desarrolla como resultado de la experiencia o mediante la observación de otros animales. (pág. 132)

ciclo hidrológico El movimiento del agua de la superficie de la Tierra al aire y nuevamente a la Tierra. (pág. 296)

comunidad Todas las poblaciones de organismos que viven e interactúan en un área. (pág. 154)

combustible fósil Combustible formado de restos de seres vivos. El carbón, el petróleo y el gas natural son combustibles fósiles (pág. 253)

condensación Proceso por medio del cual un gas se convierte en líquido. (págs. 294, 373)

Glosario interactivo

conservación Usar menos de algo para que dure más. (pág. 253)

datos Hechos individuales, estadísticas y elementos de información. (pág. 35)

consumidor Ser vivo que no puede producir su propia comida y obtiene su energía alimentándose de otros animales. (pág. 170)

disolver Mezclar completa y uniformemente una sustancia en otra. (pág. 383)

crisálida La etapa en una metamorfosis completa en que un insecto cambia de larva a adulto. (pág. 107)

ecosistema Comunidad de organismos y el entorno físico en el que viven. (pág. 152)

cuña Máquina simple compuesta de dos planos inclinados conectados. (pág. 419)

eje Línea imaginaria alrededor de la cual gira la Tierra. (pág. 327)

erosión El proceso de mover la roca y suelo desgastados de un lugar a otro. (págs. 184, 218)

experimento Prueba llevada a cabo para ver si una hipótesis es correcta. (pág. 11)

F

espora Estructura reproductiva de algunas plantas sin semillas, incluidos musgos y helechos. (pág. 96)

flor Parte que produce semillas de un tipo determinado de planta. (pág. 92)

evaporación Proceso por medio del cual un líquido se convierte en gas. (págs. 294, 372)

fotosíntesis Proceso mediante el cual las plantas usan energía del Sol para convertir el dióxido de carbono y el agua en azúcar y oxígeno. (pág. 168)

evidencia Información recogida durante una investigación para respaldar una hipótesis. (pág. 35)

fulcro El punto de apoyo de una palanca que sostiene el brazo pero no se mueve. (pág. 406)

Glosario interactivo

G

gas Estado en el que la materia no tiene forma o volumen definidos. (pág. 366)

germinar Comenzar a crecer (una semilla). (pág. 92)

glaciar Una plancha larga y gruesa de hielo que se mueve lentamente. (pág. 218)

gráfica de barras Gráfica con barras paralelas de diferentes tamaños con la que se compara información. (pág. 37)

H

hábitat Lugar donde un organismo vive y puede hallar todo lo que necesita para sobrevivir. (pág. 152)

hibernar Permanecer en un estado profundo de sueño durante el invierno. (pág. 136)

hipótesis Respuesta posible a un problema que puede ser sometida a un examen para ver si es correcta. (pág. 10)

humus Los restos descompuestos de plantas o animales en el suelo. (pág. 266)

I

inferir Sacar una conclusión sobre algo. (pág. 6)

instinto Comportamiento heredado de un animal que le ayuda a satisfacer sus necesidades. (pág. 132)

inundación Una gran cantidad de agua que cubre tierras normalmente secas. (págs. 185, 234)

investigación Procedimiento desarrollado para observar detenidamente, estudiar o probar algo para aprender más al respecto. (pág. 9)

L

larva La etapa entre huevo y crisálida en la metamorfosis completa de los insectos. (pág. 107)

limo Partículas de roca más pequeñas que la arena pero más grandes que la arcilla. (pág. 270)

líquido Estado en el que la materia tiene volumen definido, pero forma indefinida. (pág. 366)

M

mapa Ilustración que muestra la ubicación de cosas. (pág. 37)

Glosario interactivo

máquina compuesta Máquina formada por dos o más máquinas simples. (pág. 423)

materia Todo aquello que tiene masa y ocupa espacio. (pág. 353)

máquina simple Máquina con pocas partes móviles, o ninguna, que requiere la aplicación de una sola fuerza. (pág. 405)

medioambiente Todos los seres vivos y seres no vivos que rodean y afectan a un organismo. (pág. 152)

marea Ascenso y descenso regular de la superficie del océano, causada principalmente por la atracción de la gravedad de la Luna sobre los océanos de la Tierra. (pág. 334)

meseta Área plana más alta que el terreno que la rodea. (pág. 210)

masa Cantidad de materia en un objeto. (pág. 354)

metamorfosis Una fase en el ciclo de vida de muchos animales en la que experimentan cambios muy importantes en la forma de su cuerpo. (pág. 104)

meteorización Rompimiento de las rocas en la superficie de la Tierra que produce pedazos de roca más pequeños. (pág. 216)

mimetismo Una adaptación mediante la cual un animal inofensivo se parece a otro animal venenoso o de mal sabor para que los depredadores no se le acerquen. (pág. 120)

mezcla Combinación de dos o más sustancias diferentes que mantienen sus identidades. (pág. 382)

modelo Una representación de algo real que es demasiado grande, demasiado pequeño o que tiene demasiadas partes para estudiarlo directamente. (pág. 36)

microscopio Instrumento que permite ver un objeto mucho más grande de lo que realmente es. (pág. 19)

montaña El tipo de terreno más alto, con lados que se inclinan hasta su cumbre. (pág. 208)

migrar Irse a vivir a otro lugar por un tiempo y luego volver. (pág. 138)

nutrientes Sustancias del suelo que las plantas necesitan para crecer y mantenerse saludables. (pág. 272)

Glosario interactivo

O

observar Recoger información por medio de los sentidos. (pág. 6)

organismo descomponedor Ser vivo que obtiene energía al desintegrar organismos muertos y desechos de animales. (pág. 170)

oxígeno Gas que hay en el aire y el agua, y que la mayoría de los seres vivos necesitan para sobrevivir. (pág. 304)

P

palanca Máquina simple compuesta de una barra que pivota, o gira, y un punto fijo. (pág. 406)

piña Parte de algunas plantas criptógamas donde se forman las semillas. (pág. 93)

planicie Tierra plana que se extiende por una gran superficie. (pág. 210)

plano inclinado Máquina simple que es una superficie con declive. (pág. 418)

población Todos los organismos del mismo tipo que viven juntos en un ecosistema. (pág. 154)

polea Máquina simple compuesta de una rueda con una soga, cuerda o cadena a su alrededor. (pág. 410)

precipitación Agua que cae de las nubes sobre la superficie de la Tierra. (pág. 296)

polen Un material como el polvo que las plantas necesitan para producir semillas. (pág. 94)

predecir Usar datos y observaciones para concluir qué podría pasar bajo ciertas circunstancias. (pág. 8)

polinización Transferencia de polen de las estructuras masculinas a las estructuras femeninas de las plantas que producen semillas. (pág. 94)

probeta graduada Recipiente marcado con una escala graduada que sirve para medir líquidos. (pág. 21)

polución Cualquier sustancia dañina del medioambiente. (pág. 256)

proceso de diseño Proceso de aplicar principios básicos de ingeniería para resolver problemas. (pág. 56)

Glosario interactivo

productor Ser vivo, como las plantas, que puede hacer su propia comida. (pág. 168)

recurso renovable Recurso que se puede reemplazar dentro de un período adecuado de tiempo. (pág. 250)

propiedad física Una característica de la materia que se puede observar o medir mediante el uso de los sentidos. (pág. 353)

renacuajo Rana joven que sale del huevo y tiene agallas para aprovechar el oxígeno del agua. (pág. 105)

R

recurso natural Todo lo que está en la naturaleza y que las personas pueden utilizar. (pág. 250)

reproducir Producir seres vivos del mismo tipo. (pág. 92)

recurso no renovable Recurso que, una vez utilizado, no se puede reemplazar dentro de un periodo considerable de tiempo. (pág. 253)

revolución Una vuelta completa de la Tierra alrededor del Sol. (pág. 328)

rotación El giro de la Tierra alrededor de su eje. (pág. 120)

solución Mezcla en la que las partes están mezcladas uniformemente. (pág. 383)

rueda y eje Máquina simple compuesta de una rueda y un eje que giran juntos. (pág. 408)

suelo Una mezcla de agua, aire, pequeños trozos de roca y humus. (pág. 266)

S

T

sequía Un periodo largo de tiempo con muy poca lluvia. (pág. 185)

tabla de datos Tipo de tabla que se usa para anotar datos numéricos. (pág. 37)

sólido Estado en el que la materia tiene forma y volumen definidos. (pág. 366)

tabla Representación que organiza los datos en hileras y columnas. (pág. 37)

Glosario interactivo

tecnología Cualquier cosa que hace la gente que cambia el mundo natural. (pág. 70)

tornillo Máquina simple compuesta de un poste yun plano inclinado que lo envuelve. (pág. 420)

temperatura Medida que muestra lo frío o caliente que está algo. (págs. 23, 306, 358)

trabajo Uso de una fuerza para mover un objeto a través de una distancia. (pág. 405)

terremoto Temblor en la superficie de la Tierra que puede hacer subir y bajar el suelo. (pág. 230)

V

valle Terreno bajo que se halla entre montañas o colinas. (pág. 206)

tiempo Lo que ocurre en la atmósfera en un momento y lugar determinado. (pág. 304)

variable Aquella condición o cosa que cambia en un experimento. (pág. 11)

volcán Una montaña hecha de lava, cenizas u otros materiales provenientes de erupciones. (pág. 232)

volumen Cantidad de espacio que ocupa la materia. (pág. 356)

Índice

Índice

Índice

Índice